PIERRE BOULLE

Der brave Leviathan

ROMAN

PAUL ZSOLNAY VERLAG
WIEN · HAMBURG

Berechtigte Übersetzung von
Rudolf von Jouanne

Alle Rechte vorbehalten
© Paul Zsolnay Verlag Gesellschaft m. b. H., Wien/Hamburg 1978
Originaltitel: Le bon Léviathan © René Julliard 1978
Umschlag und Einband: Rudolf Angerer
Fotosatz: Bergler
Druck und Bindung: Wiener Verlag
Printed in Austria
ISBN 3-552-03017-4

CIP-Kurztitelaufnahme der Deutschen Bibliothek
Boulle, Pierre
Der brave Leviathan: Roman / Pierre Boulle.
[Berecht. Übers. von Rudolf von Jouanne]. –
Wien, Hamburg: Zsolnay, 1978.
　Einheitssacht.: Le bon Léviathan (dt.)
　ISBN 3-552-03017-4

Erster Teil

I

Man hatte es „Gargantua" getauft – ohne Zeremonie allerdings, denn kein Priester hätte es gewagt, sich zu kompromittieren, indem er ein solches Ungeheuer mit Weihwasser besprengte. Aber die Spitznamen, die man dem Ding lange vor seiner Geburt gab, wiesen samt und sonders auf eine abstoßende Kreatur hin. Für die Fischer der Atlantikküste war es „die Verfluchte" oder „das Monstrum", für die Gebildeten war es „Moby Dick", die Romantiker nannten es den „Pestdrachen", und für gewisse Leute war es ganz einfach der „Leviathan". Dieser letzte Beinamen, der ein von der Hölle ausgespienes Wesen bezeichnete, blieb dem Ding schließlich. Er war ihm von seinen erbittertsten Feinden verliehen worden zu einer Zeit, da es noch ein Phantom war, eine undeutliche Vorstellung, die dem immer fruchtbaren Geist der Madame Bach in einer schlaflosen Nacht entsprungen war, sich jedoch sehr bald in Skizzen, Plänen und schließlich in Modellen präzisierte, angereichert von einer Wolke technischer und finanzieller Erwägungen, wie sie die Vorbereitung eines kühnen Industrieprojekts begleiten, begrüßt von den wütenden Protesten, mit denen jede Neuerung empfangen wird.

Bei der Geburt, das heißt: als das Ding den Mutterleib aus Holz und Metall verließ, wo Jahre hindurch seine Elemente zusammengefügt und harmonisiert worden waren, um nach und nach einen zusammenhängenden Organismus entstehen zu lassen, maß es, als es schließlich in die Fluten glitt, die nunmehr sein Lebenselement sein sollten, nahezu vierhundert Meter in der Länge. Seine Flanken vermochten sechshunderttausend Tonnen Öl zu fassen. Wenn seine Tanks leer waren, es also keine Fracht führte, ragte seine Kommandobrücke, von der aus Kapitän Müller den Befehl führte, etwa vierzig Meter über dem Meer empor. Was es aber, abgesehen von seinen Dimensionen, vor den übrigen Tankern auszeichnete, war ein Atomreaktor, der es antreiben sollte. Der Reaktor befand sich weiter hinten und erreichte mit seinem kleinen Schutzturm beinahe die Höhe des Deckshauses. Sein Profil erinnerte an die unheimliche Schwanzflosse eines gigantischen Meerungeheuers, was den Spitznamen „Moby Dick" für das Ding gerechtfertigt hätte, wenn die ins Graue spielende Farbe der Bleche nicht jeden Vergleich mit dem weißen Wal hätte unpassend erscheinen lassen. Von der Kommandobrücke aus gesehen erschien das Vorschiff aus relieflosem Stahl als eine unendliche Fläche und erinnerte an eine Wüste.

„Ein seltsames Gerippe", bemerkte Kapitän Müller des öfteren, wenn er kam, um die Schiffssilhouette zu betrachten, die sich jeden Tag deutlicher auf einer Werft von Saint-Nazaire abzeichnete; diese Werft hatte umgebaut werden müssen, damit überhaupt Raum sei für eine derartige Monstergeburt.

Madame Bach, die Präsidentin der Schiffahrtsgesellschaft, hatte darauf bestanden, daß der Kapitän, ebenso wie mehrere Schiffsoffiziere und Mechaniker, ein gut Teil des Schiffsbaus miterlebten, um sich mit dieser Neuheit vertraut zu machen. Einige Seeleute, Freunde Kapitän Müllers, die er zu einem Besuch der Werft eingeladen hatte, antworteten ausnahmslos auf eine diesbezügliche Bemerkung, indem sie mit kritischer Miene den Kopf schüttelten, stets in abschätzigem Ton. Diese gigantischen Tanker, diese Supertanker, wie man sie nannte, genossen unter den Seeleuten keinen guten Ruf. Die warfen den Giganten vor, daß sie schwierig zu manövrieren seien, und sie verabscheuten vor allem den aufreibenden Dienst, den die Reeder von der Besatzung verlangten: Dienst wie auf einer Kreuzfahrt, ohne Pause, wobei das Schiff sogleich wieder auslief, wenn seine Tanks im Orient gefüllt oder im Okzident geleert worden waren. Diese Operationen fanden im allgemeinen einige Meilen weit entfernt von den Küsten im offenen Meer, an der Mündung einer unter Wasser weitergeführten Pipeline statt.

Aber der „Gargantua"-Leviathan gab der Bevölkerung Anlaß zu noch viel größerem Unwillen, und sein Stapellauf bot Gelegenheit zu Ausbrüchen des Hasses und der Empörung.

Die letzten Fesseln, die das Monstrum an Land festhielten, fielen. Während ein jähes Erzittern durch seinen ganzen Körper ging, begann das Ungeheuer, die ihm bereitete glitschige Bahn hinabzugleiten. Wenig später tauchte es in die Mündungsgewässer der Loire, die zu seinem Empfang wie gewohnt reagierte: irisierende Wirbel, heftige Strudel und eine Sturzwelle, die drohte, beide Ufer zu überfluten. Doch all diese Vorgänge, die sich beim Stapellauf gewöhnlicher Schiffe mit dem Enthusiasmus einer jubelnden Menge zu vereinen pflegten, schienen heute Reflexe jener Empörung auszulösen, die der Leviathan in den Herzen der Bewohner der Atlantikküste und noch vieler anderer erweckt hatte. Die wenigen Zuschauer, die der Zeremonie beiwohnten, empfanden nichts als Unbehagen. Die meisten waren nur beruflichen Zwängen gefolgt, und sie hatten dabei einigen Widerwillen überwinden müssen.

Die Zeremonie erwies sich vom Anfang bis zum Schluß als ein Mißerfolg. Während der Gigant, der nun seine Fahrt verlangsamt hatte, von einem anderen Schiff ins Schlepptau genommen wurde, das ihn an den Kai bringen sollte, wo noch jene tausend kleinen Arbeiten vorzunehmen waren, die es dem Leviathan erst ermöglichen würden, aus eigener Kraft seiner Wege zu ziehen, beklagte Kapitän Müller, der mit einigen seiner Offiziere auf der Kommandobrücke stand, die Unaufrichtigkeit und Bosheit der einen wie den krankhaften Aberglauben der anderen, die sich an jenem Tag verschworen hatten, um aus dieser Schiffstaufe eine peinliche Schicksalsprüfung für ihn zu machen. In der Tat konnte er kaum noch seine Tränen zurückhalten. Im Verlauf seiner Karriere hatte er zahlreichen Stapelläufen beigewohnt, er hatte auch an dem Stapellauf eines Frachters teilgenommen, dessen Kommando er dann selbst übernommen hatte, aber niemals war ihm zugemutet worden, eine derart jammervolle Zeremonie mitansehen zu müssen. Noch nie hatte er sich so gedemütigt gefühlt.

„Nie, niemals hätte ich an so eine Schande gedacht",

sagte er zu David, der neben ihm stand. „Alle sehen betreten aus, keiner applaudiert."

„Sie werden sehen, Kapitän, das Stimmungsklima wird sich ändern, sobald die Leute begreifen, daß die ‚Gargantua' keineswegs das schädliche Monstrum ist, daß sie sich unter ihr vorstellen, und daß sie für alle ganz im Gegenteil nur Vorteile bringt."

David, ein Atomphysiker, war von der reinen Forschung zur Industrie übergewechselt, seit sich Madame Bach seiner Dienste versichert hatte: er sollte den Reaktor überwachen und die technischen Offiziere für den kernkraftgetriebenen Supertanker ausbilden. David war von einem nicht zu bezwingenden Optimismus erfüllt, der sich gelegentlich zur Lebensphilosophie steigerte. Maurelle, der Sekretär Madame Bachs, behauptete von ihm, er sei eine Mischung aus Dr. Pangloss – nur weniger verrückt und wesentlich gescheiter als dieser – und von Pater Teilhard de Chardin, wenn auch kein so gläubiger Christ wie dieser.

„Es gibt Dinge, die Sie mir nicht nachempfinden können, Monsieur David. Sie sind eben kein Seemann", erwiderte der Kapitän gereizt. „Die Stimmung, die hier herrscht, ist eine Beleidigung für die ganze Handelsmarine."

Madame Bach, die mit Maurelle in Gesellschaft einiger weniger offizieller Persönlichkeiten, die samt und sonders beunruhigt dreinsahen, am Kai zurückgeblieben war, schien wohl die gleiche Enttäuschung zu empfinden, aber sie pflegte, ihren Gefühlen nicht Ausdruck zu verleihen, vor allem dann nicht, wenn es sich dabei um Enttäuschungen und Demütigungen handelte. So machte sie gute Miene zu dem eisigen Empfang, der einem von ihr verwirklichten Werk zuteil geworden war.

Als Witwe eines Reeders, der vielfacher Milliardär gewesen war, hatte sie von ihrem Gatten zahlreiche Unternehmen geerbt. Sie führte sie fachkundig und brachte sie zur Blüte, aber dem Geschäftssinn und dem Opportunismus, den ihr Gatte zu Lebzeiten bewiesen hatte, fügte sie einen Hauch kühner Originalität hinzu, den der Verstorbene möglicherweise nicht gebilligt hätte. Bisher war ihr alles geglückt, trotz einiger Rückschläge, die ihr zeitweilig Schwierigkeiten bereitet hatten, ohne jedoch jemals ihre Selbstbeherrschung noch ihr unerschütterliches Selbstvertrauen ins Wanken zu bringen. Unter ihrer Leitung schienen sich alle Widrigkeiten in ihr Gegenteil zu verwandeln, und so hatte sie in Finanz- und Industriekreisen einen außergewöhnlichen Ruf erlangt. Das erklärt, daß ihr Projekt, einen mit Kernkraft betriebenen Sechshunderttausendtonnentanker zu bauen, ein Projekt, das man bislang in Frankreich für unvernünftig gehalten hatte, die Aufmerksamkeit einer mächtigen Gruppe auf sich gelenkt hatte, die ihr schließlich Vertrauen schenkte und eine Gesellschaft mit ihr als Präsidentin gründete; der unmittelbare Zweck dieser Gesellschaft war die Konstruktion und die Nutzung eines derartigen Schiffes. Madame Bach nährte insgeheim noch viele weitere Projekte, die von dem Erfolg dieses einen abhingen. In der „Gargantua" sah sie nur den Prototyp für die Konstruktion von mehreren Tankern gleichen Stils, die vielleicht noch größer sein würden. Auf längere Sicht plante sie für die Handelsmarine und die Passagierdampfer eine generelle Umstellung auf Kernkraftantrieb. Das war auch einer der Gründe, weshalb sie David engagiert hatte, für den die Atomenergie zu einer Ersatzreligion geworden war und der von ihrer Anwendung auf allen Gebieten der Technik träumte. „Diese dreifache polizeiliche Bewachung war wohl kein sehr glücklicher Einfall, mein bester Maurelle", sagte sie leise zu ihrem Sekretär. „Mehr Polizisten als Publikum. Haben Sie einen derart umfangreichen Ordnungsdienst angefordert?"

Obwohl sie in einem Ton gesprochen hatte, der jede Schärfe vermissen ließ, fühlte der junge Mann einen Vorwurf in der Stimme seiner Chefin. Übrigens, immer wenn sie ihn „mein bester Maurelle" nannte, war das kein Zeichen von Zuneigung, sondern nur ihre besondere Art, ihm ein Kompliment zu machen oder aber ihrer Mißbilligung Ausdruck zu geben. In einem solchen Fall täuschte er sich nie und versuchte sogleich, sich zu rechtfertigen.

„Ich hatte mehr als nur einen Grund, heftige Protestaktionen zu fürchten, der Art, wie sie seinerzeit gegen die Atomkraftwerke stattgefunden haben."

Angesichts der offenen Feindseligkeit, der die Konstruktion des Tankers begegnet war, hatte Madame Bach Maurelle während dieser letzten Monate als ihren Verbindungsmann zur Öffentlichkeit und zu den Behörden nach Saint-Nazaire entsandt, Funktionen, die er früher schon erfolgreich auf anderen Gebieten ausgeübt hatte und für die ihn seine heitere Art und sein freundliches Benehmen besonders geeignet erscheinen ließen. Aber Maurelles Bemühungen, den Kernkraftantrieb als Fortschritt darzustellen, waren erfolglos geblieben, und er war recht verärgert, weil es ihm nicht gelungen war, die Atmosphäre zu entspannen, deren Feindseligkeit heute durch die kühle Aufnahme der Zeremonie noch unterstrichen worden war.

„Diese ‚Hinkende' ist eine Teufelin, bei der man auf alles gefaßt sein muß", fügte er hinzu. „Sie und Professor Havard sind gehässiger denn je, und sie sind imstande, beträchtliche Gruppen um sich zu sammeln. Ich habe es für richtig gehalten, jedem eventuellen Angriff vorzubeugen, indem ich einen erheblichen Ordnungsdienst vorsah."

„Die ‚Hinkende' ist äußerst schlau", bemerkte Madame Bach im gleichen Ton. „Sie dürfte Ihre Vorsichtsmaßnahmen geahnt haben und hat es vorgezogen, uns heute durch Lächerlichkeit zu vernichten."

Die „Hinkende" und Professor Havard waren die verbissensten Gegner des atomkraftgetriebenen Tankers. Die „Hinkende" wohnte in einem Dorf, das mehr als zweihundert Kilometer entfernt von Saint-Nazaire in der Nähe eines Hafens an der Mündung der Gironde lag. Dieser Hafen sollte später einmal Heimathafen der „Gargantua" werden. Aber der Einfluß der „Hinkenden" erstreckte sich auf die gesamte französische Atlantikküste und darüber hinaus. Wenn die Arbeiter, die seit Jahren in der Werft arbeiteten und für gewöhnlich zu jeder ihre Arbeit verherrlichenden Zeremonie wie zu einem großen Fest herbeieilten, sich im letzten Moment drückten, so verdankte man das, wie Maurelle sehr wohl wußte, zum größten Teil dem Einfluß der „Hinkenden".

Die Menge der Gaffer aus der Stadt und ihrer Umgebung, die stets begierig auf ein Schauspiel wartete, wie es ansonsten ein Stapellauf bot, war gleichfalls nicht erschienen. Die Hälfte des Personals glänzte durch Abwesenheit, so daß die ganze Zeremonie beinahe hätte verschoben werden müssen. Nur mit Hilfe des leitenden Technischen Offiziers des „Gargantua", Guillaume, der seine Mannschaft, die bereits auf dem Schiff arbeitete, dazu bewogen hatte, für die fehlenden Werftarbeiter einzuspringen, konnte das Ereignis vonstatten gehen.

Kein Schiff hatte sich gezeigt, weder in den Hafengewässern noch auf dem Meer, um den neuen Tanker willkommen zu heißen, den die Seeleute und die Fischer für einen unheilverkündenden Eindringling hielten. Es hatte sich als unmöglich erwiesen, einen Priester aufzutreiben, der wenigstens die Andeutung einer Weihe vorgenommen hätte. Der Diözesanbischof, den Maurelle versucht hatte, für diese Sache zu gewinnen, hatte kühl entgegnet, er sei nicht überzeugt, daß dieses Monstrum, das dazu bestimmt sei, die Meere zu besudeln, ein Gott wohlgefälliges Werk sei. Der Bischof fühle sich daher nicht berechtigt, seine Autorität aufzubieten, um die ablehnende Haltung der ihm anvertrauten Geistlichkeit zu überwinden.

Der letzte Tiefschlag, der die Organisatoren der Zeremonie traf, war das Ausbleiben der Musiker, die ohne vorherige Ankündigung ganz einfach nicht erschienen waren. Der Abgeordnete, der sich einverstanden erklärt hatte, den Vorsitz zu übernehmen, hatte seine Rede in einer umdüsterten Atmosphäre heruntergelesen. Dieser Rede, deren Schlußwort kaum durch einige schüchterne Beifallsbezeugungen bedankt wurde, gelang es nur sehr schwer, das über Kai und Wasser lastende Schweigen zu durchbrechen. Kaum war die Sektflasche zerschellt, als die Techniker in größter Hast, beinahe heimlich und verstohlen, die letzten Keile entfernten und die „Gargantua" in ihr Element entließen. Ihr Eintritt in dieses Element, der sich unter ohrenbetäubendem Lärm vollzogen hatte, das unwirsche Verhalten, das sie jetzt an den Tag legte, den von der enormen Höhe ihrer Kommandobrücke aus winzig aussehenden Schleppkahn überragend, der sie an der Leine führte – dies alles schien David gleichsam ein Reflex des Zorns und der Mißbilligung einer hohen Persönlichkeit zu sein, die über die beleidigende Rücksichtslosigkeit ihr gegenüber aufgebracht war.

Der Tumult, der beim Eintauchen des Monstrums in sein Element entstanden war, hatte die Atmosphäre keineswegs entspannt. Wütend faltete der Abgeordnete die Blätter zusammen, auf denen er seine Ansprache notiert hatte, und nachdem er Madame Bach schweigend die Hand gedrückt hatte, ging er mit großen Schritten auf seinen Wagen zu. Die übrigen Offiziellen und die wenigen Neugierigen zerstreuten sich nicht weniger rasch, als schämten sie sich, einer so gottlosen Zeremonie beigewohnt zu haben. Resigniert strebten die unnötigerweise aufgebotenen Gendarmen ihren Lastkraftwagen zu.

Kapitän Müller, der es für richtig gehalten hatte, auf der Kommandobrücke in Habtachtstellung zu verharren, obwohl die Marseillaise gar nicht gespielt worden war, entspannte sich, und seine Offiziere taten es ihm nach. Jeder begab sich auf seinen Posten, um bei dem schwierigen Manöver des Festmachens am Kai behilflich zu sein. Madame Bach, die noch am selben Abend nach Paris zurückkehren sollte, verabschiedete sich von Maurelle, machte nach wie vor gute Miene zum bösen Spiel und versicherte Maurelle, daß sie ihn keineswegs als den für all diese Verdrießlichkeiten Verantwortlichen ansehe.

„Das Wesentliche ist, daß der Bau des Tankers vollendet wurde. Jetzt steht er vor uns. Er ist flottgemacht und wartet nur noch auf seine Ausstattung. Die Anerkennung wird folgen, wenn er seine Bewährungsprobe bestanden hat. Setzen Sie Ihre Aktionen fort und versuchen Sie, uns ein wenig populär zu machen. Wahrscheinlich werde ich bald wieder hier sein. Inzwischen, mein bester Maurelle, möge Gott uns vor den Umweltschützern schützen!"

„Gott schütze uns vor den Umweltschützern!" wiederholte der junge Mann grollend, nachdem er der Präsidentin in ihren Wagen geholfen hatte.

2

„In jener Zeit war die Natur von Umweltschützern bevölkert...", schrieb Maurelle.

Er war auf den Kai zurückgekehrt und beobachtete von weitem, wie die „Gargantua" festgemacht wurde. Dann wandte er sich dem Schiff zu, in der Absicht, seine Eindrücke mit dem Kapitän auszutauschen und sich dafür zu entschuldigen, daß die Zeremonie so wenig glanzvoll verlaufen war. Als er den Tanker erreichte, der den Kai wie eine Felsklippe überragte, wurde soeben eine provisorische Leiter installiert, die es ihm ermöglichte, an Bord zu gehen. Er erreichte das Unterdeck und von dort das Oberdeck. Die ganze Besatzung war mit dem Manövrieren beschäftigt, und Maurelle kam sich wie ein Eindringling vor. Er verschob seine Unterhaltung mit Kapitän Müller auf einen späteren Zeitpunkt und ließ sich in einem kleinen Salon nieder, der provisorisch für jene Offiziere eingerichtet worden war, deren Anwesenheit an Bord unumgänglich war. Maurelle entnahm seiner Aktentasche ein Notizbuch und bereitete einen für die Presse bestimmten Bericht über den Stapellauf des Schiffes vor, freilich ohne Erwähnung des kläglichen Aspekts, unter dem sich dieses Ereignis vollzogen hatte. Als Maurelle das Geschriebene noch einmal überlas, seufzte er. Dieses Geschreibsel auf Bestellung kam ihm abgeschmackt vor. Da der Kapitän noch immer nicht aufgetaucht war, beschloß Maurelle, sich eine Erholungspause zu gönnen, die ihm wie gewohnt den Mißmut vertreiben sollten. Und sogleich hellte sich sein Gesicht auf. Wenn er auch nicht das optimistische Naturell Davids besaß, bemühte er sich doch stets, den Ansturm trüber Gedanken abzuwehren, was ihm auch zumeist gelang, wenn er die Gründe seines Mißvergnügens schriftlich behandelte. Er tat dies stets zu seiner eigenen Genugtuung und mit der Tendenz, alles Ärgerliche auf eine ziemlich sarkastische Art ins Lächerliche zu ziehen. Er verwahrte also die Notiz, die zu schreiben ihm durch seine Funktion auferlegt war, da er der Meinung war, er habe über dieses Thema nichts mehr zu sagen. Und wieder beugte er sich über sein Notizbuch und schrieb:

„Zu dieser Zeit war die Natur von Umweltschützern bevölkert. In diesem letzten Viertel des Jahrhunderts vermehrten sie sich auf eine ebenso beunruhigende Weise wie die Weltbevölkerung, deren sich ständig potenzierendes, katastrophales Wachstum die Umweltschützer ihrerseits tagtäglich brandmarkten und als demographische Explosion bezeichneten. Die Umweltschützer waren in unzählige Gruppen aufgesplittert, hatten aber allesamt eine Schreckensvision gemein: die Vision einer Erde, die infolge menschlichen Unverstands in beschleunigtem Tempo ihrem Untergang entgegeneilte. Sie hielten sich selbst für die letzten gesunden und vernünftigen Elemente einer Menschheit, die der Entartung rettungslos verfallen und völlig blind war für die Folgen ihres übermäßigen Wachstums. Aber diese umweltschützenden Gruppen wählten verschiedene Formen, um ihr Anliegen auszudrücken.

Einige, die in gerader Linie von jenen Dichtern abstammten, die es heutzutage nicht mehr gibt, beschränkten sich darauf, entsetzt zurückzuschaudern vor den geometrischen Widrigkeiten einer durch die Mechanik entstellten Welt, die überdies noch von der entfesselten Chemie vergiftet war. Sie litten körperlich, seelisch und durchaus ehrlich, wenn sie den übelkeitserregenden Rauch betrachteten, den etwa eine Fabrik in den Himmel entweichen ließ, wenn sie den öl- oder teerverschmutzten Kies eines Strandes entdeckten oder wenn der Fisch, der, als er an ihrer Angel zappelte, sich, weil verseucht, als ungenießbar erwies. Sie litten in aller Bescheidenheit, meist schweigend, und ihre Klagen drangen keineswegs über ihren intimen Freundeskreis hinaus.

Aber es gab eine Sorte von Umweltschützern, die sich wesentlich geräuschvoller kundtaten. Diese hielten ihr Banner sehr hoch und stießen mit voller Lungenkraft in die Posaunen des Jüngsten Gerichts. Bei jeder Gelegenheit erhoben sie sich wutentbrannt gegen die kleinste an der Natur vorgenommene Veränderung und machten viel Spektakel um jeglichen Eingriff von Menschenhand. So verfolgten sie mit ihrem Grimm alle motorisierten Fahrzeuge, indem sie deren Konstrukteure sowohl wie deren Benützer mit Beschimpfungen überhäuften. Gleicher Fluch traf die Eisenbahnen, alle Schiffe – außer den Segelschiffen –, natürlich auch die Flugzeuge, den Kunstdünger, die Insektenvertilgungsmittel, die großen Wohnsilos aus Beton, allerdings auch die baufälligen Häuser und die Elendsviertel, die Impfstoffe, alle Arzneien außer den pflanzlichen, und ganz allgemein alles, was das Leben auf unserer Erde etwas weniger trübe, weniger monoton, armselig und ein bißchen weniger unsicher zu machen imstande war. Von der gleichen prophetischen Warte aus verkündeten sie lauthals das Lebensrecht der Moskitos, der Ratten, Wölfe, tollwütigen Hunde und Giftpilze, aus dem einfachen Grunde, weil alle diese Geschöpfe Elemente unserer natürlichen Umwelt seien und sie im Gleichgewicht hielten.

Die Umweltschützer, die unsere Zivilisation als eine Hölle bezeichneten und in gleichem Maße sadistische Folterknechte wie Masochisten waren, schürten das Höllenfeuer nicht allein zu ihrer eigenen Genugtuung, sondern auch, um die Angst leichtgläubiger Menschen zu steigern. So berechneten sie mit Wonne Tag für Tag die Menge des Giftes, die durch dieses oder jenes Ingredienz auf eine kleine Fläche herabträufelte, übertrugen das Ergebnis sogleich auf die ganze Erdoberfläche und jubelten, wenn sie die erstaunte Menschheit mit dem Gewicht von Tausenden und Abertausenden von Tonnen Schwefel, Kohlenoxyd und anderer gefährlicher Schadstoffe belastet wußten. Um die Menschheit aber noch gründlicher davon zu überzeugen, daß sie nicht die geringste Aussicht habe, sich aus der tödlichen Gefahr zu befreien, berechneten die Umweltschützer jene Sauerstoffmenge, die ein Düsenflugzeug stündlich verbrannte, multiplizierten sie mit einem Faktor, der sehr viele Nullen hinter sich herzog, und schlossen daraus triumphierend, daß alle Lebewesen, noch ehe sie völlig vergiftet und sogar, bevor sie durch die gleichfalls von den Umweltschützern vorausgesagte Hungersnot dezimiert sein würden, zweifellos ersticken müßten, da die Atmosphäre in wenigen Jahren keinerlei Atemluft mehr enthalten werde."

Maurelle unterbrach einen Augenblick lang die Arbeit an seinem Aufsatz, der wie gewöhnlich dazu dienen sollte, angestauten Ärger abzureagieren, dachte nach und lauschte den Geräuschen, die aus dem Innern der „Gargantua" heraufdrangen. Da Maurelle aber von Natur aus zur Objektivität und somit auch ein wenig zur Skepsis neigte, entschloß er sich, folgendermaßen fortzufahren:

„Wohlgemerkt, die Umweltschützer hatten das Auftreten der Anti-Umweltschützer herausgefordert nach dem dialektischen Gesetz, demzufolge jede Aktion eine Reaktion hervorruft..."

Hier wurde Maurelle durch Davids Eintritt unterbrochen. Der Physiker hatte sich aus Neugier für das Festmachen der „Gargantua" interessiert und sich dann zum Salon begeben, zu dem einzigen hinreichend bewohnbaren Raum, wenn man von der Wohnung Kapitän Müllers absah, der sich entschlossen hatte, schon jetzt auf das Schiff zu übersiedeln. Wie Maurelle, war David zur Zeit ohne Beschäftigung, da der Reaktor erst in einigen Monaten betriebsfertig sein würde. Maurelle empfing den Eintretenden lächelnd. Obwohl die beiden sowohl in charakterlicher Hinsicht als auch, was ihre Bildung betraf, Antipoden waren, empfanden sie Sympathie füreinander.

„Ein recht peinlicher Tag", sagte Maurelle.

„Peinlich? Davon habe ich nichts bemerkt. Mir schien, daß alles gut verlaufen ist."

„Sollten Sie nichts von all der Feindseligkeit bemerkt haben, die uns entgegenschlug?"

Davids unbekümmerte Geste schien auszudrücken, daß derlei Fragen ihn überhaupt nicht interessierten.

„Vielleicht doch. In der Tat, jetzt, da Sie mich darauf stoßen, will auch mir scheinen, daß die ganze Zeremonie nicht sehr viel Schwung hatte."

„Ich fürchte, daß die feindselige Atmosphäre sich nicht so bald verziehen wird. Hoffentlich bringt Sie das nicht dazu, sich an Ihre frühere Forschungsarbeit zurückzubegeben. Es muß doch herrlich gewesen sein, inmitten eines enthusiastischen Teams zu arbeiten, das von glühendem Entdeckerdrang beseelt war."

„Aber ich habe den Eindruck, hier gleichfalls in einem Kreis begeisterter Freunde zu arbeiten!" rief David. „Kapitän Müller, Madame Bach und, auf seine Art, dessen bin ich sicher, auch Guillaume, den ich in die Atomphysik einführe und der bereits beginnt, viel Geschmack daran zu finden – und sogar Sie..."

Maurelle brach in Lachen aus und überhörte das „sogar Sie".

„Ich dachte nicht an uns hier. Es stimmt, daß wir ein kleines Team bilden, aber eben ein von dicken Mauern umgebenes. Ich dachte an all die anderen..."

„Für mich zählen diese anderen nicht. Es ist mir immer gelungen, von der Umwelt abzusehen – hier ebenso wie anderswo."

Maurelle musterte ihn wie ein Fabeltier. Daß jemand imstande war, trotz einer so haßerfüllten Umwelt mit derartigem Enthusiasmus zu arbeiten, verdiente Staunen und Bewunderung. Maurelle seinerseits begnügte sich damit, seinen Beruf gewissenhaft auszuüben. Das allein schon hielt er für verdienstvoll.

„Auch, als Sie am Bau der Atombombe mitwirkten?"

Tatsächlich war David, nach theoretischen Forschungsarbeiten an einer Universität, von der Armee als Atomspezialist angestellt worden.

„Ja, auch damals. Ich habe immer nur an den Endzweck gedacht."

„An die Vernichtung einer möglichst großen Anzahl von Lebewesen?"

„An die Aufgabe, einen Apparat zur höchstmöglichen Vollendung zu entwickeln. Ich habe niemals ein anderes Ideal gekannt."

„Kein anderes Ideal!" protestierte Maurelle.

„Und den meisten meiner Kollegen erging es wie mir. Niemals war uns bewußt geworden, eine Sünde begangen zu haben, wie Oppenheimer das nannte", setzte der Physiker fort, der augenscheinlich den Wunsch hatte, sich gründlich auszusprechen. „Auch von Braun und einige andere bemühten sich während des Zweiten Weltkriegs Tag und Nacht um die Fertigstellung der V-2-Raketen, und zwar ausschließlich in der Hoffnung, damit einst den Mond erreichen zu können, und ohne einen Gedanken an die sekundären Verheerungen, die ihre Raketen auf Erden anrichten könnten."

„Sekundäre und vorübergehende Verheerungen", unterstrich Maurelle lächelnd.

„Und die Geschichte hat ihnen recht gegeben. Das Endresultat war die Eroberung des Weltraums, zumindest schien es zunächst so. Und für uns Atomphysiker und -ingenieure gilt dasselbe. Die Forschungen, die der

Bombe galten, lieferten wertvolle Grundlagen für die spätere Konstruktion von jenen friedlichen Zwecken dienenden Reaktoren, die in den Kernkraftwerken ihre erste Anwendung fanden. Die Studien wiederum, die wir dafür gemacht haben, ergaben unschätzbare Daten für den Schiffsantrieb, und jene, die ich hier verwirkliche, werden, wie die Entwicklung der Atom-U-Boote, dem Zweck dienen, von dem ich vorhin sprach, dem einzig letztlich gültigen, das heißt: der immer gründlicheren und schließlich exakten Kenntnis der Materie. Sind Sie damit nicht einverstanden?"

„Ich weiß nicht, ob es die Art von Idealen ist, die Madame Bach vorschweben", murmelte Maurelle nachdenklich.

„Wie den meisten Tatmenschen ist auch ihr nicht bewußt, daß sie selbst ein Element dieser Entwicklung ist, aber sie ist es darum nicht weniger, das ist nicht wegzuleugnen. Pater Teilhard hat viel Interessantes über dieses Thema gesagt. Forscher wie ich bedürfen der Unterstützung durch einen Unternehmungsgeist, wie er Madame eignet. Wenn es eine Vorsehung gibt, was ich des öfteren zu glauben geneigt bin, so war unser Zusammentreffen in Sachen ‚Gargantua' eine ihrer wohltätigen Fügungen."

„Und alles dient zum Besten in der besten aller möglichen Welten", kommentierte Maurelle, neuerlich lächelnd.

„Hören Sie zu. Der Vorsehung danken wir es, daß die ‚Gargantua' heute von Stapel gelassen wurde – vielleicht nicht ganz so, wie Sie es sich gewünscht hätten, aber schauen Sie den Tanker an: er ist immerhin da."

„Tatsächlich, er ist da", räumte Maurelle ein, „und das gerade ist es, worauf mich die Vorsehung hinwies. Sie hegen also keinerlei Besorgnis, der Gigant könnte die Meere so verseuchen, wie die öffentliche Meinung es befürchtet? Manchmal stelle ich mir nämlich diese Frage."

„Keinerlei Besorgnis."

Die Geste, mit der David seine Antwort unterstrich und alle Einwände beiseite fegte, verriet so viel Sorglosigkeit, daß der junge Mann diesmal nicht umhinkonnte, frei herauszulachen.

„Sicherlich haben Sie recht. Gerade ich, der ich aller Welt seit Monaten immer wieder erkläre, daß die ‚Gargantua' völlig harmlos sei, sollte selbst keinerlei Befürchtungen hegen. Aber einige Ihrer gelehrten Kollegen – und sogar einige der bedeutendsten –, teilen Ihre Ansicht nicht."

„Das sind eben Esel", protestierte David, der plötzlich wütend wurde. „Ich nehme an, daß Sie auf dieses Rindvieh von einem Havard anspielen?"

„Unter anderem."

Maurelle begann das Gespräch zu amüsieren, und um die Erholungspause zu verlängern, bemühte er sich, die Spannung zu erhöhen, indem er auf das zu sprechen kam, was seinem Freund am meisten zuwider war.

„Ein Esel ist das, ein Maulwurf, der nur bis zu seiner Nasenspitze sieht, obwohl er Mitglied des *Institut de France* ist. Er besitzt keinerlei Phantasie; ein Mensch ist er, der keinen Überblick hat und für den das Erfassen von Zusammenhängen ein aussichtsloses Unterfangen ist. Sein Wissen reicht nicht über die Kenntnis der

Symbole einer chemischen Formel hinaus – ihr Sinn entzieht sich ihm."

Ebenso schnell wie er sich erregt hatte, beruhigte er sich nun wieder und erhob sich.

„Ich könnte Ihnen im einzelnen aufzählen, was alles sein Verständnis überschreitet, aber ich würde dazu mehrere Stunden brauchen. Ich werde das an einem Tag tun, an dem ich über mehr Zeit verfüge. Aber heute habe ich eine Verabredung in der Stadt. Morgen werden wir mit dem Ausbau des Reaktors beginnen. Vorerst sind nur die Bestandteile vorhanden. Ich habe den Kapitän gebeten, mir eine Kabine auf dem Schiff einrichten zu lassen. Ich ziehe es vor, an meiner Arbeitsstelle zu wohnen."

„Ich bleibe noch ein bißchen hier", sagte Maurelle. „Ich muß einen Bericht fertigschreiben."

Nachdenklich blickte er dem Freunde nach, dann nahm er, was er seinen Bericht nannte, an der Stelle wieder auf, an der er unterbrochen worden war. Er überlas noch einmal den letzten Satz und fuhr dann fort:

„Wohlgemerkt, die Umweltschützer hatten das Auftreten der Anti-Umweltschützer herausgefordert nach dem Gesetz der Gesetze, das besagt, daß jede Aktion eine Reaktion hervorruft – ein Gesetz, dem sowohl der menschliche Geist als auch die Materie unterliegen. Die Anti-Umweltschützer waren zwar in der Minderzahl, aber manchmal beinahe ebenso angriffslustig wie die Umweltschützer. Sie betrachteten sich als intellektuelle Elite, die alles durchschaute..."

Er hielt kurze Zeit inne, dann fügte er hinzu:

„... was ja manchmal auch zutraf. Froh darüber, der

allgemeinen Mode des Pessimismus entronnen zu sein, dank einer Verstandesschärfe, die ihnen gestattete, die unter dem täuschenden Schein unserer materiellen Zivilisation verborgenen Triebfedern wahrzunehmen, versäumten sie keine Gelegenheit, ihren leidenschaftlichen, unerschütterlichen Optimismus allen Widerwärtigkeiten zum Trotz zu bekräftigen.

Im Handumdrehen scheuchten sie Millionen Tonnen von Giftstoffen, die auf unseren Planeten niedergingen, in den Weltraum, und plötzlich war unsere Erde unter dem Schutzmantel ihres Glaubens gerettet und gereinigt. Einige wenige gingen noch weiter und behaupteten, auf der Welt sei es so eingerichtet, daß jedes Gift zwangsweise sein Gegengift in sich berge, oder sogar so, daß die angeblichen Schäden, mit deren Schilderung uns die Umweltschützer fortwährend in den Ohren liegen, eine neue Entwicklungsstufe anzeigten, eine Umweltveränderung, der sich die Organismen anpassen würden, wie sie sich sehr vielen anderen Wandlungen angepaßt hätten, seit es Organismen gebe."

Er machte abermals eine Pause, überlegte und kam zu dem Schluß, daß er nicht übertrieben habe. Seine Unterhaltung mit David hatte ihn darin bestärkt, daß all dies sehr wohl Davids innerster Überzeugung entsprach. Ermutigt durch die Genugtuung, auf dem rechten Weg zu sein, fuhr er fort:

„Wenn sie nicht offiziell proklamierten, daß alles zum Besten diene in der besten aller möglichen Welten, so darum, weil das bereits gesagt worden war und weil sie sich rühmten, immer nur Originalformulierungen zu verkünden.

Überflüssig zu erwähnen, daß Umweltschützer und Anti-Umweltschützer einander auf Tod und Leben bekämpften. Ihre gebräuchlichsten Waffen waren Traktate, Pamphlete, offene Briefe, Beschimpfungen und gelegentlich stürmische Kundgebungen. Die Pessimisten nannten ihre Gegner Mörder und Naturverderber. ‚Verhaftet die Physiker! Schließt die Laboratorien!' brüllten sie, oder: ‚Nieder mit der Wissenschaft! Hängt die Chemiker!' Die Optimisten hinwiederum pflegten so heftiger Schmähung Sarkasmus und Verachtung vorzuziehen. Sie verglichen ihre Widersacher mit Maulwürfen, mit Larven, die des Ranges eines Menschen unwürdig seien, oder sie klagten sie der Evolutionsfeindlichkeit an, wobei sie den Schatten Pater Teilhard de Chardins gleichsam wie eine Fahne schwenkten."

3

Maurelle hielt inne, las einzelne Stellen seines Manuskripts fast mit der Selbstgefälligkeit eines Berufswissenschaftlers und überlegte, ob er nicht noch einige Seiten hinzufügen sollte, denn er fühlte, daß er über ein Thema, das ihm so sehr am Herzen lag, noch viel zu sagen hätte. Niederschriften dieser Art waren dazu angetan, ihm seine natürliche Sorglosigkeit wiederzugeben. Indessen war es Abend geworden, und er hatte nichts mehr auf dem Schiff zu tun. Ehe er sich auf den Weg in die Stadt und zu dem Hotel machte, in dem er untergebracht war, stieg er zur Kommandobrücke hinauf, weil er hoffte, Kapitän Müller anzutreffen. Müller war tatsächlich dort oben, schien aber schlechter Laune zu sein. Er war gerade dabei, dem für den heutigen Nachtdienst Verantwortlichen der Sicherheitswache in ungewöhnlich schroffem Ton Anweisungen zu erteilen. Denn wenn die Umweltschützer seit einiger Zeit und auch heute ihrem Unwillen nur durch Verachtung Ausdruck verliehen hatten, so wußte man aus Erfahrung doch sehr wohl, daß sie imstande waren, ihre Streitbarkeit in wesentlich gefährlicherer Form, die bis zu Aggression und Sabotage gehen konnte, unter Beweis zu stellen.

Maurelle hatte zu Vorsichtsmaßnahmen geraten. Nachdem es ihm gelungen war, Kontakt mit gewissen

Kreisen zu halten, vermutete er, der Feind werde den Kampf augenblicklich wieder aufnehmen, sobald die Anführer den Befehl dazu gaben. Wenn sich auch heute der Ordnungsdienst als überflüssig erwiesen hatte, so konnte die „Hinkende" doch immer noch zahlreiche Gruppen mobilisiert haben. Maurelle wußte um den Einfluß der Frau auf die Küstenbewohner. Sie hatte diesen Einfluß erst kürzlich auf verschiedene Organisationen ausgedehnt, die noch wesentlich gefährlicher, weil an Stoßtruppunternehmen gewöhnt, waren.

Maurelle entschuldigte sich bei Müller für den tristen Verlauf der heutigen Zeremonie.

„Ich weiß wohl, daß Sie nichts dafür können", sagte der Kapitän. „Die sind eben unansprechbar. Und sie sind überall. Man spürt ihre Einmischung in allen Kreisen und bei allen Ämtern. Sie schüchtern sogar die höchsten Behörden ein, man fürchtet sie... Wissen Sie das Neueste, Monsieur Maurelle?" hinzu, in dem sich Klage und Wut mischten.

Maurelle erriet unschwer, daß mit „sie" immer die Umweltschützer gemeint waren, die geschworenen Feinde der „Gargantua", der sie den Beinamen „Leviathan" gegeben hatten. Alle, die der „Gargantua" dienten, von Madame Bach bis zum jüngsten Matrosen, hatten „sie", die Umweltschützer, hassen gelernt.

„Und was ist das Neueste?"

„Oh, sie greifen im voraus an", stöhnte Müller. „Als seien wir im Begriff, bereits morgen in See zu stechen. Mein Gott, wenn es nur schon soweit wäre! Wäre die ‚Gargantua' nur schon bald fertiggestellt, um das Weite suchen und dieses gottverdammte Land verlassen zu können! Aber bis dahin werden noch Monate vergehen, und wir werden noch weitere Beleidigungen einstecken müssen."

„Was ist das Neueste, Kapitän?" wiederholte Maurelle beunruhigt.

„Wissen Sie, was man von uns verlangt, wenn wir bei Nebel auslaufen? Ich habe da gerade ein Schreiben einer mir unbekannten Behörde erhalten, die sich als Internationale Seebehörde ausgibt."

„Ich bin zwar kein Seemann, aber ich vermute, Sie sollten Ihre Gegenwart mit Hilfe der Sirene und der Schiffsglocke signalisieren – wie alle anderen Schiffe auch."

„Mit Sirene und Schiffsglocke – ja, gewiß, aber nicht wie alle anderen Schiffe", tobte der Kapitän. „O nein! Wir sind kein Schiff wie alle anderen. Für uns ist ein besonderes Signal vorgeschrieben, das eigens für uns erfunden wurde. In diesem Schreiben ist es durch eine halbe Seite langer und kurzer Töne dargestellt. Hier steht es schwarz auf weiß. Man muß doch die anderen auf die tödliche Gefahr aufmerksam machen, der wir sie allesamt aussetzen, nicht wahr? Nicht nur auf die Gefahr eines Zusammenstoßes, sondern auf die bloße Gefahr der Nachbarschaft. Und für die Nachtzeit ist auch schon etwas vorgesehen: eine Spezialbeleuchtung, die ebenfalls nur uns vorgeschrieben ist. Und für unsere ersten Probefahrten eine festgelegte Route, abseits der Fischereiplätze. Irgendein Schreiberling, der nichts von Navigation versteht und seine Befehle von den Umweltschützern erhält, hat diese Route ohne die geringste Kenntnis der Wassertiefen ausgesucht. Es ist noch ein Glück, daß man uns nicht zwingt, dauernd eine Glocke zu läuten, auch bei klarem Wetter – wie ein Schiff, das Pestkranke an Bord hat!"

Maurelle sprach dem Kapitän sein Mitgefühl angesichts dieser neuerlichen Demütigung aus, dann verließ er ihn und stieg zum Kai hinunter, um ins Hotel zu fahren. Ehe er aber seinen Wagen bestieg, wandte er sich um und betrachtete lange die Silhouette des Tankers, dessen Umrisse sich in der Dämmerung abzeichneten und der jetzt noch gigantischer wirkte als bei Tageslicht. Seine ungeheure Gestalt schien Meer und Festland zugleich Trotz zu bieten.

„Er ist da", murmelte Maurelle, „und das ist das Wesentliche, sagen Madame Bach und David. Vielleicht haben sie recht. In der Dämmerung könnte man den Tanker ebensogut mit einer Kathedrale vergleichen. Ich muß versuchen, der Öffentlichkeit diesen ästhetischen Aspekt begreiflich zu machen, aber es besteht wohl nicht viel Aussicht, daß mir das gelingt. In den Augen der ‚Hinkenden' und Professor Havards ist die ‚Gargantua' ein Leviathan, ein Symbol des Bösen. Sich vorzustellen, daß ein Mitglied des Institut de France einem derartigen Aberglauben verfallen sein kann! Was für ein Esel! David hat recht!"

Diese Überlegungen holten ihn zurück in die Atmosphäre des langwierigen Kampfes, den er gleichzeitig der allgemeinen Dummheit des Volks, wie auch einer ganz bestimmten Gruppe von Wissenschaftlern lieferte. Als er in seinem Hotel anlangte, spürte er, daß er sich von diesen aufdringlichen Gedanken nur würde befreien können, wenn er sie auf seine gewohnte Weise umsetzte, was er auch sofort tat. Er setzte also den auf dem Schiff begonnenen Text fort:

„Ein Unbefangener würde meinen, daß die Gelehrten sich in diesem Streit samt und sonders unter dem Banner jener zusammenfinden würden, die der Wissenschaft Glauben schenkten und den Fortschritt als ihr Evangelium predigten. Aber nichts davon traf zu: die Gelehrten verteilten sich vielmehr auf beide feindliche Parteien, und eine nicht geringe Anzahl von ihnen waren ein Bündnis mit dem Clan der Umweltschützer eingegangen. Wenn sie sich dem Chor nicht anschlossen, der ‚Hängt die Physiker und die Chemiker' brüllte, so nur deshalb, weil ihr Selbsterhaltungsinstinkt sie hier Zurückhaltung üben ließ – trotz aller Versuchung, es dennoch zu tun –, aber ein anderer Instinkt trieb sie dazu, sich mit der ganzen Autorität ihres wissenschaftlichen Rufes jeder Neuerung zu widersetzen, sofern diese in etwa die Tendenz zeigte, dem altgewohnten Lauf der Dinge eine andere Richtung zu geben.

Man hatte das ja bereits vor einigen Dezennien erlebt, als die ersten Pläne zur friedlichen Nutzung der Atomenergie auftauchten..."

Das war nicht der erste Kampf, den Maurelle mit den Umweltschützern ausfocht. Er vergegenwärtigte sich die Epoche, als er jung und frisch von der Universität kam. Dort hatte er soeben ein Staatsexamen abgelegt, das seiner Wißbegier, und ein weiteres, das seinem persönlichen Geschmack entsprach; er war dann vom E. D. F.* angestellt worden, um sich – damals schon – mit Öf-

---

* E. D. F. = Electricité de France, staatliche Elektrizitätsgesellschaft.

fentlichkeitsarbeit zu befassen und Propaganda für die Kernkraftwerke zu machen. Und auch dabei hatte es mancherlei Verdruß gegeben. Er fuhr fort:

„Jedesmal, wenn diese Projekte die Unterstützung irgendeiner wissenschaftlichen Kapazität erfuhren, eines Friedensnobelpreisträgers oder eines Gelehrten, der soeben den Nobelpreis für Physik, Chemie oder für Biologie erhalten hatte, und immer, wenn diese berühmte Persönlichkeit mit überzeugenden Beweisen demonstriert hatte, daß die Atomenergie nicht nur keinerlei Gefahr für die Bevölkerung darstelle, sondern auch, daß sie Himmel, Erde und Gewässer sehr viel weniger verunreinige als Kohle oder Öl, fand sich alsbald zumindest eine andere Persönlichkeit der Gelehrtenwelt, die genauso berühmt war, genauso Mitglied des Instituts, Nobelpreisträger oder künftiger Nobelpreisträger für Biologie, Chemie oder Physik war, um mit gleichermaßen unwiderleglichen wissenschaftlichen Argumenten zu beweisen, daß die Atomnutzung in einem Kernkraftwerk eine furchtbare Gefahr bedeute, die geeignet sei, wenn schon nicht unseren Planeten in Nichts zu sprengen, so doch wenigstens die allmähliche Vergiftung eines ganzen Landstrichs hervorzurufen, eine schleichende Verseuchung von Erde, Luft und Wasser, in deren Folge über kurz oder lang Krebsepidemien und Leukämie auftreten würden. Die optimistischste Perspektive sah eine körperlich und geistig geschädigte Nachkommenschaft voraus, deren Siechtum zum baldigen Tod führen mußte.

Die Wissenschaftler in beiden Parteien bemühten sich immerhin, in geistiger Reichweite der Laien zu bleiben und zogen es daher vor, sich in einfachen Bildern auszudrücken, statt wie gewohnt, in Fachchinesisch. Die Anhänger der Kernkraftwerke hatten eine neue Maßeinheit erfunden, um die Menge des gefährlichen Atommülls zu berechnen, der im Erdinnern gelagert werden sollte: das olympische Schwimmbassin. Bei Durchführung des Programms, wie es bis zur Jahrhundertwende vorgesehen war, würde der Atommüll, wie sie prophezeiten, höchstens drei bis fünf solcher Schwimmbecken füllen; natürlich war diese Zahl viel weniger beeindruckend als die Tausende von Kubikmetern, mit denen ihre Gegner operierten. Was nun die Gelehrten unter den Umweltschützern betrifft, so schrieben sie beispielsweise, daß eine Plutoniumkugel, wie sie in den Kernkraftwerken verwendet wird, eine Kugel also von der Größe einer Grapefruit, genügen würde, um die gesamte Erdbevölkerung auszulöschen. Diese Behauptung erhitzte die Gemüter, wurde jedoch von den Antiumweltschützern ziemlich sarkastisch beantwortet. Eine dieser Antworten besagte: Sollte es einem Irren einfallen (wie das die gelehrten Kollegen offenbar für das Plutonium annähmen), in einer Kugel von der Größe einer Grapefruit das Konzentrat eines Gifts, wie beispielsweise des Batrachotoxins, unterzubringen – eines Gifts, dessen toxische Wirkung ungefähr tausendmilliardenmal größer ist als die des Plutoniums –, so müßte auch das genügen (falls man den Überlegungen der berühmten Kollegen folgte), um die Erdbevölkerung tausendmilliardenfach auszuradieren. Um solche bedauerlichen Unfälle zu verhüten, gäbe es ihrer Meinung nach ein ganz einfaches Mittel (und sie wunderten sich, daß ihre berühmten

Gegner darauf noch nicht verfallen seien), nämlich: das Gift nicht zu sich zu nehmen.

Die unverrückbaren Standpunkte, die von den höchstqualifizierten Spezialisten beider Seiten eingenommen wurden, gaben einigen scharfsinnigen Geistern einen genialen Plan ein. Da die fachkundigsten Gelehrten, sagten sie, zu keiner Einigung kommen können, bleibt als Lösung nur, den Streit durch jene ausfechten zu lassen, die absolut nichts davon verstehen. Aber an der vorübergehend ins Auge gefaßten Eventualität einer öffentlichen Meinungsbefragung wurde nicht festgehalten.

Der Streit konnte also niemals beigelegt werden, und die guten Leute, die Zeugen dieser erbitterten Auseinandersetzung zwischen dem gesunden Hausverstand und der scharfsinnigen Intelligenz geworden waren und die Meinungsverschiedenheiten unter den größten Geistern des In- und Auslandes miterlebt hatten, diese Leute, die noch von keinem der beiden Lager angeworben worden waren, blieben stumm und waren voll von unartikulierter Angst."

„Das wär's für heute", schloß Maurelle.

Er fand, daß dieses Stück fcuilletonistischer Literatur ihn ein wenig aufgeheitert hatte und ließ es dabei bewenden. Um den Tag des Mißvergnügens zu beschließen, blieb ihm nichts anderes übrig, als in dem Hotelrestaurant Platz zu nehmen, wo eine unfreundliche Kellnerin ihm die stets gleiche Abendmahlzeit servierte, ohne ihn jemals anzulächeln oder auch nur den Mund aufzutun. Auch das war nichts als ein Ausdruck der Ablehnung, die allen Angestellten des verfluchten Schiffes von der Stadt entgegengebracht wurde.

Maurelle seufzte, als er sich allein an den gewohnten Tisch setzte, der etwas abseits von den anderen stand, als habe man ihn, Maurelle, aus der Menschheit ausschließen wollen. Er überlegte, daß Müller und David gewiß recht daran taten, auf dem Schiff Quartier zu beziehen, und nahm sich vor, den Kapitän zu bitten, auch für ihn eine Kabine einrichten zu lassen.

„Es wird jedenfalls lustiger sein als hier", murmelte er leise. „Und dann wird alles ganz klar sein: auf der einen Seite die ‚Gargantua' – auf der anderen die feindliche Welt."

Einsamkeit lastete auf ihm. Sie steigerte noch die bedrückende Atmosphäre. Martine fiel ihm ein, seine undankbare Freundin, die ihn verlassen hatte, seit er sein Geschick mit dem Geschick dieses Schiffsmonstrums verbunden hatte, sie hatte sich niemals an das Leben in der Provinz gewöhnen können und schon gar nicht an die Verfemung seitens der Stadtbewohner, deren Opfer auch sie geworden war wie alle jene, die in irgendeiner näheren oder entfernteren Beziehung zur „Gargantua" standen.

Er kehrte in sein Zimmer zurück, las die Seiten, die er geschrieben hatte, noch einmal durch, machte Miene, sie zu zerreißen, ordnete sie aber schließlich achselzuckend ein. Er verjagte den Gedanken an Martine. Das letzte, was er in der Rückschau auf diesen Tag vor sich sah, war die sittliche Entrüstung Kapitän Müllers. Es gelang Maurelle zu lächeln, als er sich die ununterbrochen schwingende riesige Glocke vorstellte, die am Vorderteil des Schiffsgiganten aufgehängt war, um seine gefährliche Nähe weithin zu verkünden.

„Wie bei den Leprakranken im Mittelalter", seufzte er, ehe er einschlief.

4

Sobald die „Gargantua" einige Monate später seetüchtig war, galt ihre erste Ausfahrt dem neuen Ankerplatz, der für sie unweit des Ölhafens bei dem Marktflecken Le Verdon, dicht an der Girondemündung, vorbereitet worden war. Eventuell sollte hier später einmal, nach mehreren Ausfahrten, ihr Heimathafen sein. Madame Bach, die bei Ausgaben für Investitionen nicht zu knausern pflegte, zumal, wenn es sich darum handelte, ihren Ideen zum Sieg zu verhelfen, hatte hier Werkstätten geschaffen, um die Ausrüstung des Reaktors zu vollenden und ihn nachzuregulieren – und zwar unter Davids Oberaufsicht, denn die Werft von Saint-Nazaire war mit den für derlei Feinarbeit nötigen Werkzeugen nicht ausgestattet. Wenn die Schiffsschrauben des Giganten auch bereits imstande waren, sich zu drehen, wenn die Turbinen und Generatoren anfingen, sich einzulaufen und die Elektroinstallation auch fast vollendet war, so lieferten doch noch immer ganz gewöhnliche Ölheizkessel die Energie, die all dies in Bewegung setzte. „*Meine* guten alten Kessel", wie der Chefmechaniker Guillaume mit einem Seitenblick auf David zu sagen pflegte, „die zwar zweifellos außerstande sind, die Rekordleistungen *Ihres* Reaktors zu vollbringen, die aber immerhin schon unter Druck stehen, so daß wir alle froh sind, sie jetzt zur Hand zu haben, während *Ihr* Gerät noch mehrere Monate benötigen wird, ehe es Dampf in *meine* Turbinen jagen kann."

„Mag sein", antwortete David im gleichen Tonfall, „aber wenn *mein* Reaktor einmal geladen sein wird, wird die ‚Gargantua' siebenmal rund um die Erde fahren können – ohne Zwischenlandung, ohne die Notwendigkeit, Stunden um Stunden in einem Hafen zu verlieren, um *Ihre* alten Kessel aufzutanken."

„Das stimmt", murrte Guillaume. „Das Schreckliche daran ist nur, daß ihr das gelingen wird oder beinahe gelingen wird. Glauben Sie wirklich, daß darin der Fortschritt liegt und daß die Besatzung Sie für diese Rekordleistungen segnen wird?"

Der Physiker zuckte lächelnd die Achseln. Zwischen den beiden Männern gab es keinen Antagonismus. In aller Stille hatten sie sich das Reich der Maschinen geteilt. Guillaume sprach von *seinen* Heizkesseln, von *seinen* Turbinen, von *seinen* Generatoren, *seinen* Kondensatoren, David hingegen von *seinem* Atomreaktor. Aber während jeder die Meisterschaft auf seinem eigenen Spezialgebiet unterstrich, bemühte er sich zugleich, sich mit dem Wissen des anderen vertraut zu machen. Für Guillaume war es Berufsinstinkt und Pflicht in einem. David sollte nicht ständig auf der „Gargantua" bleiben. Nach einigen Fahrten, wenn der Reaktor voll funktionierte, war es Sache des Chefmechanikers, die Oberaufsicht über den ganzen Maschinenraum zu übernehmen. Um sie über die wichtigsten Geheimnisse der Atomkraft aufzuklären und über die Probleme, die sich aus ihr ergeben, hielt David seit Monaten Vorträge vor allen Technischen Offizieren des Schiffes. Was den Physiker selbst anbetraf, so ließen ihn seine hinsichtlich des Verhaltens der Materie immer wache Wißbegier und sein großes Interesse an ihren unzähligen Möglichkeiten jede Gelegenheit wahrnehmen, sich über das Funktionieren „antiker" Apparate, die ihm aber neu waren, zu unterrichten und manchmal Guillaume demütig um Aufklärung zu bitten. Glücklich über diese Einstellung, war Guillaume stets bereit, unterstützt von Maschinenplänen, David die nötigen Erklärungen zu geben.

Kapitän Müller war in dieses freundschaftliche Einverständnis eingeweiht. Zu Beginn ihrer Zusammenarbeit hatte ihn lange Erfahrung – angesichts der mürrischen Zurückhaltung, die Guillaume immer an den Tag legte, sobald die Rede auf den Kernkraftantrieb kam – eine Rivalität zwischen dem Physiker und dem Mechaniker mit allen für das Leben an Bord daraus resultierenden Unzuträglichkeiten wittern lassen. Als Müller die beiden einander vorstellte, hatte er derlei Rivalität vorgebeugt, indem er mit Nachdruck erklärte:

„Ich lese derzeit ein hochinteressantes Buch: ‚Nuclear Ship Propulsion' von einem gewissen Rowland F. Pocock. Hier eine Stelle aus der Einleitung: Dr. Alan Davis hat die Experten für den Kernkraftantrieb von Schiffen in zwei Kategorien eingeteilt: die Kernkraftingenieure, die nichts von Schiffen verstehen, und die Marine-Ingenieure, die nichts von Kernkraft verstehen. Was halten Sie von dieser Meinung?"

Nach einigem Zögern waren die beiden Männer mit einem Anflug von Lächeln übereingekommen, daß ihnen diese Definition sehr zutreffend zu sein scheine.

Müller hatte diese Haltung zu schätzen gewußt und noch eindringlicher seine Rede fortgesetzt:

„Ich selbst reihe mich in eine dritte Kategorie ein: ich gehöre zu denen, die nichts von Kernkraftenergie verstehen und die nur eine sehr blasse Ahnung davon haben, wie die Maschinen eines Schiffs funktionieren. Hingegen kenne ich mich mit Schiffen in anderer Hinsicht aus, und ich weiß, daß ihr Zustand auf See in hohem Maße von der Eintracht abhängt, die innerhalb der Besatzung herrscht."

Das Lächeln Guillaumes und Davids hatte sich daraufhin verstärkt, und sie hatten einander die Hände geschüttelt. Dank einiger Bemerkungen gleicher Art, die der Kapitän vor seiner versammelten Mannschaft gemacht hatte, herrschte an Bord der „Gargantua" auch zwischen den Deckoffizieren und den Technischen Offizieren volles Einverständnis. Das war so außergewöhnlich, daß Madame Bach sich jeden Tag dazu beglückwünschte, daß es Müller gewesen war, den sie ausersehen hatte, die Geschicke des Riesentankers zu lenken.

Aber wenn auch an Bord der „Gargantua" gutes Einvernehmen herrschte, so traf das keineswegs auf das Verhältnis der Besatzung zur Küstenbevölkerung zu, die der Mannschaft noch bedeutend feindlicher gesinnt war als die Bevölkerung von Saint-Nazaire. Aber vielleicht war es gerade diese Feindseligkeit, die alle, vom Kapitän bis zum Koch, auf sich lasten fühlten – vielleicht war gerade sie es, die dazu beigetragen hatte, das Zusammengehörigkeitsgefühl zu stärken. In der Tat wurde der Graben zwischen der Schiffsbesatzung und der Außenwelt ständig tiefer, denn die ganze Nachbarschaft war dem Umweltschutzfieber verfallen.

Maurelle hatte das vorausgesehen. Kaum hatte er das Schiff zu seinem neuen Heimathafen begleitet, wo Maurelle in gleicher Weise wie bisher Öffentlichkeitsarbeit leisten sollte, als er eine neue Schlappe hinnehmen mußte, die ihn noch empfindlicher traf als die vorhergegangene, und dies all seinen Bemühungen zum Trotz, die unheilvolle Legende, die sich um den „Leviathan" gerankt hatte, endgültig zu zerstören. Es traf allerdings zu, daß Maurelle hier gegen eine Bevölkerung anzukämpfen hatte, die unter dem unmittelbaren Einfluß jener „Hinkenden" stand, die in einem Nachbardorf wohnte. Überhaupt sah er sich einer verschärften Hetzkampagne gegenüber, die von den Umweltschützern des ganzen Landes betrieben wurde.

Nachdem die Atomreaktoren gegen ihren Einspruch dennoch gebaut worden waren und der Umgebung keinerlei erkennbaren Schaden zufügten, hatten sich die Umweltschützer für einige Zeit anscheinend beruhigt. Aber das traf in Wirklichkeit nicht zu. Die Flammen des Zornes loderten zwar nicht mehr sichtbarlich, aber die Glut schwelte immer noch. Die Nachricht vom Bau der „Gargantua" hatte auf diese glosende Asche gewirkt wie der Atem eines heftigen Mistrals. Ein Supertanker, zu allem Überfluß auch noch mit Atomenergie betrieben! Eine Maschine also, die doppelten Schaden anrichtete und offenbar vom Satan dazu erfunden worden war, die ärgsten Landplagen über die Menschheit zu bringen. Wenn man sich äußerstenfalls mit der Existenz eines unbeweglichen Reaktors, der an den Stahl und den

Beton eines Kraftwerks gefesselt war, abfinden konnte – was sollte man zu einem entfesselten Ungeheuer in Freiheit sagen, das die Widernatur der Atomkraft auf alle Meere und in alle Häfen der Welt trug! Seine Gegner hatten leichtes Spiel, wenn sie an den Präzedenzfall eines japanischen Schiffs dieser Art erinnerten, das sich als gefährlich radioaktiv erwiesen hatte und mit einer Besatzung, die sich bereits in Todesgefahr befand, lange auf See umhergeirrt war. Mitleidlos war es an allen Küsten abgewiesen worden, an denen es zu landen versucht hatte. Zudem würde das Ungeheuer sechshunderttausend Tonnen Öl mit sich führen, ein Potential, das die bisherigen Öltransporte noch nie erreicht hatten. Beim ersten Unwetter würde das Öl sich ins Meer ergießen und Teppiche bilden, im Vergleich zu denen jede bisherige Verschmutzung unbedeutend war.

Inzwischen schritt die Arbeit an Bord der „Gargantua" rüstig fort. Von Zeit zu Zeit unternahm der Tanker Probefahrten auf die hohe See, allerdings noch in gemächlichem Tempo wegen seiner Hilfskessel. Maurelle nahm manchmal an diesen Ausflügen teil. An diesem Nachmittag befand er sich auf der Kommandobrücke und unterhielt sich mit Kapitän Müller, der mit dem Zustand seines Schiffes zufrieden war. Glücklich darüber, der bedrückenden Stimmung an der Küste entronnen zu sein, taten beide ihr Möglichstes, um jede Anspielung auf Umweltschutz zu vermeiden, freilich nicht immer mit Erfolg. David gesellte sich zu ihnen; er hatte einen blauen Monteuranzug übergezogen, seine Hände waren schmutzig, und sein Gesicht triefte von Schweiß.

„Seit der Abfahrt habe ich Sie nicht mehr zu Gesicht

bekommen", sagte Müller. „Es ist doch wohl nicht Ihr Reaktor, der Sie so sehr in Anspruch nimmt? Er ist ja nicht in Betrieb."

David antwortete ihm, er habe seine Zeit im Kesselraum verbracht. Der Kapitän billigte das.

„Ich freue mich, daß Sie unsere Maschinerie nicht allzusehr verachten. Wahrscheinlich sind Sie heraufgekommen, um hier etwas frische Luft zu schnappen."

„Keineswegs, Kapitän. Ich kam nur, um Ihnen zu sagen, daß unten alles in Ordnung ist. An die frische Luft und ihre Wunder glaube ich nicht allzusehr."

Bestürzt sah der Kapitän ihn an, als habe er soeben eine Ungeheuerlichkeit gesagt. Die Bemerkungen des Physikers versetzten den naturliebenden Seemann häufig in höchstes Erstaunen, denn Müller litt mehr als jeder andere unter dem Vorwurf, der Natur Schaden zuzufügen. Maurelle lächelte:

„David behauptet", sagte er, „der Mythos von der frischen Luft habe keinerlei vernünftige Begründung."

„Wie beinahe alles, was sich bemüht, das Natürliche in einen Widerspruch zum Künstlichen zu setzen", versicherte der Physiker. „Die Luft, von der behauptet wird, sie sei durch die Industrie unseres Jahrhunderts verunreinigt worden, ist ebenso ‚natürlich' wie die Luft, die unsere Vorfahren atmeten, als sie noch Höhlenbewohner waren."

„Was Sie nicht sagen!" protestierte Müller, schon ziemlich entrüstet.

„Es gibt nur noch Havard, Kapitän, und einige andere Pseudowissenschaftler seiner Art, die glauben, daß die Umwelt unsere Lebensbedingungen schaffe. Gerade das Gegenteil ist der Fall, wie wir seit James Lovelock wissen. Es sind die Lebewesen, die diese Umwelt in dem ihnen als notwendig erscheinenden Sinn bestimmen und kontrollieren. Seit es Leben gibt, das seinerseits eine Atmosphäre entstehen ließ, ist diese ununterbrochen von allen Kreaturen in Einklang mit ihren jeweiligen Lebensbedürfnissen gebracht worden. Das ist genau das, was auch wir tun, ohne uns dessen bewußt zu werden."

Das war die Art von Gesprächen, wie der Physiker sie des öfteren mit Maurelle führte. Dieser hörte ihm gerne zu, wenn er seine Lieblingstheorien auseinandersetzte. Aber Kapitän Müller fand keinen Geschmack an Behauptungen, die er für ein Spiel mit Paradoxen hielt.

„Kein einziger elender Kahn in Sicht", seufzte er.

Der Nachmittag neigte sich, aber das Licht nahm noch nicht ab. Die „Gargantua" setzte einsam ihren gemächlichen Kurs fort. Tagsüber hatte man am Horizont kaum zwei oder drei Frachter, die dem Hafen zustrebten, gesichtet.

„Hier ist das übrigens ganz normal", fuhr Müller fort. Man hat mir ja diese Route, abseits von den Seewegen und Fischereiplätzen, vorgeschrieben. Aber Sie haben das Lustigste versäumt, Monsieur David, Sie waren ja bei Ihren Maschinen, die Ihnen für Ihr Glück genügen. Bei unserer Abfahrt befanden sich einige Segelschiffe auf hoher See, zweifellos mit Vergnügungsreisenden, die aus La Baule kamen. Kaum hatten sie den Bug unserer ‚Gargantua' entdeckt, der sich der hohen See zuzuwenden begann, als sie auch schon die Flucht ergriffen. War das ein Durcheinander! Auch einige Fischer waren darunter. Auch bei ihnen das gleiche Manöver, die gleiche Kopflosigkeit. Immerhin wußten die Fischer sehr wohl, daß wir ihre Gewässer nicht kreuzen würden. Großer Gott! Ich beachte doch die Sicherheitsvorschriften, ich wäre doch so weit wie möglich an ihnen vorbeigefahren. Aber für sie war das immer noch zu nah. Aus fünf Meilen Distanz fürchteten sie die Verseuchung."

„Wie wäre es erst gewesen, wenn der Reaktor in Betrieb gewesen wäre?" warf David lächelnd ein. „Es gibt derzeit noch kein einziges Milligramm Uran an Bord."

Die Erfordernisse des Dienstes unterbrachen ihr Gespräch. Der Kapitän nahm Meldungen entgegen, die bestätigten, daß alles wunschgemäß verlief, sowohl im Maschinenraum als auch auf Deck. Dann ließ er eine leichte Korrektur der Steuerung durchführen, um das Schiff auf dem ihm vorgeschriebenen Kurs zu halten. Später, als es dämmerte, befahl Müller, die Signallichter mit besonderer Sorgfalt zu setzen; er sagte das mit einer Stimme, die den jungen Offizier, dem der Befehl galt, zusammenfahren ließ.

„Und vor allem, irren Sie sich nicht", knurrte Müller. „Sie haben doch wohl das völlig ungewöhnliche Schema begriffen, das uns vorgeschrieben ist. Wiederholen Sie."

Der andere wiederholte, ohne sich zu irren. Der Kapitän zuckte die Achseln und kehrte zu Maurelle und David zurück.

„Nicht eine Unze Uran, nicht ein Gramm Öl an Bord", wiederholte er, „aber für die Seeleute ist das trotzdem ein Teufelsschiff. Auch ohne Ladung erschreckt es sie. Wenn wir sechshunderttausend Tonnen Rohöl transportieren werden und wenn der Reaktor in

Betrieb sein wird – wie werden sie sich dann erst verhalten, frage ich mich. Jedenfalls", fügte er skeptisch hinzu, „könnte ihr Verhalten nicht feindseliger und für uns demütigender sein."

„Demütigender nicht", gab Maurelle nach einigem Nachdenken zu. „Aber feindseliger – darauf würde ich nicht schwören, Kapitän. Ich beharre auf meiner Befürchtung, daß ihr Haß sich eines Tages auf wesentlich brutalere Weise manifestieren wird als nur durch Verachtung."

5

Madame Bach war gekommen, um sich über den Fortgang der Arbeiten zu unterrichten, und sie war zufrieden. Der Tanker begann sich einzufahren. Man mußte bald daran gehen, den Reaktor zu beschicken und in Betrieb zu setzen. Zweifellos würde in drei oder vier Monaten, nach einigen weiteren Probefahrten, die „Gargantua" ihre erste Orientfahrt antreten und mit ihrer Ladung zurückkehren. Und dann würde die Firma beginnen, die Früchte der enormen Investitionen zu ernten, die für den Bau des Monstrums erforderlich gewesen waren. In dieser Hinsicht hatte die Präsidentin nach allen Seiten nur Lob auszuteilen, und sie sparte auch nicht damit. Da die technischen Probleme gelöst waren, begann sie sich mit der unfreundlichen Stimmung zu befassen, die in der Gegend herrschte. Maurelle hatte berichtet, daß diese Stimmung sich kaum bessern, sondern eher noch verschlechtern würde, und Madame Bach war sich im klaren, daß die ganze Besatzung darunter litt, was, wie sie meinte, noch für kein Unternehmen jemals günstig gewesen war.

Sie hatte Kapitän Müller, David und ihren Sekretär in den Salon gebeten, der zu dem Appartement des Kapitäns gehörte, das wie auf allen großen Tankern mit jedem wünschenswerten Komfort, und auf der „Gargantua" sogar mit einem gewissen Luxus ausgestattet war. Vor allem mit ihrem Sekretär wünschte Madame ein ernstes Gespräch zu führen.

Als Maurelle die von der „Hinkenden" geführte Aktion erwähnte, blitzte Zorn aus den Augen von Madame.

„Die ‚Hinkende', mein bester Maurelle!", rief sie aus. „Wir werden jedenfalls nicht zulassen, daß sie unsere Pläne durchkreuzt."

Die Existenz der „Hinkenden" und ihre Persönlichkeit waren allen Funktionären der Schiffahrtsgesellschaft und im besonderen Maße Madame Bach wohlbekannt. Die Kampagne, die von der „Hinkenden" seit der Entstehung des Projekts inszeniert worden war, hatte nicht wenige Aufsichtsratssitzungen zur Folge gehabt, in denen zahlreiche Pläne geschmiedet worden waren, aber alle diese Pläne waren mißglückt.

„Es handelt sich nicht nur um sie allein", murmelte David. „Es gibt da auch noch..."

„Den Professor Havard, ich weiß", fiel ihm Madame Bach ins Wort, „aber der ist fürs erste nicht gefährlich, wohl aber die ‚Hinkende', wie Sie mich ja wissen ließen."

„Meiner Meinung nach ist sie nach wie vor gefährlich, Madame."

Maurelle schilderte mit wenigen Worten die Persönlichkeit der „Hinkenden", den Einfluß, den sie im ganzen Lande ausübte und die zahlreichen Anhänger, die sie mit ihrer Krücke dirigierte.

„Haben Sie keine Möglichkeit gefunden, sie zur Vernunft zu bringen?"

„Vernunft", rief Maurelle empört. „Gott allein weiß, wie gute Gründe wir haben, und wie ich sie ihr immer wieder dargelegt habe, um ihre und ihrer Freunde Zustimmung zu erreichen, und wie ich ihnen allen geschmeichelt habe! Verlorene Liebesmühe. Alle Argumente, all die alten Schlagworte, die seinerzeit gegen die Kernkraftwerke vorgebracht worden sind, sie wurden mir wieder aufgetischt, verbrämt mit einigen neuen Phrasen: die ‚Gargantua' hinterlasse in ihrem Kielwasser tödliche Radioaktivität. Bald werde das ganze Meer verseucht und mit unzähligen toten Fischen bedeckt sein. Ich habe alle Vorsichtsmaßnahmen beschrieben, alle unsere Erfahrungen geschildert. Ich habe einige von diesen Leuten fast mit Gewalt in einen Vorführraum geschleppt – nicht die ‚Hinkende' natürlich, sie hat sich ja nie dazu herbeigelassen, auf mein Entgegenkommen einzugehen, aber zu Beginn unseres Aufenthaltes sind immerhin einige ihrer Freunde gekommen. Die haben sich dann alles angesehen, haben ein Gesicht geschnitten und waren von nichts zu überzeugen. Ich habe die Herrschaften eingeladen, mit eigenen Augen die Stärke des Metalls, das die aktive Zone umgibt, zu prüfen und zu messen. Nichts zu machen. Alle Fischer glauben noch immer, daß ihr Meer sich in eine giftige Brühe verwandeln werde und daß Fauna und Flora, sofern sie wie durch ein Wunder die Strahlenpest überdauern sollten, wegen der ungeheuren Fracht des Schiffes der Vernichtung geweiht seien. Die Fischer sehen nämlich bereits vor sich, wie sechshunderttausend Tonnen Rohöl das Meer Tausende Quadratkilometer weit verunreinigen werden. Wenn wir Schiffbruch erleiden..."

„So viel ich weiß, ist die ‚Gargantua' anders beschaffen", unterbrach Madame Bach kühl, „nicht wahr, Kapitän?"

„Schiffbruch ist eine Hypothese, die ich nicht ins Auge fasse."

„Aber die Fischer sprechen davon, als müsse sich so etwas schon bei der ersten Ausfahrt ereignen", fuhr Maurelle in Erinnerung an all seinen Verdruß fort. „Sie vergießen Krokodilstränen über die vernichteten Heringschwärme, über die sterbenden Albatrosse mit den verklebten Flügeln, über die Pinguine, die ausgestorbenen Alke und die Robben…"

„Die Pinguine, die Alke, die Robben?" unterbrach ihn Madame Bach verdrossen.

„Eine Untersuchung, die ich weiß nicht mehr welche Gruppe von Gelehrten angestellt hat, hat angeblich bewiesen, daß alle diese Tiere der Vernichtung preisgegeben wären, wenn die Öltanker fortfahren, die Meere zu verschmutzen. Man bemitleidet bereits das Plankton – und was weiß ich was noch alles. Die Dümmsten (natürlich nicht die ‚Hinkende', die ist gewiß nicht dumm) sprechen von einem Ansteigen der Meerestemperatur, falls noch mehr Schiffe dieser Art gebaut werden. Dagegen ist nichts auszurichten, Madame. Mit Vernunft ist denen nicht beizukommen. Alle meine Bemühungen stammen übrigens aus einer Zeit, in der man noch diskutieren konnte, oder zumindest so tun, als diskutiere man. Heute dagegen sind die meisten dieser ohnedies schwachen Kontakte abgebrochen. Die ‚Hinkende' hat ihren Freunden untersagt, mit mir zusammenzukommen. Sie hat ihre Truppen fest in der Hand."

„Wenn mit Vernunft nichts auszurichten ist", warf Madame Bach nach kurzem Nachdenken ein, „ist Ihnen dann nichts anderes eingefallen? Diese ‚Hinkende' muß doch einen wunden Punkt haben. Sie ist arm, sagten Sie. Es wäre nicht das erste Mal, daß eine angemessene Zuwendung geschäftliche Hindernisse beseitigen könnte..."

„Madame, wofür halten Sie mich?" rief Maurelle beinahe entrüstet aus. „Sie können überzeugt sein, daß ich auch daran gedacht habe. Ich bin natürlich nicht direkt vorgegangen, sondern auf Umwegen, sehr vorsichtig und möglichst taktvoll. Ich habe versucht, der ‚Hinkenden' begreiflich zu machen, daß die Firma sich für bloße Neutralität auf mancherlei Art dankbar erweisen könnte. Die ‚Hinkende' gab mir aber sehr bald zu verstehen, daß es für uns gefährlich werden könnte, wenn ich in diesem Ton weiterspräche."

„Sie ist also unbestechlich, wie ich sehe", murmelte Madame Bach ärgerlich.

„Unbestechlich ist sie und überdies eine Fanatikerin!" rief Maurelle. „Das sind die gefährlichsten. ‚Die Überdrehte' sollte man sie lieber nennen. Sie ist von ihrer fixen Idee besessen, wir seien Helfershelfer des Satans. Sie will den Heiligen Krieg ausrufen."

„Sollte es eines Tages zu einer Auseinandersetzung kommen: sind ihre Truppen dann erheblich?"

„Erheblich und vielfältig: ihr Einfluß reicht weit über die Gegend hinaus. Sie genießt überall Sympathien und besitzt Autorität in all jenen Kreisen, die uns seit eh und je feindlich gesinnt sind: vor allem natürlich bei den großen und kleinen Umweltschützern jeder Art, bei Fachleuten und Amateuren, dann auch bei den Fischern, bei den Besitzern von Vergnügungs- und Ferienetablissements, bei all den Sturmtrupps der systematischen Opposition..."

„Wie verhält sich die Gemeindeverwaltung?" fragte Madame Bach, die bei dieser Aufzählung ungeduldig geworden war.

„Ablehnend. Der frühere Bürgermeister war uns eher gewogen, der neue ist es nicht – trotz der hohen Abgaben, die wir der Gemeinde zahlen. Er persönlich hätte uns niemals sein Land verpachtet. Die ‚Hinkende', die dem Gemeinderat angehört, hat ihn zu ihrem Kreuzzug bekehrt."

„Wie steht es mit der Geistlichkeit?"

„Sie zeigt sich äußerst reserviert. Sie dürfen mir glauben, ich habe wirklich alles versucht. Ich schwöre es Ihnen, Madame."

„Ich bin davon überzeugt, mein bester Maurelle", unterbrach ihn Madame Bach, besänftigt von der Erregung ihres Sekretärs. „Wenn ich danach frage, so nur, um zu einem Ende zu kommen. Also, wie war es bei der Geistlichkeit?"

„Ich habe auch dort meine Predigt gehalten, Madame. Was hätte ich nicht noch alles für die Firma getan! Die Dorfbewohner sind im großen und ganzen ziemlich religiös, und so haben die Pfarrer einen gewissen Einfluß auf sie. Ich habe verschiedene Zusagen gemacht und ansehnliche Summen gespendet... Ich habe den Bischof besucht. Überall rannte ich gegen eine Mauer. Sie fürchten alle zu sehr, die Gefühle der Bevölkerung zu verletzen, als daß sie es wagten, uns gegenüber eine wohlwollende Haltung zu zeigen."

„Also", sagte Kapitän Müller müde, „sollten wir uns darauf vorbereiten, allen Aversionen tapfer entgegenzutreten, solange die Probefahrten andauern. Müssen wir später der gleichen Feindseligkeit jedesmal, wenn wir an Land gehen, gewärtig sein?"

„Man kann sich daran gewöhnen, ein Leben als Gegenstand ständiger Mißachtung zu führen", sagte Madame Bach gelassen, „aber Sie haben mir einen Bericht geschickt, Maurelle, demzufolge Sie Ernsteres zu befürchten scheinen."

„Ich habe es für meine Pflicht gehalten, Sie zu warnen. Leider kann ich dem nichts Bestimmtes hinzufügen. Ich weiß, daß unsere Gegner samt und sonders im Dunkeln agieren. Die ‚Hinkende' hat es verstanden, zwischen den verschiedenen Gruppen eine Verbindung herzustellen. Sie halten jetzt gemeinsame Versammlungen ab. Als Vorwand dienen Schifferstechen, Segelregatten oder Angelwettbewerbe. Das endet dann immer mit einer stürmischen Verbrüderungsszene, bei der wir öffentlich verteufelt werden. Die Gemüter sind in höchstem Maße aufgestachelt, und dann gibt es noch geheime Zusammenkünfte der Chefs, die mich noch mehr beunruhigen."

„Und im Endeffekt?"

„Ich fürchte, daß es im Endeffekt zu einer jähen Entfesselung von Leidenschaften, sogar zu einem regelrechten Angriff kommen könnte."

„Mir wäre das fast lieber", knurrte Kapitän Müller.

„Das ist nicht meine Meinung, und ich glaube auch nicht, daß es die Meinung der anderen Funktionäre unserer Firma ist", entgegnete Madame Bach trocken. „Sie täten gut daran, Kapitän, den Sicherheitsdienst um das Schiff herum zu verstärken, besonders bei Nacht. Ich habe mich darüber mit dem Präfekten, den ich persönlich kenne, verständigt. Zögern Sie nicht, sich an die Polizei zu wenden, wenn sich eines Tages die Lage verschlechtern sollte – möglichst sogar etwas früher."

„Was mich betrifft, Madame", sagte David, der an der Diskussion nicht teilgenommen hatte, „so bin ich überzeugt, daß diese Mißverständnisse sich klären werden und daß alles zu einem guten Ende kommen wird."

„Es wundert mich nicht, das von Ihnen zu hören", sagte Maurelle leise, unmerklich die Achseln zuckend.

Einen Augenblick lang sah Madame Bach den Physiker scharf an. Dann lächelte sie, um den kurz vorher angeschlagenen Befehlston vergessen zu machen.

„Nun wohl, Maurelle", sagte sie, „ich meinerseits bin überzeugt, daß Herr David recht hat und daß alles zu einem guten Ende kommen wird."

6

Die „Hinkende" führte ein Selbstgespräch, während sie ihre frugale Mahlzeit auf den Tisch des Zimmers stellte, das zusammen mit einer winzigen Küche ihre Wohnung bildete. Die „Hinkende" genoß im voraus die Dramatik eines Tages, der aller Voraussicht nach ein triumphaler zu werden versprach. Sie war in gehobener Stimmung durch die Aussicht auf den Erfolg, der ihre umfangreichen Bemühungen von vielen Jahren endlich krönen sollte; auf die Sabotage nämlich und die Außerdienststellung des „Gargantua"-Leviathans auf lange Zeit. Begeistert, stolz und beschwingt, sah sie sich an der Spitze einer Flotte mit tobender, kampfbereiter Mannschaft, die im Begriffe stand, das verhaßte Ungeheuer zu erstürmen – ein tollkühnes Unternehmen im Dienst der Menschheit, eine Tat, die auf der ganzen Welt Widerhall finden würde.

Zunächst war es ihr gelungen, sich selbst, später eine Schar von Anhängern von den geheiligten Zielen ihres Kreuzzuges zu überzeugen. Und ihr eigener Heiligenschein erhellte der „Hinkenden" die einsamen Nächte. Alle Welt würde sehr bald wissen, daß sich Tausende von Kreuzfahrern, ihrem Ruf folgend, dem „Leviathan" entgegengestellt und ihm tiefe Wunden geschlagen hatten. Vielleicht drohte ihr danach das Gefängnis –

aber welche Attraktion wäre sie dann für die Fotografen, und zweifellos auch für das Fernsehen!

Das Fernsehen... Sie runzelte die Stirn, während sich ihre Hand um die Krücke schloß, die zu dem Monolog auf dem nackten Fußboden den Takt schlug. Eine bittere Erinnerung überkam die „Hinkende". Sie war wohl zwei- oder dreimal interviewt worden, aber nur inoffiziell, kaum eine Minute lang und von einem wenig bekannten Reporter, eine flüchtige Anerkennung, die in keinerlei Verhältnis zur wahren Bedeutung ihres Wirkens stand. Aber nach dem großen Skandal, der sich jetzt ankündigte, würde ihr Prozeß, selbst wenn sie verhaftet und somit aktionsunfähig wäre, große Beachtung finden. In einigen Jahren, spätestens in einigen Jahrzehnten, würde ihre Unnachgiebigkeit, ihre Weigerung, mit den Dämonen zu paktieren, als der Weisheit letzter Schluß gelten. Mit leiser Stimme wiederholte sie sich diese Ermutigung, die sie berauschte, während sie einen verbeulten Topf mit ihrer dünnen Abendsuppe auf den Tisch neben einen angeschlagenen Teller und eine Karaffe mit Wasser stellte. Zu jedem Kreuzzug gehört ein Banner. Die Banner der „Hinkenden" waren zahlreich und bunt, und sie befanden sich, erst kürzlich inspiziert, in einem unbenützten Schuppen, der nur wenigen Eingeweihten bekannt war. Er beherbergte die Banner bis zu jenem Tag, an dem sie sich sieghaft über der See entfalten sollten. Es waren lange, weiße Stoffbänder mit verschiedenen Inschriften, die der Empörung jeder einzelnen der Gruppen Ausdruck gaben, aus denen die Armada bestand: Slogans, in denen die überreizte Stimmung der Bevölkerung in sarkastischer oder leidenschaftlicher Form laut wurde; freiwillige oder auch bezahlte Barden hatten sie verfaßt. Im Geist sah die „Hinkende" bereits die rund um das verwünschte Schiff im Winde flatternden Spruchbänder vor sich: „Plutonium – ein Kind Plutos" – „Neutronium ist nicht neutral; es tötet" – „Atombrennstab, dann Massengrab" – „Das Meer den Fischern, nicht den Totengräbern" und noch viele andere, die sie wie Litaneien rezitierte, während sie ihren Teller füllte und ihren Tonfall dem jeweiligen Text anpaßte.

Die „Hinkende", die früher einmal in einer Fabrik gearbeitet hatte, war das Opfer eines Arbeitsunfalls, der das Gebrechen zur Folge gehabt hatte, dem sie ihren Beinamen verdankte. Für ihren Unfall machte sie das Versagen der Sicherheitsvorrichtungen verantwortlich. Aus dieser Zeit stammte ihr wilder Haß gegen Industriebetriebe. Verkrüppelt für den Rest ihres Lebens, zum Humpeln verurteilt, die Hüfte verrenkt und an eine Krücke gefesselt, mußte sie sich mit einer bescheidenen Rente für den Lebensunterhalt begnügen. Immerhin hatte sie seither auch viel Muße und benützte diese zum Lesen, zur Erweiterung ihrer Bildung und auch, um mit gleichgesinnten Kreisen Kontakt aufzunehmen. Sie war intelligent. Da sie zudem einer Familie von Hochseefischern und Bauern des Küstenstrichs entstammte, übte sie einen bedeutenden Einfluß auf die ganze Umgebung aus. Das Projekt, einen kernkraftbetriebenen Öltanker zu bauen, der in der Nähe ihres Dorfes vor Anker liegen sollte, hatte ihr Gelegenheit gegeben, ihren Haß in eine bestimmte Richtung zu lenken und ihren Einfluß auf alle diesem Projekt feindlich Gesinnten auszudehnen.

Während der Jahre, in denen der Tanker gebaut wurde, hatte sie nie aufgehört, die Werft durch verläßliche Freunde beobachten zu lassen. Die nur schleppenden Fortschritte beim Bau des Tankers belauerte die „Hinkende" mit gehässiger Befriedigung. Es kam schließlich so weit, daß sie den neuen Tanker als ihren persönlichen Feind ansah. Er spukte durch ihre Nächte als ein der Hölle entstiegener Drache, und sie selbst war als neuer Erzengel Michael vom Himmel dazu ausersehen, den Drachen zu töten. Die geheime Kampagne, die sie gegen ihn führte, hatte niemals nachgelassen. Anfangs hatte sie einige Kundgebungen organisiert, die mißglückt waren. Damals hatte sie noch nicht genügend Trümpfe in der Hand gehabt. Ihre Autorität erfaßte noch keine stoßkräftigen Elemente, die geeignet gewesen wären, solche Demonstrationen wirksam zu gestalten. Die kleinen Stoßtrupps von Fischern und Bauern, denen sich einige wenige Städter angeschlossen hatten, waren unschwer von dem um die Werft bereitstehenden Ordnungsdienst zerstreut worden. Bald hatte die „Hinkende" begriffen, daß ihre Stunde noch nicht gekommen war, und sie verschwand klugerweise wieder im Schatten der Anonymität; sie begnügte sich damit, ihre Beziehungen auszubauen und täglich die Kampfesstimmung unter ihren Truppen zu schüren. Sie behielt sich vor, an einem Tag, an dem der durch scheinbare Ruhe getäuschte Feind nicht darauf vorbereitet sein würde, erfolgreich wieder hervorzutreten. Dieser Tag war nicht mehr fern.

Ein Klingeln an der Wohnungstür ließ ihre Augen aufleuchten, in denen es glomm, seit sie sich den kommenden glorreichen Tag ausmalte. Ihr Herz begann schneller zu schlagen, als sie den Besucher erkannte. Es war ein Kaufmann aus dem Dorf, der mitunter als Postbote für eilige Nachrichten einsprang. Er reichte ihr ein Telegramm.

„Ich habe mich sehr beeilt", sagte er. „Es ist vielleicht wichtig, es kommt aus Paris."

Dieser Kaufmann war einer ihrer Getreuen. Er wußte beinahe alles über die beabsichtigte Kundgebung, die „Hinkende" hatte vor ihm keinerlei Geheimnisse. Sie stemmte die Krücke gegen ihre Hüfte, um den Umschlag öffnen zu können, und überflog den Text, bevor sie ihn laut vorlas.

„Hör zu: ‚Rechnen Sie auf mich. Ich werde in Ihrem gerechten Kampf an Ihrer Seite stehen.' Unterzeichnet: ‚Professor Havard'."

„Nein, sowas", stieß der Kaufmann atemlos hervor.

Alle ihre Mitstreiter kannten Havard, das berühmte Mitglied des Institut de France. Für David war Professor Havard zum Schreckgespenst geworden, er galt nämlich als Anwärter auf den Nobelpreis. Die wilde Kampagne, die er gegen jedes Kernkraftprojekt führte, hatte ihn zum Bannerträger der Umweltschützer gemacht. Der „Hinkenden" schoß vor Freude und Stolz das Blut in die Wangen, und sie genoß in vollen Zügen die Bewunderung, die sich in den Zügen des Kaufmannes widerspiegelte. Diese Bewunderung galt ihr, der „Hinkenden", der es nunmehr gelungen war, höchste wissenschaftliche Autoritäten in Bewegung zu setzen.

„Ich wußte, er würde uns nicht fallenlassen. Und er ist nicht der einzige."

Sie öffnete eine Blechschachtel und legte diese letzte Botschaft auf einen Stoß von Briefen und Telegrammen verschiedener Persönlichkeiten, die bereits zugesagt hatten, an der Kundgebung teilzunehmen. Diesen Leuten, aber auch Havard selbst, war der endgültige Sabotageplan nicht bekannt. Die „Hinkende" hatte lediglich von einer spektakulären Demonstration gesprochen, mit der die feindselige Einstellung der Bevölkerung bekräftigt werden sollte. Alle würden kommen, und das allein sei wichtig.

Sie goß dem Glücksboten ein Glas Wein ein und füllte das ihre bis zum Rand – sie, die für gewöhnlich nur stark gewässerten Wein trank.

Der Kaufmann hatte sich zurückgezogen, nachdem er sein Glas geleert hatte. Die „Hinkende" beendete ihre Mahlzeit, während sie im Geiste noch einmal Heerschau hielt über alle Truppen, die sich zur gegebenen Stunde um sie scharen sollten. Sicherlich würden es ihrer Tausende sein, zweifellos sogar Zehntausende... Sie wagte es nicht, sich eine Zahl vorzustellen. Sie zog es vor, sich Worte wie „unabsehbare Menge" zu wiederholen, Worte, die sie schon in allen Zeitungen des Landes gedruckt vor sich sah. Auch der Rundfunk würde davon berichten: eine Armada von Hunderten und Aberhunderten Schiffen, die sich aufgemacht hatten, dem „Leviathan" zu trotzen, in seinem eigenen Element, dem Meer.

Nachdem ihr Reaktor in Betrieb genommen worden

war und ihre Probefahrten ihren Abschluß gefunden hatten, war die „Gargantua" zu ihrer ersten Überfahrt in See gestochen. Sobald sie, beladen mit sechshunderttausend Tonnen Gift, heimkehren würde, um die trübe Flut in eine Pipeline zu entleeren, deren Plattform einige Meilen von der Küste entfernt aus dem Wasser ragte, sollte der Angriff erfolgen. So hatte es die „Hinkende" beschlossen. Der Leviathan würde dann seine Fahrtgeschwindigkeit bedeutend verlangsamt haben und nicht mehr so hoch über die Wasserfläche emporragen, was ein Entern erleichtern würde. Das Endziel, der eigentliche Sabotageakt, war den meisten Fischern und Seeleuten, die ihre Mitwirkung zugesagt hatten, nicht bekannt, ebensowenig den Vertretern der Wissenschaft. Auch sie glaubten an eine Massenkundgebung, die sich darauf beschränken würde, das Schiff zu besetzen und die Entleerung des Öls für eine mehr oder weniger lange Zeit zu verhindern. Einzig die auf derlei Unternehmungen spezialisierten Stoßtruppen waren im Bilde.

Die Flotte würde den Tanker umzingeln, sobald er sich in der Morgendämmerung der Pipeline näherte. (Die „Hinkende" war durch ihre Agenten über den Fahrplan des Tankers genau unterrichtet.) Die Flotte würde aus Schiffen aller Art und Größe bestehen, aus großen Fischkuttern ebenso wie aus einfachen Ruderbooten, und an Bord der Flotte würde sich alles befinden, was das Land an Umweltschützern aufzuweisen hatte.

In einem Monat würde es soweit sein! Die „Hinkende" räumte die Reste ihrer Mahlzeit weg, wusch ihr Geschirr und machte sich zurecht, um auszugehen und an einer geheimen Versammlung ihres Generalstabes teilzunehmen, bei der die letzten Dispositionen getroffen werden sollten. Im Geist sah die „Hinkende" alles bereits klar vor sich, aber die Vision, die an diesem Abend alle anderen überstrahlte, war die Vision ihres eigenen Ichs. Sie sah sich – zart und gebrechlich – an der Spitze der heiligen Armada auf einem Schiff, das als erstes an den Riesentanker anlegen würde. Umgeben von berühmten Vertretern der Wissenschaft sah sie sich schließlich, nach gewonnener Schlacht, versunken in den Anblick der Verheerungen, die dem „Leviathan" dank ihrer zähen Ausdauer und ihrer Kühnheit zugefügt worden waren. Als sie die Stufen der Holztreppe hinunterschritt, schien das Poltern ihrer Krücke den Wänden ihrer elenden Behausung ein glorreiches Echo zu entlocken.

7

Die erste Reise der „Gargantua" machte der ganzen Besatzung klar, daß die Verfemung, der das Schiff verfallen war, ebenso wie der Schrecken den es einflößte, keineswegs auf ein kleines Gebiet an der atlantischen Küste Frankreichs beschränkt geblieben war. Nachdem Kapitän Müller sich gerade erst damit getröstet hatte, daß er nun endlich zu einer Überfahrt ausgelaufen sei und nicht mehr nur zu einer Probefahrt im engeren Umkreis, und gerade, als er auch seinen beruflichen Ehrgeiz durch die Tatsache befriedigt sah, daß ihm der Gigant trotz seiner Dimensionen immer besser gehorchte, überkam ihn neuerlich Verbitterung, als er feststellen mußte, daß er auf seiner Fahrt in den Mittleren Osten allenthalben und allseits gemieden wurde. Er begegnete unterwegs nicht mehr als zwei oder drei Öltankern, die keine Möglichkeit mehr gehabt hatten, der „Gargantua" auszuweichen. Vergeblich gab Müller das übliche Begrüßungssignal. Er erhielt keine Antwort. Statt dessen trachteten die Schiffe, so schnell wie möglich dem Kielwasser des Ungeheuers zu entkommen. In seiner Wut hatte Müller trotz klaren Himmels und gegen jede Vernunft angeordnet, die Flucht der kleinen Tanker mit einem höllischen Glockengeläute und mit Sirenengeheul zu beantworten.

So durchfuhren sie den Atlantik. Da an der Verbreiterung und Vertiefung des Suezkanals seit Jahren gearbeitet wurde, vermochte die „Gargantua" ohne Fracht diesen Wasserweg und die kürzere Route durch das Mittelmeer auf der Hinfahrt zu benützen. Als sie die Meerenge von Gibraltar passiert hatten, konnte Müller feststellen, daß nahezu jeder Strand verlassen war, trotz des unablässig strahlenden Wetters. Die Badegäste warteten, bis der kernkraftgetriebene Öltanker sich wieder entfernt hatte, und nahmen ihr Strandleben erst dann wieder auf.

Während sie durch das Mittelmeer fuhren, schlug ihnen überall die gleiche feindselige Stimmung entgegen. Maurelle, der an dieser ersten Fahrt teilnahm, dachte mit bitterer Ironie, daß der Titel eines Beauftragten für Öffentlichkeitsarbeit für ihn der reinste Hohn war, für ihn, dem es, seit er sich mit der Zukunft des Kernkraftantriebes beschäftigte, noch immer nicht gelungen war, einen brauchbaren Kontakt mit der Außenwelt herzustellen; noch immer lebte er ja als scheinbar freiwilliger Klausner in der Einsamkeit, die der „Leviathan" zu Wasser und zu Lande sich schuf. Da Maurelle auf See zur Untätigkeit verurteilt war, versuchte er so häufig wie möglich, auf andere Gedanken zu kommen, sei es nun im Gespräch mit David, der seinerseits die gute Laune bewahrte (bestärkt durch die Feststellung, daß der Reaktor wunschgemäß funktionierte und die vorgesehene Leistung erbrachte), sei es auch, indem er, während der Physiker seiner Beschäftigung nachging, Gedanken niederschrieb, die ihm die seltsame Situation eingab und die er mit seinem besonderen Stil zu würzen verstand. Da aber diese schriftstellerischen Exkurse nicht geeignet waren, ihm das Gefühl des Alleinseins zu nehmen, hatte er sich angewöhnt, sie in Form von Briefen abzufassen, die er an Martine adressierte, an die Freundin, die ihn verlassen hatte und deren Abwesenheit die Melancholie mancher Stunden nur noch steigerte. Auch an diesem Morgen war er damit beschäftigt, während die „Gargantua" durch sizilianische Gewässer rauschte.

„... Und hier, mein Liebling, bin ich völlig entwaffnet. Aber weißt Du auch, weshalb? Weil dieses Unglücksschiff überhaupt nichts verseucht. Weit und breit nicht die leiseste Spur von Radioaktivität! David beweist es stündlich mit seinen Analysen. Ich wiederhole es, spreche es ihm bis zum Überdruß nach, aber kein Mensch glaubt mir. Unter solchen Voraussetzungen ist keinerlei Propaganda möglich. Wenn es eines Tages gelänge, irgendeine gefährliche Strahlung nachzuweisen, wären wir gerettet, und ich könnte endlich meine Dir bekannten Talente entwickeln. Wir würden dann all die guten, alten Methoden anwenden, die sich an Land bei jeglicher Art von Umweltverschmutzung bewährt haben. Ich habe dir zwar seinerzeit diese Methoden dargelegt, aber erlaube mir, daß ich sie Dir in Erinnerung rufe. (Ich muß mich mit jemandem aussprechen, der mich versteht.) Nehmen wir an, eine am Punkt A liegende Fabrik stellt chemische Produkte her und destilliert dabei diese und jene Gifte, die sie in die Luft ausstößt oder in die Gewässer abläßt. Gut. Nun beginnen die Umweltschützer ihren Feldzug. Es wird diskutiert, es wird geredet, man spricht wenigstens darüber. Nicht wahr, Du verstehst mich, mein Liebling? Aber angesichts dieses perfekten Schiffs, der ‚Gargantua', ergibt sich keinerlei Diskussionsbasis. Heilmittel sind vorgesehen. ‚Gewußt, wie'. Man schaffe nur eine genügende Anzahl von Filtern und Kläranlagen an, die mit einer entsprechenden Ladung von Entgiftungsmitteln ausgestattet sind, und installiere all dies am Punkt A, was die Kritiker beruhigt. Wohlgemerkt, die Fabrikation der Filter, der Kläranlagen und vor allem der Entgiftungsmittel setzt den Bau einer weiteren Fabrik am Punkt B voraus, der so gewählt wird, daß er von dem ersten weit genug entfernt ist, und seinerseits Giftwolken über die Erde, in die Gewässer und in den Himmel verströmt, was eine Verpestung gleichen Ausmaßes bewirkt. Aber das Gebiet um Punkt A ist jetzt entgiftet und weiß wie der Schnee, und die Fabrik dort ist von allen Sünden losgesprochen. Bleibt nur noch, sich in gleicher Weise um B zu bemühen, und zwar natürlich durch den Bau einer dritten Fabrik in C, die alle zur Entgiftung von B dienenden Mittel in Serie herstellen wird. Und so weiter. Der Geist des industriellen Zeitalters, mein Liebling, hat einen so hohen Entwicklungsgrad erreicht, daß es für uns nur noch ein Kinderspiel ist, Probleme dieser Art zu lösen. Aber hier..."

David trat ein und unterbrach Maurelle. Entgegen seiner Gewohnheit zeigte David eine recht sorgenvolle Miene, was Maurelle sogleich auffiel.

„Der Reaktor zeigt ganz kleine Unregelmäßigkeiten, die wir nach unserer Rückkehr beheben müssen."

„Sagen Sie nur nicht, daß es sich da um den Beginn radioaktiver Verseuchung handelt."

„Durchaus nicht; aber das scheint Sie zu enttäuschen."

Maurelle begann nun die Theorie darzulegen, die er soeben in seinem Brief entwickelt hatte.

„Es handelt sich gewissermaßen um eine Kettenreaktion", bemerkte dazu der Physiker, der in seinen Mußestunden Ironie wohl zu schätzen wußte.

„Ganz recht, eine Kettenreaktion", sagte Maurelle träumerisch. „Das ist ein Phänomen, das des öfteren auftritt, nicht nur bei Ihren Reaktoren. Um auf den Reaktor unserer ‚Gargantua' zurückzukommen – was ist los damit?"

„Er verseucht nichts, das ist eine Tatsache. Glauben Sie mir, ich bedaure das Ihretwegen. Aber vielleicht ist es Ihnen ein Trost, daß das Schiff nach dieser ersten Ausfahrt unbedingt in seinen Heimathafen zurückkehren muß, wo es einer neuerlichen Kontrolle unterzogen werden soll."

„Doch nichts Ernstes?"

„Nein, nur einige kleine Mängel, die nachzuweisen nur auf einer langen Fahrt wie dieser möglich ist."

„Und wieviel Zeit wird die Kontrolle in Anspruch nehmen?" fragte Kapitän Müller, der soeben die Bar betreten hatte, in der sich Maurelle und David unterhielten.

Die beiden Männer erhoben sich, um Müller zu begrüßen. Er setzte sich schwerfällig und bestellte etwas zu trinken.

„Mindestens drei Wochen, vielleicht ein bißchen

länger. Ich weiß, Kapitän, daß Sie es eilig haben, wieder fortzukommen, aber bei einem Reaktor läßt sich nichts in Eile fertigstellen, nicht einmal kleine Nachregulierungen, wie in diesem Fall."

„Mir macht das nichts aus. Aber die hohen Tiere unserer Schiffahrtsgesellschaft werden saure Mienen aufsetzen. Wissen Sie, welchen Verlust es für die Gesellschaft bedeutet, wenn ein Schiff wie dieses nicht ausfahren kann? Das kostet stündlich Millionen."

Mit einer Handbewegung deutete der Physiker an, wie wenig ihn diese Einzelheiten kümmerten, wenn es darum ging, dem Reaktor die erforderliche Perfektion zu geben.

„Madame Bach wird, so meine ich, begreifen, daß es sich hier um einen Prototyp handelt und daß eventuelle Verluste wieder ausgeglichen werden, sobald die ‚Gargantua' Nachfolger haben wird."

„Hoffen wir es. Jedenfalls wird meine Besatzung sich freuen, dessen können Sie sicher sein. Was mich betrifft, so wiederhole ich, daß es mir nichts ausmacht. Wenn dieses verdammte Schiff endlich einmal anständig in Schuß sein wird, beabsichtige ich, in Pension zu gehen."

Die Heimsuchungen, die der Grund für Müllers Berufsmüdigkeit und seinen skeptischen Ton waren, nahmen kein Ende. Seit das Schiff in den Kanal eingefahren war, gab es immer neue Demütigungen. Der Lotse, der an Bord kam, erwies sich als mindestens ebenso mißtrauisch wie die Hochseefischer an der französischen Atlantikküste: er hatte Vorsichtsmaßnahmen getroffen, die den Kapitän in Wut versetzten.

„Haben Sie das Tuch gesehen, das er sich vors Gesicht gebunden hat, und die riesige Brille!" wetterte Müller. „Warum nicht auch noch eine Gasmaske? Wodurch glaubt er sich bei uns gefährdet? Durch Giftgas vielleicht?"

Die erforderlichen Manöver bei der Durchfahrt durch den Suezkanal, die für ein Schiff von der Größe der „Gargantua" eine heikle Aufgabe darstellten, beschäftigten Müller dann hinreichend, um ihn auf andere Gedanken zu bringen. Jede andere Sorge wurde von dem Gedanken verdrängt, daß die „Gargantua" auch ohne Fracht und nach Vertiefung der Fahrrinne stellenweise kaum noch einen Meter Wasser unter dem Kiel hatte und zudem bei der gebotenen, aufs äußerste verminderten Geschwindigkeit besonders schwierig zu steuern war. Alle Besatzungsmitglieder waren sich bewußt, wie heikel das Manöver war, aber das hinderte sie nicht, von Zeit zu Zeit einen Blick auf das eine und das andere Ufer zu werfen, und festzustellen, daß die Kanalzone ebenso verödet war wie zuvor das Meer und die Strände, und dies um so mehr, je weiter der „Leviathan" sich durch den Suezkanal voranzwängte. Einige Autos, die auf der Straße entlang der Böschung fuhren, machten kehrt, um jegliche Annäherung und jedes Überholen zu vermeiden. Kamele, von Arabern am Halfter geführt, flüchteten in die Wüste, als der „Leviathan" sich näherte, während der Karawanenführer die Faust gegen das Schiff ballte und ihm Flüche zurief. Zweifellos hatte das ungewöhnliche Aussehen des Giganten, der das Festland mit seinen vierzig Metern Höhe turmhoch überragte, die Tiere erschreckt.

„Sogar die Tiere fliehen vor uns", murmelte Maurelle bitter.

Inzwischen war die Fahrt durch den Kanal ohne Zwischenfall vonstatten gegangen, das Schiff lief jetzt ins Rote Meer aus und glitt zwischen den sich öffnenden kahlen Bergketten dahin, die Licht und Hitze reflektierten. Ein wenig beruhigt, weil es ihm geglückt war, die erste wirklich schwierige Aufgabe zu bewältigen, verließ Müller, dessen weiße Uniform durch die Hitze und die Nervenanspannung schweißgetränkt war, die Kommandobrücke, um sich ein wenig auszuruhen, ehe er mit den arabischen Funktionären die Füllung des Tankers auf der Plattform überwachte, auf der die Pipeline endete.

Das Verhalten dieser Araber ähnelte übrigens jenem des Lotsen vom Suezkanal. Man hatte ihnen eine beachtliche Risikoprämie versprechen müssen, um sie überhaupt dazu zu bringen, ihren Fuß auf den „Leviathan" zu setzen. Als dieser an der Plattform verankert war, begann die Pipeline ihren schwarzen Inhalt in die Tanks zu speien, und langsam senkte sich das Ungeheuer Zentimeter um Zentimeter tiefer ins Meer. Da die meisten Besatzungsmitglieder nichts zu tun hatten, verfolgten sie stundenlang dieses Manöver mit gespannter Aufmerksamkeit; Maurelle, der interessiert zusah, dachte an das mit Zeitlupe gefilmte Tauchen eines Unterseebootes.

„Wenn die ‚Gargantua' nur weniger furchterregend aussähe, wenn sie jetzt nur ein wenig von ihrer vollen Höhe verlöre!" seufzte Müller.

„Verlassen Sie sich nicht allzusehr darauf, Kapitän", sagte Maurelle. „Zu dem Schrecken, den sie jetzt schon verbreitet, wird sich noch jener gesellen, den man beim Auftauchen eines Eisbergs empfindet."

Maurelle behielt recht. Auch die zur Hälfte untergetauchte „Gargantua" wirkte offensichtlich nicht weniger unheilvoll in den Augen der Araber, die an Bord geblieben waren, um die telefonische Verbindung mit der Pumpstation an der Küste aufrechtzuerhalten.

Die ganze Operation nahm etwa dreißig Stunden in Anspruch, während denen die Mannschaft, unbeschäftigt und von der Hitze völlig ermattet, auf dem Schiff blieb, ohne Lust und Möglichkeit, an Land zu gehen. Was hätten sie an Land auch anfangen sollen? Die Küsten, die ein solcher Riesentanker anlief, boten keine der auf den Landeplätzen der gewöhnlichen Frachter üblichen Zerstreuungen. Ungeheure zylindrische Öltanks – das war alles, was die Besatzung der „Gargantua" in der Ferne sehen konnte; im Schein der unbarmherzigen Sonne glitzernd, verströmten sie einen Geruch, der bis zu dem Schiff herüberwehte und nicht dazu einlud, an Land zu gehen.

Was Kapitän Müller anlangte, so blieb er auch jetzt keineswegs untätig, sondern wachte persönlich darüber, daß auch nicht der geringste Fehlgriff unterlief – wie etwa das vorzeitige Öffnen eines Ventils oder mangelhafte Verständigung zwischen der „Gargantua" und der Pumpstation; solche Pannen waren bei derlei Operationen keine Seltenheit. Man riskierte dabei, daß Öl ausfloß und fügte auf diese Weise noch einige Tonnen davon jener schwarzen Flut hinzu, die periodisch, allen Vorsichtsmaßnahmen zum Trotz, aus den großen Tankern ins Meer strömten.

Der „Gargantua" unterlief kein einziges falsches Manöver. Ein Flugzeug, das Maurelle in Verdacht hatte, einer Umweltschützer-Organisation zu gehören, hatte sie im Verlauf der ganzen Operation mehrfach überflogen, dabei aber nur Aufnahmen machen können, die nichts weiter als einen dünnen, leicht irisierenden Ölfilm auf dem Wasser rund um die Plattform und das Schiff zeigten: eben nur dort, wo einige Tropfen Öl ausgesickert waren, eine unendlich kleine Menge im Vergleich zu den sechshunderttausend Tonnen, die das Riesenungeheuer im Begriff stand zu schlucken.

Als es schließlich volle Fracht führte, sein Freibord die äußerste erlaubte Grenze erreicht hatte und seine Tanks so tief wie möglich unter Wasser waren, erkannte Maurelle, daß er recht behalten hatte: der „Leviathan" sah jetzt noch viel furchterregender aus, einem Eisberg vergleichbar, der neun Zehntel seiner höllischen Gewalt im Meer verbarg. Nachdem alle Ventile geschlossen und die unumgänglichen Papiere unterzeichnet waren, gingen die arabischen Funktionäre eiligst von Bord und entfernten sich in ihrem Schnellboot so rasch wie möglich. Müller befahl, die Anker zu lichten, und die schwer beladene „Gargantua" bewegte sich langsam in Richtung Europa. Jede Stunde Verspätung kam die Gesellschaft teuer zu stehen, und der Kapitän hätte sich Skrupel gemacht, auch nur um eine Stunde die mehrwöchige erzwungene Untätigkeit zu verlängern, die laut David nach der Rückkehr der „Gargantua" unumgänglich sein würde.

„Ein komisches Fahrzeug", bemerkte Kapitän Müller, als die „Gargantua" ihren Weg durch ein wesentlich ruhigeres Meer nahm, nachdem sie entlang der afrikanischen Küsten manches Unwetter hatte ertragen müssen. „Es ist ebenso empfindlich für Wind wie ein Segelschiff, wenn es zu wenig belastet ist, und gleicht einem Unterseeboot, wenn es Fracht führt. Ich verstehe dieses Schiff nicht ganz. Es ist etwas in ihm, das sich mir entzieht."

„Seine Seele ist noch nicht vollkommen eins geworden mit seinem Körper", sagte David. Müller sah ihn mit jenem fassungslosen Staunen an, das einzelne Bemerkungen des Physikers mitunter in ihm weckten. Dann zuckte er die Achseln und räumte ein:

„Immerhin hat der Tanker sich nicht allzu übel in all diesen Stürmen gehalten. Er beginnt sich einzulaufen, wenn es das ist, was Sie mit ‚eins werden' meinen, Monsieur David. Ich meinerseits fange an, mich an ihn zu gewöhnen. Ich bin zweifellos der einzige Kapitän der Handelsmarine, der dazu in der Lage ist."

„Alle werden sich schließlich an ihn gewöhnen, Kapitän, und ihm dann Hochachtung zollen. Sie selbst werden ihn dann nicht mehr verlassen wollen und auch nicht mehr von Ihrer Pensionierung sprechen."

„Das warten wir einmal ab", seufzte Müller, „wir kommen morgen in aller Frühe an. Gott gebe, daß sich unterdessen die Atmosphäre an der Küste ein wenig entspannt hat!"

Maurelle machte ein abweisendes Gesicht und zuckte kaum merklich die Achseln.

„Ich wünsche mir das zumindest ebenso wie Sie, Kapitän, und ich würde Sie gern in dieser Hoffnung bestärken, aber ich muß Ihnen Ihre Illusionen nehmen. Alle Berichte, die ich während der Fahrt erhielt, lassen erkennen, daß wir unrecht täten, wenn wir einen begeisterten Empfang am Kai erwarten. Die Gemüter sind nicht weniger erregt als ehedem."

„Das wird sich ändern", versicherte David in prophetischem Ton.

„Und das bezweifle ich. Um Menschen, die in diesem Maße verblendet sind, anderen Sinnes zu machen, müßte ein Wunder geschehen. Ich glaube nicht an Wunder."

„Ich meinerseits auch nicht, leider!" schloß der Kapitän melancholisch.

8

Die „Hinkende" stand auf ihre Krücke gestützt an Deck des kleinen Frachters, den sein Besitzer ihr für die Kundgebung zur Verfügung gestellt hatte. Alles was sie sich erträumt hatte, war Wirklichkeit geworden. Der Frachter, der eine unübersehbare Flotte anführte, näherte sich gemächlich der „Gargantua". Neben der „Hinkenden" standen Professor Havard und einige andere Persönlichkeiten aus der Welt des Geistes, alle mit Titeln und mit Orden geschmückt, hinter ihr all die Getreuen, die ihren Generalstab bildeten; sie schwenkten eine der vielfältigen Revolutionsfahnen der Umweltschützer. Das Meer war ruhig; eine Flotte verschiedenartiger Boote und Schiffe umzingelte den „Leviathan".

An Bord der „Gargantua" war man völlig überrumpelt. Der Tanker hatte bei Morgengrauen seine Fahrt bereits beträchtlich verlangsamt, um sich der Plattform am Ende der Pipeline zu nähern, durch die er sich seiner Ladung entledigen sollte. Ein Schiff seiner Größe benötigte eine halbe Stunde und einen Bremsweg von ungefähr fünf Seemeilen, um seine Fahrt zu stoppen. Seine Geschwindigkeit war somit sehr gering, als der wachthabende Offizier zunächst ein, später zwei und schließlich mehrere kleine Schiffe meldete, die in der Nähe kreuzten. Ein ganz leichter Nebel, der sich aber schnell auflöste, hatte den Hinterhalt der Umweltschützer begünstigt.

Der wachhabende Offizier hatte zunächst gemeint, es handele sich um eine Fangflottille, die einen Fischschwarm verfolgte, was in Küstennähe nichts Außergewöhnliches war. Kapitän Müller, der anfangs erstaunt, dann aber hocherfreut war, als er sah, daß diese Schiffe wenigstens dieses eine Mal nicht flüchteten, als sein Tanker sich ihnen näherte, hatte befohlen, die Fahrt noch mehr zu verlangsamen, zumal er festgestellt hatte, daß sich einige der Schiffe auf seiner Route befanden. Als der Nebel sich verzogen hatte und der Tagesanbruch das Meer mit einem grauen Schimmer übergoß, stellte Müller bestürzt fest, wie bedeutend die Armada war, die ihn einkreiste, indem sie einen nach und nach sich verengenden Ring um den Tanker bildete.

„Großer Gott, Monsieur Maurelle", sagte er zu dem jungen Mann, der ihm auf die Kommandobrücke gefolgt war. „Haben Sie vielleicht eine Ahnung, was das bedeuten soll?"

Er wollte seinen Augen nicht trauen. Das dort unten erinnerte ihn irgendwie an Bilder von der alliierten Landung in der Normandie, wie er sie im Kino gesehen hatte. Nachdem Maurelle die erste Bestürzung überwunden hatte, meinte er mit ernster Miene:

„Diese Leute haben sich hier nicht zusammengefunden, um uns zu feiern, Kapitän, dessen können Sie sicher sein. Jedes dieser Schiffe zeigt Spruchbänder, deren Bedeutung nur allzu klar ist."

Mit Hilfe eines Feldstechers vermochten sie bald die

Slogans zu entziffern und stellten fest, daß sie es tatsächlich mit erbitterten Gegnern zu tun hatten.

„Wenn wir noch den leisesten Zweifel hätten", schrie Maurelle, „dann erübrigt er sich. Dort an Deck des Frachters ist die ‚Hinkende'. Sie ist es. Sie stützt sich auf ihre Krücke. Ein Irrtum ist ausgeschlossen."

„An der Seite dieses närrischen Havard", fügte David hinzu, der ihnen auf die Kommandobrücke gefolgt war. „Auch ihn erkenne ich."

„Wir müssen auf jede nur denkbare Narrheit seitens dieser Rasenden gefaßt sein, Kapitän. Das also war der Grund ihrer langen Untätigkeit. In aller Heimlichkeit haben sie sich vorbereitet und holen nun zum großen Schlag aus. Ich bekenne mich schuldig. Ich vermutete wohl eine Gewaltaktion von Land aus, hatte aber nicht vorausgesehen, daß sie uns auf See angreifen würden. Und wir haben nichts oder fast nichts an Bord, um uns zu verteidigen."

Müller hatte bereits Befehl gegeben, die Nachricht von seiner Bedrängnis an Land zu funken. Angesichts der Gefahr, die da plötzlich auf ihn zukam, war seine Melancholie jedoch wie weggeblasen. Nachdem er mit einem Blick festgestellt hatte, wie stark die Flotte war, die ihn belagerte, begriff er, daß eine Flucht undurchführbar war. Landwärts zu fliehen kam nicht in Frage, weil die Wassertiefe nicht ausreichte. Sobald der Tanker seine volle Ladung führte, steuerte er ohnehin schon am Rande der Sicherheit dahin. Ein Ausweichen auf hohe See war gleichfalls unmöglich, weil sich dort der Ring um den Tanker zu dicht schloß. Man hätte mehrere kleine Schiffe rammen müssen, die inzwischen fast Bord an Bord mit der „Gargantua" lagen. Nur wenn sie fünf oder sechs in den Grund bohrte, würde sie entkommen können. Und was dann? Müller hörte bereits das Zetergeschrei, das sich in ganz Frankreich erheben würde. Und welche Trümpfe würde er damit den Umweltschützern in die Hand spielen, vor allem, wenn es sich nur um eine lautstarke Demonstration handelte, wie David immer noch glaubte und wie die Gegner zweifellos hinterher behaupten würden.

Aber allmählich stellte sich heraus, daß es hier keineswegs um eine der üblichen friedlichen Demonstrationen ging. Der Ring um die „Gargantua" schloß sich immer enger, so daß der Tanker jetzt langsamer vorankam als ein Fußgänger. Man konnte die Gegner jetzt schon mit bloßem Auge erkennen, das Hin und Her auf den Schiffen beobachten und die wilden Rufe vernehmen, die das Rauschen des Meeres übertönten und das nahe Halali ankündigten.

Immer noch getrieben von dem Verlangen, den pittoresken Aspekt der Ereignisse zu erfassen und zweifellos auch um ihre ärgerlichen oder gar tragischen Folgen zu vergessen, gelang es Maurelle für einen Augenblick, seiner Unruhe Herr zu werden, indem er aufmerksam die verschiedenen Verhaltensweisen der Angreifer beobachtete und sich dazu zwang, sie in allen Einzelheiten zu registrieren. Die gespannte und entschlossene Haltung der „Hinkenden" erstaunte ihn nicht weiter. Sie war genauso, wie er sie sich vorgestellt hatte: unerbittlich. Professor Havard und die anderen Persönlichkeiten bemühten sich offenkundig, ihre Ruhe und ihre Würde zu bewahren, ohne daß es ihnen jedoch gelungen wäre, etwas von der Bestürzung zu verbergen, in die das ungewöhnliche Schauspiel auf der See ringsum sie versetzt hatte.

Rund um den Frachter erkannte Maurelle einige Fischer von der Küste, die nicht wenig Mühe hatten, ihr Schiff so nahe wie möglich an die „Gargantua" heranzubringen, ohne sich von ihr rammen zu lassen, denn auch der kleinste Stoß des Giganten – auch wenn er jetzt beinahe stillstand – konnte fatale Folgen für sie haben. Maurelle bemerkte, wie schwer es ihnen fiel, die ihnen von den Anführern ins Ohr gebrüllten Slogans im Chor zu wiederholen. Vielleicht war es Schüchternheit oder doch nur die Tatsache, daß die Lenkung ihres Schiffs sie allzusehr in Anspruch nahm – jedenfalls bewegten die meisten Fischer nur die Lippen, während sie ihr Steuerruder bedienten.

„Die da sind ungefährlich", flüsterte David, der Maurelles Blick gefolgt war.

„Sie wären es, wenn sie allein wären."

„Auch so sind sie um nichts gefährlicher."

„Die da" waren Dörfler aus dem Landesinneren, zumeist kleine Landwirte. Die „Hinkende" hatte sie nur mobilisiert, um mehr Demonstranten zu haben; auch meinte sie, die Anwesenheit der Bauern würde die offensichtliche Ehrbarkeit der Demonstration unterstreichen. Sie waren die sanftesten und harmlosesten unter den Umweltschützern. Pausenlos bearbeitet von der Propaganda, waren sie jedoch ernstlich davon überzeugt, daß die von dem Riesentanker ausgehende Verseuchung eines schönen Tages auch ihre Rübenfelder erreichen würde. Und so waren sie der Auffassung, ihre

Anwesenheit sei eine Pflicht, der sich ein guter Staatsbürger nicht entziehen dürfe – ebensowenig wie der Pflicht, am Wahltag den Stimmzettel in die Urne zu stecken. Die Bauern skandierten brav und im Takt ohne viel Aufhebens alle Slogans, die ihnen die Einpeitscher vorbrüllten.

Maurelle bemerkte auch andere, über deren Teilnahme an einer derartigen Kundgebung man eigentlich hätte staunen müssen, die aber zu seinem Mißbehagen bewiesen, in wie hohem Maße der kernkraftgetriebene Öltanker in allen Gesellschaftsschichten unpopulär war. Man sah da nämlich Sportvereine und Turnerbünde aus nahezu allen Provinzen Frankreichs, die sich der Bewegung angeschlossen hatten. Um den Umweltschutz zum Sieg zu verhelfen, waren ihre Mitglieder bereit, Brachialgewalt anzuwenden. Einige hatten eine Art von Uniform angelegt, die zumeist aus einer kurzen Turnhose und einem weißen Trikot bestand, andere wieder trugen blaue Trainingsanzüge. Sie alle waren in kleinen Gruppen an Bord der Schiffe gegangen, die von der „Hinkenden" mobilisiert worden waren. Die Sportler liehen der Demonstration den Schwung der Jugend, dazu all ihre Disziplin und ihren Idealismus.

„Dort sind noch andere, die weitaus gefährlicher sind, Kapitän", sagte Maurelle. „Sehen Sie sich einmal die vorderste Linie um das Flaggschiff herum an, ich meine: um den Frachter der ‚Hinkenden'!"

Müller nickte. Er hatte sie bereits entdeckt, die da dichtgedrängt in den Booten standen, dem Frachter zunächst. Ihre entschlossene und drohende Haltung, vor allem aber seltsame Pakete, die sie hochzustemmen begannen, schienen Böses anzukündigen. Das glich einem Sturmtrupp, der nur auf das Signal wartet, um zum Angriff überzugehen, und tatsächlich war das auch eine Sondereinheit. Der Kapitän hatte Befehl gegeben, die wenigen Waffen, die sich an Bord befanden, an die kleine Gruppe jener Matrosen zu verteilen, denen der Sicherheitsdienst oblag. Müller war klar, daß das im vorliegenden Fall eine recht schwache Verteidigung war. Der Sicherheitsdienst auf See war vorgesehen gewesen, um einzelne Übeltäter abzuschrecken, aber nicht, um einen Angriff des Ausmaßes abzuwehren, wie er sich hier vorzubereiten schien. Falls es nach der ersten Angriffswelle Verwundete gab, würde das die übrigen Angreifer nur noch mehr aufstacheln.

Die „Gargantua", die jetzt stillstand, ähnelte einem riesigen Wal, den eine Flotte von Walfängern eingekreist hat, bereit, ihm den Todesstoß zu versetzen. Die „Hinkende" wandte den Kopf nach rechts und nach links, um ihre Sturmtrupps zu beobachten. Diese Bewegung fiel ihr schwer, denn die letzten Wochen waren anstrengend gewesen, und die Erregung beeinflußte ihren Gesundheitszustand nicht wenig. Maurelle empfand plötzlich einen wilden Haß gegen dieses mißgestaltete Wesen, das ihm im Augenblick der Genius alles Bösen zu sein schien, darauf erpicht, menschliche Tatkraft zu sabotieren. Jähzorn, der ihm für einen Augenblick überkam, lag keineswegs in Maurelles Charakter. Er bemächtigte sich des Gewehrs, das ein Mann des Sicherheitsdienstes in Händen hielt, und schulterte es. David warf sich auf Maurelle und entriß ihm die Waffe.

„Sie sind wahnsinnig. Das würde nichts helfen."

„Nur alles verschlimmern", pflichtete Kapitän Müller bei, der seinerseits ruhiges Blut bewahrt hatte. Er hatte strenge Anweisung gegeben, daß kein Schuß ohne seinen ausdrücklichen Befehl fallen dürfe.

Er blickte zum Festland hinüber. Ein einziges Boot hatte sich von der Küste gelöst und steuerte auf die „Gargantua" zu: anscheinend ein gewöhnliches Rettungsboot mit vielleicht fünf oder sechs Mann an Bord.

„Wenn das am Ende die ganze Verstärkung ist, die sie uns schicken, dürfen wir nur auf uns selber zählen", wetterte der Kapitän.

„Sie werden nicht einmal bis zu uns gelangen", murmelte Maurelle.

Tatsächlich wurde das Boot von den Booten, die den Öltanker umringten, gestoppt. Die Besatzung wurde von den durch diese Intervention aufgebrachten Fischern gefangengenommen.

„Ich hätte die Kriegsmarine alarmieren sollen", lamentierte Maurelle.

David beobachtete alle diese Vorgänge mit einer Gleichgültigkeit, die allmählich die Nerven seines Freundes auf eine harte Probe zu stellen begann.

„Sie glauben immer noch, daß alles gut ausgehen wird und daß alles zum Besten dient in der besten aller Welten?"

„Ich meine, daß wir es mit einer kleinen Gruppe von Verhetzten zu tun haben."

„Die aber die anderen mitreißen werden."

„Das ist nicht sicher. Es muß ein Mittel geben, die anderen zu überzeugen. Es müßte genügen, die rechten Worte zu finden."

„Ich danke Ihnen", sagte Maurelle bitter. „Es ist alles meine Schuld. Ich habe es nicht verstanden, die rechten Worte zu finden."

„Ich weiß, daß Sie Ihr Möglichstes getan haben, aber das Problem sollte zweifellos von einer höheren Warte aus überlegt werden."

„Und dabei sollte man wohl die Thesen Pater Teilhards zu Rate ziehen", brach Maurelle wütend aus. „Was ich meinerseits bedaure: daß ich keinen Kreuzer und nicht zwei oder drei Torpedoboote eingeplant habe. Sehen Sie denn nicht, daß wir Gefahr laufen, massakriert zu werden?"

In der Tat schien alles sich zum Bösen zu wenden. Die Aufrührer, die jetzt ganz nahe herangekommen waren, stießen wilde Schreie aus. Nach ihren ausgebuchteten Joppen zu schließen, schien es offenkundig, daß einige von ihnen Waffen verbargen.

„Soll ich versuchen, mit ihnen zu sprechen?' fragte David den Kapitän.

„Wenn Sie wollen, aber Sie werden sich kein Gehör verschaffen können."

Müller sah ihm einen Augenblick lang zu, wie er sich durch ein Sprachrohr heiser schrie und wandte sich dann achselzuckend zu Guillaume, den der Tumult auf die Kommandobrücke gelockt hatte. Mit leiser Stimme erteilte Müller Instruktionen, worauf das Gesicht des Bordmechanikers sich aufhellte.

„Jawohl, Herr Kapitän", sagte er. „In drei Minuten sind wir bereit."

Wie vorausgesehen, gelang es David nicht, sich Gehör zu verschaffen. Eine Art von hysterischer Wut schien alle Angreifer erfaßt zu haben. Auch die ehrbaren Dörfler erhoben jetzt ihre Stimme, wie berauscht von dem Gebrüll der Rädelsführer. Die Schreie, die diese ausstießen, hatten aber nichts mehr gemein mit den gewöhnlichen Slogans. Sie riefen zu Mord und Zerstörung auf. Aufgepeitscht durch diese ‚Brüllorgie' ballten nun auch die Fischer der Küste die Fäuste gegen den „Leviathan" und wiederholten, was man ihnen vorbrüllte.

Der Frachter der „Hinkenden" war jetzt bis auf wenige Meter an den Tanker herangekommen. Alle Blicke richteten sich auf die Frau, die sich seit dem Beginn des Unternehmens nicht von der Stelle gerührt hatte. Jetzt war der Augenblick gekommen. Mit glänzenden Augen gab sie das vereinbarte Zeichen, indem sie ihre Krücke sehr hoch emporstreckte. Diese Bewegung hätte sie beinahe aus dem Gleichgewicht gebracht. Sie schwankte und mußte sich an einem ihrer Nachbarn festklammern, um nicht zu fallen. Auf dieses Signal hin steuerten die Boote des Sturmtrupps eiligst auf den Tanker zu und begannen anzulegen. Die bewaffneten Matrosen der „Gargantua" sahen den Kapitän an.

„Schießt nicht!"

Er gab einen Befehl durch das Bordtelefon. Sogleich fegten aus allen Teilen des Schiffs gleichzeitig, wie es schien, hervorsprudelnd, Wassergarben über das Unterdeck, über die Kuppeln der Öltanks, auf denen einige der Anführer bereits Fuß gefaßt hatten, und über die Boote, die der „Gargantua" am nächsten waren. Die Wasserstrahlen waren so stark, daß ihr Auftreffen auf die Bleche und auf das Meer einem heftigen Orkan gleichkam, und das Geschrei der Angreifer übertönte.

Das war das Resultat der Guillaume von Müller erteilten Instruktionen. Die von ihm gedrillten Matrosen hatten das Manöver ordnungsgemäß und mit einer Schnelligkeit ausgeführt, die von ihrer Schulung im Verlauf vielfältiger Feueralarmübungen zeugte. Auf einem kernkraftgetriebenen Öltanker fehlt es nicht an Wasser. Die Schiffspumpen, die das Wasser für die Kühlung der Kondensatoren aus dem Meer schöpfen, sichern den beständigen Kreislauf aus einer unerschöpflichen Quelle.

„Sie werden jetzt selbst feststellen können, daß dieses Wasser nicht kochend heiß ist, wie einige behauptet haben", brummte Müller ironisch und ein wenig traurig. „Jedenfalls ist es weniger gefährlich als die Feuergarben aus einer Maschinenpistole."

„Weniger gefährlich, aber wirkungsvoller", bemerkte David, der die Angreifer mit gespannter Aufmerksamkeit beobachtete. „Schauen Sie sie an."

Tatsächlich schienen die Angreifer dieser Art von Abwehr gegenüber ratlos zu sein. Einige Fischer waren offenbar sogar höchst erschrocken. Die Angreifer der vordersten Linie, die auf dem Schiff gerade erst Fuß gefaßt hatten, wurden einfach weggespült und fielen in ihre Boote zurück. Andere, die sich an der Reling festgeklammert hatten, als die Dusche sie mit voller Wucht traf, ließen los und wurden ins Meer gefegt wie Fliegen unter dem Sprühstrahl eines Insektenvertilgungsmittels. Mehrere Schiffe setzten sich eilends rückwärts in Bewegung. Maurelle, der seine Kaltblütigkeit wiedergefunden hatte und das Schauspiel aufmerksam beobachtete, konnte sich des Eindrucks nicht erwehren, daß der Riesenwal, den eine Legion von Zwergfischen eingekreist und geneckt hatte, sich mit einem Schlag seiner Angreifer entledigte, indem er Fontänen durch sein Atemloch blies.

„Ich hätte nicht geglaubt, daß sie sich zu einer derartigen Kopflosigkeit hinreißen lassen", bemerkte er. „Leute dieser Art sind im allgemeinen tapferer und scheuen nicht vor einer Dusche zurück."

„Aber Sie mißverstehen das!" rief David. „Sie fürchten nicht *irgendeine* Dusche, *unsere* Dusche versetzt sie in Panik. Das Wasser, das ja angeblich vergiftet ist, das *verseuchte* Wasser, das der Leviathan ausspeit! Diese abergläubische Furcht ist es, die uns jetzt retten wird."

9

David täuschte sich nicht. Alle waren davon überzeugt, als sie einige Schreckensrufe der Manifestanten vernahmen. Die Aussicht, durch ein aus dem Inneren des „Leviathan" hervorsprudelndes Wasser infiziert zu werden, durch ein Wasser, vor dessen teuflischer Wirkung alle Slogans warnten, stürzte die Angreifer in lähmendes Entsetzen. Fischer, die noch gar nicht von dem gefährlichen Naß bespritzt worden waren, wandten ihre Schiffe zur Flucht, um jede Berührung zu vermeiden.

Der Zugang zur „Gargantua" war jetzt frei. Einige hartnäckige Angreifer, die zu allem entschlossen waren, versuchten vergeblich, die Fischer zu einem neuen Sturm aufzustacheln. Die Fischer weigerten sich zu gehorchen und hielten ihre Schiffe außer Reichweite der Wasserstrahlen. Immer leiser wurden die Stimmen, die noch Slogans skandierten. Kapitän Müller rieb sich die Hände.

„Wir siegen", sagte er, „ich wette, sie wagen nicht, ihren Angriff zu wiederholen."

„Ich habe immer gesagt", bemerkte David, „daß jede Neuerung, auch wenn sie gefährlich zu sein scheint, ihr Gegengift in sich birgt."

„Es ist nicht an der Zeit, zu philosophieren", widersprach Maurelle.

„O nein!" rief David nach kurzem Zögern, „Sie haben recht, es ist nicht der Augenblick zum Philosophieren."

Maurelle fuhr zusammen. Der Physiker hatte mit seltsamer Betonung gesprochen, seine Stimme verriet heftige Erregung, die in deutlichem Gegensatz zu seiner gewohnten Ruhe stand.

„Schauen Sie, dort!" fuhr David in steigender Erregung fort, „sie flüchten nicht alle, o nein! Habe ich gesagt, sie seien aus Furcht vor unserem Wasser wie gelähmt? Aber das ist ja unglaublich! Einer von ihnen, vielmehr eine, ist stehengeblieben! Sie will noch mehr von unserem Wasser. Nicht um ein Königreich würde sie ihren Platz räumen. Aber sehen Sie doch Maurelle, sehen Sie, Kapitän, und sagen Sie mir, ob ich den Verstand verloren habe, oder ob auch Sie die Frau sehen!"

„Ich sehe sie, ich sehe sie!" rief nun seinerseits Maurelle, im gleichen leidenschaftlichen Ton. „Ich sehe sie, und ich für mein Teil bin sicher, daß ich nicht verrückt bin!"

„Ich habe immer geahnt, daß sich eines Tages ein Zwischenfall dieser Art ereignen würde, aber niemals hätte ich so etwas zu hoffen gewagt!"

Kapitän Müller, der sich für kurze Zeit entfernt hatte, um seinen Offizieren Instruktionen zu geben, zuckte zusammen, als er diesen Ausruf hörte. Offenbar waren seine Freunde vom Delirium befallen. Sein augenblicklicher Gesprächspartner verstellte ihm das Schauspiel, das die beiden Freunde so sehr erregte und auf das sie mit zitternden Händen hinwiesen. Während er einige Schritte zurücktrat, um den Grund für all die Aufregung zu entdecken, wurde ihm klar, daß sich ein plötzlicher Wandel in der Stimmung rund um das Schiff vollzogen hatte. Dieses Phänomen schien ihm so verwirrend, mutete ihn so seltsam an, daß er ihm einige Augenblicke lang alle Aufmerksamkeit widmete, noch ehe er das Ziel aller Blicke entdeckt hatte. Ein beinahe andächtiges Schweigen war dem Hexensabbat der Slogans und Beschimpfungen gefolgt. Auf allen Schiffen waren Seeleute und Passagiere unbeweglich stehengeblieben, überwältigt von dem gleichen Anblick, der die ekstatischen Ausrufe Maurelles und Davids bewirkt hatte. Auf den Decks und den Tanks der „Gargantua" verharrten, wie versteinert, auch die Matrosen an den Wasserwerfern, so daß die Flut sich in ungebändigten Strahlen aufs Geratewohl ins Meer ergoß. Müller konnte sich des absurden Eindrucks nicht erwehren, daß die „Gargantua" selber den Atem anhalte.

Er entdeckte endlich den Mittelpunkt, von dem diese Verzauberung ausging. In seiner langen Laufbahn als Seemann waren ihm zahlreiche ungewöhnliche Dinge begegnet, doch hatte er die Gewohnheit angenommen, sich nicht zu sehr darüber zu erregen, da sie sich, wie ihn die Erfahrung gelehrt hatte, zumeist auf natürliche Weise erklären ließen. Diesmal aber erlag auch er der gleichen Verhexung wie die anderen Zeugen. Er brauchte eine ganze Weile, um sich davon zu erholen, und bis er in der Lage war, das Unerhörte zur Kenntnis zu nehmen.

Obwohl die Dusche sie mit voller Wucht getroffen hatte, war die von Nässe triefende „Hinkende" auf dem Deck des Frachters geblieben. Unter dem Einfluß des

Schocks hatte sie ihre Krücke fallen lassen, aber die Krücke schien ihr jetzt keineswegs zu fehlen! Ganz im Gegenteil. Ihr bisher verkrampfter Körper hatte sich entspannt. Ihre deformierte Hüfte hatte sich eingerenkt, die Frau war um einige Zentimeter größer geworden. Hoch aufgerichtet, einen ekstatischen Ausdruck in den Augen, stand sie, einsam, unbeweglich auf Deck. Ihre Gefährten hatten im Inneren des Frachters Schutz vor den Wasserfluten gesucht.

Dann endlich bewegte sie sich. Da die bestürzte Mannschaft auf jegliches Manövrieren verzichtet hatte, schlug der Frachter jetzt, sanft schaukelnd, gegen die „Gargantua", deren Tanks sein Deck um ein weniges überragten.

Die „Hinkende" ging auf die Reling zu, ohne auch nur im geringsten zu hinken. Sie überkletterte sie, sprang leichtfüßig auf das graue Blech und lief auf einen der Wasserwerfer zu, aus dem immer noch ein starker Strahl schoß. Ein Matrose hatte ihn in seiner Bestürzung fallen lassen. Die Frau bückte sich, mit der gleichen erstaunlichen Gelenkigkeit wie bisher, hob den Wasserwerfer auf und richtete ihn auf ihre eingerenkte Hüfte, ihre Beine und schließlich auf ihre Brust. Ohne zu schwanken, ertrug sie die Heftigkeit der Wasserflut. Mit ihrem verklärten Gesicht glich sie einer übernatürlichen Gestalt, einer Schaumgeborenen. Ihr Blick hing jetzt an der Spitze des Reaktors, in ihren Augen spiegelte sich die Verzückung einer wunderbar Geheilten wider, die erschaut hat, was den übrigen Sterblichen verborgen geblieben ist.

Ein Beben durchlief die Menge der Demonstranten,

denen keine Bewegung der Frau entgangen war. Die Demonstranten verharrten eine Weile unentschlossen und in totaler Verblüffung. David beobachtete unterdessen mit wilder und triumphierender Miene die jämmerliche Erscheinung Professor Havards. Verwirrt von dem alsbald auch auf seinem Schiff sich verbreitenden Gerücht, daß soeben ein Wunder geschehen sei, war der Professor wieder auf Deck erschienen. Er bot in seinem desolaten Zustand und mit seinem von Tränen der Wut überströmten Gesicht ein Bild totaler Auflösung.

„Ich habe es immer gesagt, daß alles gut enden wird", murmelte David. Maurelle protestierte nicht mehr, David hatte recht behalten. Ohne auf die immer zaghafteren Proteste einiger weniger Fanatiker zu hören, entfernten sich jetzt die Fischer von der „Gargantua", die siegreich und majestätisch auf den Wellen schaukelte. Und der weite Kreis, den die Boote jetzt um den Riesentanker bildeten, glich eher der Aureole eines Heiligenbildes. Lediglich Respekt und Ehrfurcht, innerhalb weniger Augenblicke entstanden, verhinderten lauten Beifall und Hurrarufe. Die festlich gekleideten Dorfbewohner begannen einer nach dem anderen, den Kopf zu entblößen. Auf dem Deck eines kleinen Fischdampfers sank eine Frau in die Knie.

Zweiter Teil

I

Der entladene Tanker zeigte nun wieder seine frühere Titanengestalt, doch schien dieser jetzt eine neue Persönlichkeit innezuwohnen, eine Seele, von der ein bisher ungeahntes sanftes Leuchten ausging. Die „Gargantua" wurde angesichts einer großen Menge von Neugierigen am Kai festgemacht, die sich insgeheim Fragen stellte; ihre Ratlosigkeit drückte sich in respektvollem Schweigen aus.

Wie David vorausgesehen hatte, nahm Madame Bach die zwangsläufige Lahmlegung ihres Tankers ohne kritischen Kommentar hin, trotz der Verluste, die der Firma dadurch entstanden. Am Tage nach dem Einlaufen war Madame erschienen, um mit eigenen Augen die Wichtigkeit der Nachregulierungen am Reaktor zu begutachten, die von ihrem Physiker als unumgänglich bezeichnet worden waren. Zugleich beabsichtigte sie, wieder den Kontakt aufzunehmen, den sie mit allen zu haben wünschte, die von ihr abhingen. Auch war ihr daran gelegen, mit ihrem Sekretär die letzten Ereignisse zu analysieren und das neue Image zu bewerten, das diese Ereignisse der „Gargantua" aufgeprägt hatten.

Sie fand, daß Maurelle, der sie bei ihrer Ankunft auf dem Flugplatz erwartete, strahlend aussah und beglückwünschte ihn dazu.

„Ich bin glücklich, Sie so in Form zu sehen, mein bester Maurelle. Die Luft auf See ist Ihnen wohl gut bekommen?"

„Ich glaube, Madame, das Seelische spielt da sehr stark mit."

Madame Bach schüttelte den Kopf. Während der Fahrt ließ sie sich bis ins kleinste Detail die ihr schon bekannten Ereignisse schildern und blieb dann einige Zeit nachdenklich und schweigsam.

„Ich habe vergessen, Madame, Ihnen zu melden, daß der Bischof der Diözese, nachdem er von Ihrem Besuch Kenntnis erhielt, um die Gunst einer Rücksprache mit Ihnen gebeten hat."

„Er hat um die *Gunst* gebeten?" fragte Madame Bach mit Betonung, indem sie Maurelle in die Augen sah.

„Um die Gunst und um die Ehre, Madame", erwiderte dieser lächelnd. „Bei einiger Überlegung ist das zweifellos nichts Außergewöhnliches, einfach ein Akt der Höflichkeit."

„Der *Höflichkeit*", wiederholte die Präsidentin. „Ich habe ihm damals einen Besuch abgestattet; nun liegt ihm daran, seinerseits die Aufwartung zu erwidern. Das ist nur natürlich."

„Ganz natürlich. Und schließlich ist es ja auch verständlich, daß er Ihnen für die Spenden danken will, mit denen die Firma mehrere seiner Gemeinden bedacht hat. Das ist vielleicht der Hauptgrund für seine Anfrage."

„Was Sie nicht sagen!" war Madame Bachs Antwort.

Auch sie lächelte jetzt; beide tauschten einen hintergründigen Blick, den man als den Blick zweier Kumpane hätte deuten können, die kein Wort von dem glauben, was sie soeben gesagt haben. Maurelles heiteres Naturell hatte seit der Ankunft des Tankers wieder die Oberhand gewonnen. Schon bei ihrem Empfang auf dem Schiff hatte Madame Bach die Beobachtung gemacht, daß Kapitän Müller und alle Matrosen eine andere Miene zur Schau trugen als bisher. Die Atmosphäre hatte sich auf wunderbare Weise verändert. David lächelte triumphierend wie ein Prophet, dessen sämtliche Voraussagen eingetroffen sind.

Madame Bach hatte beschlossen, auf dem Schiff selbst zu logieren, und zwar in dem Appartement, das dem Reeder vorbehalten war. Hier, schlug sie vor, wollte sie den Bischof empfangen, und das schon am folgenden Tag.

„Es sei denn, er zöge einen anderen Ort vor", sagte sie zu ihrem Sekretär und bat ihn, ihre Einladung zu übermitteln.

„Seien Sie beruhigt, Madame. Ich glaube kaum, daß er geneigt sein wird, Ihren Absichten auch nur im geringsten entgegenzuwirken. Die ‚Gargantua' wird ihm durchaus genehm sein, dessen bin ich sicher."

Die Unterredung im Angesicht des Meeres dauerte nun schon eine Viertelstunde. Maurelle, der ihr beiwohnte, nachdem er den Bischof und auch Kapitän Müller herbegleitet hatte, begann allmählich anzunehmen, daß er den Besucher zu Unrecht einiger Hintergedanken verdächtigt habe. Der Bischof hatte sich vom Verlauf der ersten Ausfahrt berichten lassen. Wie vorausgesehen, hatte er dann seinen Dank für die Zuwendungen an zwei Gemeinden seiner Diözese ausgesprochen. Er knüpfte den Wunsch daran, daß die Beziehungen zwischen den Reedern, der Besatzung der „Gargantua" und den Gläubigen der Umgebung stets ausgezeichnete bleiben mögen. Als er eine ziemlich heftige Bewegung Madame Bachs und ein leises Lächeln bei Maurelle bemerkte, beeilte er sich, hinzuzufügen:

„Ich weiß sehr wohl, daß es in der Vergangenheit einige Mißverständnisse gegeben hat. Manche unserer braven Leute, zumeist alte, bewährte Fischer, sahen mit Mißtrauen ihr Riesenschiff das Meer durchfurchen, das sie ein wenig als ihren eigenen, ausschließlichen Bereich betrachten. Andere wieder schrecken zurück vor allen kühnen Neuerungen. Und wieder andere leihen aus Naivität oder Schwäche falschen Predigern ihr Ohr. Es liegt mir daran, Ihnen, Frau Präsidentin, persönlich zu versichern und auch Ihnen, Herr Kapitän, daß die Kirche nicht rückständig ist, und daß ein Unternehmen, das dem Fortschritt dient wie das Ihre, von ihr stets mit Wohlwollen begrüßt werden wird."

Ein seltsamer Glanz trat in Madame Bachs Augen, und sie tauschte abermals einen verständnisinnigen Blick mit ihrem Sekretär. Ihr Mienenspiel entging dem Bischof nicht. Er beeilte sich hinzuzufügen:

„Selbstverständlich konnte uns nicht daran gelegen sein, anfangs allzuviel Solidarität mit Ihnen an den Tag zu legen – und das in Ihrem eigenen Interesse. Sie wissen sehr wohl, daß wir gemeinsame Feinde haben. Hätten wir von vornherein Ihre Partei ergriffen, so würden die Gegner gewiß nicht verfehlt haben, darin ein für sie klassisches Bündnis zwischen der Kirche und den Mächtigen zu sehen und anzuprangern..."

Maurelle konnte nicht umhin, hier zu unterbrechen:
„Übrigens, Exzellenz, sollte ich mich getäuscht haben, als ich am Tag der berühmten Kundgebung anläßlich unserer Rückkehr zwei Pfarrer aus benachbarten Dörfern an Deck eines der Boote, die uns umringten, sah mit, verzeihen Sie, Exzellenz, offenbar nicht gerade katholischen Absichten?"

Der Bischof war keineswegs verwirrt und lächelte:
„Sie haben sich nicht getäuscht, Monsieur Maurelle; glauben Sie mir, daß ich das bedauere, denn ich habe das übertriebene Verhalten der beiden Herren immer schon mißbilligt. Ich bin auch gekommen, um Sie zu bitten, derlei unangebrachtes Benehmen zu entschuldigen."

„Aber ich bitte Sie, Exzellenz", protestierte Madame Bach höflich.

„Ich bitte für mich persönlich und auch für die beiden um Entschuldigung", beharrte der Bischof, „denn sie bedauern jetzt die unüberlegte Handlungsweise.

„Sie bedauern sie *jetzt*", unterstrich Madame Bach.

Ihr Ton war immer ausgesucht höflich, aber Maurelle entging ein verstohlener Glanz in ihren Augen nicht. In diesem Augenblick kam ihm der Gedanke, daß seine Chefin unter gewissen Umständen einer außerordentlichen Grausamkeit fähig sein könnte. Schon immer hatte er diesen Verdacht gehegt. Der Bischof war einen Augenblick lang durch Madames Bemerkung aus dem Konzept gebracht, aber nichts konnte sein freundliches Benehmen ändern, und er entschloß sich, weiterhin zu lächeln.

„Ich wollte ganz einfach sagen, daß die beiden, und

auch ihre Gemeindeglieder, jetzt ganz von selbst zur Erkenntnis gekommen sind, daß die ‚Gargantua' niemandem Schaden zufügt."

„Sie schadet niemandem", wiederholte Maurelle, der, vom Glanz in Madame Bachs Augen ermutigt, in Schwung kam. „In ihrem Kielwasser entströmen dem Meer weder giftige Dämpfe noch treiben darin, Bauch oben, tote Fische. Wir hatten glaubhafte Gründe dafür geliefert, daß alles sich so abspielen wird. Nicht nur hat niemand Schaden genommen, sondern..."

„Ich selbst war immer davon überzeugt", unterbrach ihn nun seinerseits der Bischof hastig, „daß die ‚Gargantua' keinerlei Gefahr bedeutet. Aber einige wollen eben, wie der Apostel Thomas, alles mit Händen greifen und mit eigenen Augen sehen."

„Und haben sie gesehen?" fragte Madame Bach mit dem gleichen Ausdruck vollendeter Höflichkeit.

„Sie haben gesehen und sind überzeugt. Ich meine, es gibt keinen Grund, nicht beste Beziehungen zu unterhalten."

„Das war immer mein heißester Wunsch, Exzellenz", fiel Kapitän Müller ein, der sich mehr als alle anderen über den Stimmungswechsel freute und besorgt war, der ätzende Geist Maurelles könnte die günstigen Auspizien gefährden.

„Was mich betrifft, so werde ich meinen ganzen Einfluß aufbieten, damit die christliche Bevölkerung Ihnen den Aufenthalt so angenehm wie möglich macht, wann immer Sie in den Hafen einlaufen. Und sogar..."

Der Bischof machte eine Pause und schien nachzudenken.

„Und sogar...?" fragte Madame Bach.

Nach einem Augenblick fuhr der Bischof fort, indem er sich an Müller wandte, als könne dieser seinen Vorschlag am besten würdigen:

„Herr Kapitän, mir kam plötzlich ein Gedanke, den ich Ihnen nicht verhehlen möchte. Ich meine, er könnte das Ansehen ihres Schiffes in den Augen unserer Gläubigen nur noch erhöhen."

„Ich bin sicher, daß das ein sehr guter Gedanke ist", sagte Madame Bach. „Lassen Sie hören."

„Ich möchte ihn hier gleich unterbreiten, Frau Präsidentin. Seinerzeit pflegte man den Stapellauf eines Schiffes mit einer religiösen Zeremonie zu verbinden. Und das ist auch heute noch oft der Brauch. Ich weiß, daß viele in unseren Gemeinden, die an alten Traditionen hängen, bedauern, daß die ‚Gargantua' nicht auf herkömmliche Weise gesegnet wurde. Aber vielleicht ist es nicht zu spät, dieses Versäumnis nachzuholen?"

Er unterbrach sich nochmals, um die Reaktion seiner Gesprächspartner mit gespannter Aufmerksamkeit zu sondieren. Müller schien bereit zu sein, ihm für das Anerbieten zu danken; aber dem Bischof konnte nicht entgehen, daß Maurelle, nach einem neuerlichen Blickwechsel mit der Chefin, seine Lachlust nur schwer zügeln konnte. Ohne Umstände nahm der Bischof die Sache von der guten Seite, lächelte und fügte hinzu:

„Ganz einfach eine Segnung – aber wenn mein Vorschlag Ihnen nicht zusagt, sprechen wir nicht mehr davon und bleiben gute Freunde."

Maurelle, der wieder ernst geworden war, erkannte jetzt erst, daß er einen ungewöhnlich kultivierten Mann vor sich hatte und erwies sich nun seinerseits als äußerst wohlerzogen.

„Jedenfalls kann eine Segnung nicht schaden", bemerkte er.

„Genau das wollte ich zum Ausdruck bringen, mein Lieber. Es kann nicht schaden. Und ich möchte hinzufügen, daß es in den Augen der Gläubigen viel Gutes stiften könnte."

Madame Bach war in Gedanken versunken. Der Bischof sah sie schweigend an. Anscheinend erwartete er ihre Entscheidung nicht ohne Sorge.

„Ich werde darüber nachdenken, Exzellenz", sagte Madame schließlich. „Ich kann Ihnen aber jetzt schon sagen, daß ich für meine Person keinen Hinderungsgrund sehe, und ich bin sicher, daß Kapitän Müller Ihre Initiative mit Beifall aufnehmen wird. Aber ich muß mit den Ansichten unseres Aufsichtsrates rechnen, dessen Mitglieder leider! nicht alle gläubig sind. Immerhin meine ich – es wird nicht schwerfallen, sie zu überzeugen."

„Ich verstehe Sie vollkommen, Frau Präsidentin", sagte der Bischof, indem er sich verbeugte, „und ich danke Ihnen von ganzem Herzen, daß Sie die Sache der Gläubigen verfechten wollen."

Nach einigen Höflichkeitsfloskeln schien die Unterredung nunmehr beendet zu sein. Der Bischof machte Anstalten, sich zu erheben und sich zu verabschieden, als Maurelle, der nicht mehr an sich halten konnte, mit gespielt gleichgültiger Miene die Frage stellte:

„Übrigens, Exzellenz, haben Sie Nachricht von der ‚Hinkenden'?"

2

Der Bischof machte eine abwehrende Geste, die er aber schnell unterdrückte.

„Die ‚Hinkende'?"

„Exzellenz, Sie können diese Provinzgröße nicht übersehen haben, sie steht im Begriff, eine Weltberühmtheit zu werden. Die Presse spricht nur noch von ihr, das Fernsehen wird ihr eine ganze Sendung widmen."

„Ich übersehe die Dame keineswegs", antwortete der Bischof sanft.

Er machte es sich wieder in dem Fauteuil bequem, aus dem er sich soeben hatte erheben wollen, nicht gerade beglückt von der Aussicht, ein Thema behandeln zu müssen, das er lieber vermieden hätte.

„Und das Ereignis, das ihr diesen Bekanntheitsgrad eingetragen hat", unterstrich Madame Bach, „ist immerhin recht bedeutsam."

„Auch das übersehe ich nicht; es ist in der Tat seltsam."

„Wirklich seltsam, Exzellenz", echote Maurelle. „Sie war ein Krüppel, sie ist es nicht mehr. Sie ist ganz plötzlich geheilt worden, wie – ich wollte schon sagen: wie durch ein Wunder."

„Das ist ein großes Wort, Monsieur Maurelle. Ich

selbst fühle mich nicht berechtigt, es auszusprechen. Aber wir sind verpflichtet, eine Tatsache anzuerkennen, die von sehr vielen Menschen bezeugt wird. Es hat den Anschein, daß die ‚Hinkende' unter Umständen geheilt wurde, die nach dem heutigen Stand der Wissenschaft nicht zu erklären sind."

„Sie wurde in dem Augenblick geheilt, in dem sie mit dem Wasser bespritzt wurde, das zu vergiften man uns lange Zeit vorwarf. Einige hatten uns sogar im Verdacht, einen Pakt mit dem Teufel zu haben."

Der Bischof deutete höflich einen Protest an, antwortete dann aber auf die erste Frage.

„Ich habe Nachricht von ihr durch den Pfarrer ihrer Gemeinde, der sie besucht hat. Ich behalte mir vor, ihr gleichfalls einen Besuch abzustatten, denn ich finde, daß ein nicht unwichtiger Fall vorliegt."

„Ja – er hat jedenfalls einen tiefen Eindruck auf die Gläubigen gemacht", säuselte Madame Bach.

„Da muß ich Ihnen recht geben. Das Gespräch mit dem Pfarrer hat nichts geklärt. Die Frau sagt, sie habe sich plötzlich als ein anderer Mensch gefühlt, aber sie weiß auch nicht mehr als wir. Ich möchte hinzufügen, daß es sich bei dieser Wandlung gleichermaßen um eine moralische wie um eine physische Veränderung handelt, denn die ‚Hinkende' hat den Besuch des Geistlichen durchaus wohlwollend aufgenommen – und gerade sie war uns doch zuvor ganz besonders feindlich gesinnt."

„Wiederum eine Wohltat, wenn nicht gar ein Wunder, das abermals durch unser Wasser mittelbar oder unmittelbar bewirkt worden ist", stellte der hartnäckige Maurelle fest.

„Das ist einer der Aspekte, unter denen man das Ereignis betrachten kann. Es gibt da aber auch noch andere. Ich habe auch den Arzt, der die Frau behandelt hat, befragen lassen."

„Das habe auch ich getan. Ich vermute, Exzellenz, daß wir die gleiche Diagnose erhalten haben. Der Arzt erklärte, das Leiden der ‚Hinkenden' sei unheilbar gewesen."

„Das hat er auch mir versichert. Unglücklicherweise hat er die früheren Röntgenbilder nicht aufgehoben, so daß man sie also nicht mit denen vergleichen kann, die jetzt gemacht wurden."

„Diese neuesten Röntgenaufnahmen zeigen einen vollkommen normalen und gesunden Knochenbau. Auch das weiß ich."

„Und das ist schade. Ohne diese Aufnahmen hätten wir einen schlagenden Beweis, der nicht bestritten werden könnte."

„Den Beweis — für ein Wunder, Exzellenz?"

Der Bischof gab keine Antwort, senkte stumm den Kopf und erhob sich, um sich zu verabschieden.

Madame Bach legte Wert darauf, gemeinsam mit Kapitän Müller und Maurelle den Bischof zu seinem Wagen zu begleiten, wo der Chauffeur ihn erwartete. Ehe er den Kai verließ, blieb der Bischof noch einmal stehen und betrachtete nachdenklich das Schiff. Maurelle glaubte, der Bischof sei beeindruckt von der riesenhaften Silhouette des Tankers, dessen im Wellenspiel verfließender Schatten weit hinaus auf das Meer fiel.

„Schauen Sie sich das Deckhaus und den Reaktor an,

Exzellenz", bemerkte Maurelle. „Wie die Türme einer Kathedrale. Eines Tages, in der Abenddämmerung, hat sich mir dieser Vergleich aufgedrängt."

Der Bischof antwortete nicht. Tatsächlich war es nicht das Schiff gewesen, das seine Aufmerksamkeit erregt hatte, sondern ein einsamer Mann, der sich in einiger Entfernung einer seltsamen Tätigkeit hingab. Er schleuderte eine Flasche an einer langen Schnur ins Meer. Auch Madame Bach, die dieses Spiel gleichfalls beobachtet hatte, war neugierig geworden. Aber Maurelle, den der Besuch des Bischofs überaus erfreut hatte, lenkte die Aufmerksamkeit der beiden wieder auf den Tanker.

„Ein wenig Weihwasser, vielleicht ein Kreuz an sichtbarer Stelle – und schon ist der Schwefelgestank, den der Gigant zu verbreiten schien, für immer verschwunden."

„Scherzen Sie nicht mit heiligen Dingen", mahnte der Bischof sanft, während er seinem Wagen zuschritt.

„Ich scherze nicht, Exzellenz, ich hätte Ihnen nur gern eine Anekdote erzählt, die ich kürzlich in einem Geschichtswerk gelesen habe."

„Eine Anekdote?" fragte Madame Bach, die ihnen gefolgt war. „Damit werden Sie Exzellenz nur langweilen."

Sie hatte das ziemlich zerstreut gesagt, während sie sich neuerlich umwandte, um den Mann mit der Flasche zu beobachten. Sie schien besonderes Interesse an dessen Verhalten zu nehmen.

„Ich schätze Anekdoten durchaus, sofern sie nicht geschmacklos sind."

„Es ist beinahe eine Parabel, Exzellenz. Es handelt sich dabei um Druidensteine und Hünengräber. Noch im Mittelalter waren zahlreiche heidnische Monumente dieser Art mächtige Anziehungspunkte für das Volk. Kranke und Lahme pilgerten hin in der Hoffnung auf eine Wunderheilung. Unfruchtbare Frauen kamen, um ihren Schoß gegen den Stein zu pressen. Eine unbekannte Gottheit sollte ihnen die Gnade der Empfängnis gewähren, die ihnen der Christengott scheinbar versagt hatte. Die Bischöfe begannen, mit dem Kirchenbann gegen diese kultischen Überreste aus einer barbarischen Zeit vorzugehen. Eine große Anzahl von Kultsteinen ließen sie sogar zerschlagen. Aber sie erkannten bald, daß die Kirchenstrafe den Aberglauben der Unglücklichen nur noch weiter anfachte. Also änderten die Bischöfe ihre Taktik und begannen die Monumente der Urzeit zu christianisieren. Kreuze und Muttergottesbilder wurden in die heidnischen Steine gemeißelt. Es geschah mitunter auch, daß einzelne dieser Steine weggeschafft wurden, um im geweihten Umkreis einer Kirche wieder aufgestellt zu werden. Wenn die Steine für einen Transport zu schwer waren, wurden manchmal sogar in ihrer Nähe Kirchen errichtet. In einigen Fällen, wie etwa in Saint-Germain-de-Confolens, in der Charente, wurde ein Hünengrab auf Veranlassung des Bischofs in eine Kapelle umgewandelt."

Nichts war imstande, die distanzierte Freundlichkeit des Bischofs zu erschüttern.

„Diese Anekdote gefällt mir", sagte er mit einem dünnen Lächeln, „und im übrigen gehört es zu meinem Priesteramt, an Parabeln Geschmack zu finden. Diese hier beweist wieder einmal, daß der Geist weht, wo er will."

„Unser Atomphysiker denkt wie Sie, Exzellenz", sagte Maurelle sich leicht verbeugend. „Er hat es mir oft genug gesagt."

„Der Evangelist hat es lange vor ihm und auch vor mir gesagt, mein Lieber. So oder so komme ich immer wieder zu dem Schluß: All dies hier kann niemandem Schaden zufügen."

Er verließ sie, nachdem er sich höflich vor Madame Bach verneigt hatte, mit einer angedeuteten Geste des Segnens.

3

„Ein heiligmäßiger Mann", bemerkte Maurelle, als das Auto mit dem Bischof verschwunden war.

„Ja – und vor allem ein weitblickender", ergänzte Madame Bach. „Ich bin sicher, daß er einen ausgezeichneten Geschäftsmann abgäbe. Übrigens, Maurelle, Ihre Anekdote hat mir gefallen."

Geschmeichelt warf der junge Mann den Kopf zurück. Sie setzten ihren Weg zurück zum Kai gemeinsam fort. Müller kam auf die Heilung der „Hinkenden" zu sprechen. Da ihn seine Arbeit bei der Ankunft des Tankers sehr in Anspruch genommen hatte, war ihm kaum Zeit geblieben, darüber zu reden.

„Ich weiß nicht, ob das ein Wink der Vorsehung ist, aber für uns ist es ein Trumpf. Es ist noch schwierig, alle Folgen abzuschätzen."

Der Kapitän schüttelte ungeduldig den Kopf.

„Hören Sie, Maurelle, ich glaube, ich fange allmählich an, Sie richtig kennenzulernen. Ich halte Sie für den letzten, der an ein Wunder glaubt. Was hier geschehen ist, war ein merkwürdiger Zufall – nichts weiter."

„Mag sein, Kapitän, aber wir wären dumm, wenn wir es nicht bis zum äußersten ausnützen, falls die Ereignisse den Verlauf nehmen, den ich ahne."

Müller machte eine abwehrende Bewegung. Sein natürliches Ehrgefühl wehrte sich gegen den Gedanken, ein Ereignis dieser Art auszunützen, wie Maurelle es da anregte. Der Kapitän wollte etwas erwidern, aber seine Aufmerksamkeit wurde abermals auf den Mann gelenkt, den sie dabei beobachtet hatten, wie er die mit Meerwasser gefüllte Flasche an Land zog. Obwohl er sich außerhalb der Umzäunung befand, die den für die „Gargantua" reservierten Platz des Kais abgrenzte, runzelte der Kapitän die Stirn. Er mochte es gar nicht, wenn sich Unbekannte in der Nähe seines Schiffs herumtrieben.

Der Mann hatte sein seltsames Treiben beendet. Er betrachtete verdutzt seine zu drei Vierteln gefüllte Flasche und schüttelte unzufrieden den Kopf. Als er das sich nähernde Trio gewahrte, schien er zu zögern. Schließlich faßte er Mut und wandte sich, nachdem er gegrüßt hatte, an den Mann in Uniform.

„Der Herr Kapitän von der ‚Gargantua', nicht wahr?"

„Das bin ich", brummte Müller. „Was wünschen Sie von mir?"

„Wenn ich es wagen dürfte, Herr Kapitän..."

„Wagen Sie immerhin."

„Ich habe hier ein wenig Wasser geschöpft, aber so ist es nicht das Richtige, das Wasser ist nicht rein. Ich meine, es hat sich bereits mit dem kalten Meerwasser vermischt... nun ja, diese Stelle ist auch zu weit von Ihrem Schiff entfernt. Entschuldigen Sie, Herr Kapitän, was mich betrifft, so glaube ich ja nicht allzusehr an derlei Dinge, aber schließlich – schaden kann es ja auch nicht."

Madame Bach, deren Neugier jetzt offenbar in höchstem Maße geweckt war, tauschte wiederum einen flüchtigen Blick mit ihrem Sekretär.

„Er spricht wie der Bischof", bemerkte sie.

„Meine Frau, Herr Kapitän", stotterte der Mann nun, mehr und mehr eingeschüchtert, „hat mir ausdrücklich aufgetragen, ihr ganz reines Wasser zu bringen."

„Ihre Frau?"

„Ja, eben sie; sie ist gelähmt. Die Ärzte behaupten, sie sei unheilbar, aber das haben sie ja auch von der ‚Hinkenden' gesagt. Meine Frau hat alles in den Zeitungen gelesen, und sie hat sich alle Einzelheiten von Augenzeugen berichten lassen. Seit zwei Tagen träumt sie von nichts anderem. Sie hätte es am liebsten gehabt, daß ich sie hierher gebracht hätte, damit sie baden kann, aber das ist unmöglich, und ihr Arzt hat es verboten. Also habe ich ihr versprochen, ihr eine Flasche von dem Wasser mitzubringen, das aus Ihrem Schiff kommt, nachdem es dort durchgelaufen ist. Aber ich sehe wohl, daß ich hier nicht nahe genug herankomme, Herr Kapitän, würden Sie mir gestatten, durch die Sperre zu gehen, und meine Flasche in nächster Nähe des Ausflusses zu füllen?"

Müller unterdrückte eine ärgerliche Geste. Diese Art von Fetischismus reizte ihn nicht zum Lachen.

„Sie werden ihm das doch nicht verweigern, Kapitän", schaltete sich Maurelle ein. „Das wäre zweifellos falsch."

Der Kapitän zögerte. Fragend sah er Madame Bach an. Diese war in eine Art von Meditation versunken, deren Intensität offenbar in keinem Verhältnis zur Trivialität des Vorfalls stand. Maurelle, der begann, sie mehr und mehr kennenzulernen, erriet, daß sie bereits eine Reihe unerwarteter Entwicklungen voraussah, die dieses unwesentliche Ersuchen nach sich ziehen könnte.

„Ich glaube, Maurelle hat recht, Kapitän", entschied Madame nach einem Augenblick. „Ihm das zu verweigern, wäre ein Fehler."

Müller entschloß sich ungern, eine zustimmende Geste anzudeuten. Maurelle ließ den Mann durch die Absperrung und half ihm dann persönlich, die Flasche am Ausfluß mit dem Kühlwasser zu füllen, das leicht erwärmt aus dem Schiff kam. Der Mann überbot sich an linkischen und rührenden Dankesbezeugungen und entfernte sich dann mit seinem kostbaren Naß.

„Wir riskieren, morgen bereits zehn weitere seiner Art hier zu haben", knurrte der Kapitän.

„Gerade das erhoffe ich mir. Und wir täten unrecht, sie zu entmutigen. Denken Sie daran, wieviel Mühe wir uns gegeben haben: mit unseren Pressekonferenzen, unserem Kampf um Publizität, unseren Geschenken, mit allen Argumenten und allen Vernunftsgründen, die ich entwickelt habe, um die Angst vor dem Atom zu bekämpfen."

„Mit der Vernunft sind wir nicht weitergekommen", sagte Madame Bach, noch immer nachdenklich.

„Überhaupt nicht, Madame. Aber ein einziges verstandesmäßig nicht erklärbares, unlogisches Element hat genügt, zweifellos ein ganz gewöhnlicher Zufall, wie Sie meinen, Kapitän, um sie alle mit wehenden Fahnen in unser Lager überwechseln zu lassen."

„Noch sind sie nicht alle in unserem Lager", muckte Müller noch einmal auf. „Aber ich anerkenne, daß sich ihre Haltung geändert hat, und dazu beglückwünsche ich mich."

„Sie werden alle kommen. Denken Sie an den Glauben oder, mag sein, an den Fetischismus dieser gelähmten Frau. Und ihr Gatte ist sehr nahe daran, ihre Gefühle zu teilen, auch wenn er das jetzt noch bestreitet. Haben Sie die Haltung der Hierarchie beobachtet? Der Bischof, der eine feine Nase hat, brauchte nicht lange, um die Windrichtung zu erkennen. Ich möchte wetten, daß bald sehr viele andere nicht verfehlen werden, ihre Einstellung in gleicher Weise kundzutun. Ich hoffe, Madame, daß Sie nicht daran zweifeln, daß ein derart spektakuläres Ereignis millionenfach die Propaganda für künftige Projekte der Firma aufwiegt."

„Es ist durchaus möglich, daß Sie recht haben", sagte Madame Bach. „Und da ich die Interessen der Firma ebenso wie ihre Zukunftspläne, die auch die meinen sind, niemals aus den Augen verliere, bin ich der Meinung, daß man alles tun sollte, um den aufkeimenden Glauben dieser braven Leute zu ermutigen."

„Wenn das in diesem Falle Ihr Wunsch ist, werde ich mein Möglichstes tun, Frau Präsidentin", räumte Kapitän Müller ein. „Nur flehe ich Sie an, sprechen Sie mir niemals mehr von übernatürlichen Dingen."

„Ist das so wichtig, Kapitän? Was die Zukunft des Kernkraftantriebes anlangt, so fühle ich, daß Maurelle recht hat: es handelt sich bei diesem jüngsten Vorfall tatsächlich um ein Ereignis, das viele Wunder in sich birgt."

4

Die der „Hinkenden" gewidmete Sendung erlebte einen Erfolg, wie er in der Geschichte des Fernsehens ohne Beispiel war. Die Zahl der angeschlossenen Stationen überschritt alles Dagewesene bei weitem, so daß der Einschaltquote wegen zusätzliche Stromlieferungen von der E. D. F. angefordert werden mußten, galt es doch, den Informationshunger eines aufgescheuchten Publikums zu stillen, das sich im Verlauf der letzten Jahre noch für kein anderes Ereignis im Bereich der Politik, der Kriminalität oder des Sports in diesem Maße interessiert hatte.

„Hoffen wir, daß unser Physiker nicht allzuviel Unsinn verbreitet", seufzte Kapitän Müller, während die Ankündigung der Sendung auf dem Bildschirm erschien. „Er beunruhigt mich seit einiger Zeit. Diese Geschichte scheint ihm den Kopf zu verdrehen."

Er selbst war eingeladen worden, an der Diskussion teilzunehmen, die der Sendung folgen sollte, hatte aber diese Einladung abgelehnt, da er sich mit dem Geist, der die Sendung offensichtlich inspiriert hatte, nicht einverstanden erklären konnte. Nun nahm er also in seinen Wohnräumen auf der „Gargantua" an dem Spektakel lediglich als Zuseher teil, zusammen mit Maurelle, den er zum Abendessen gebeten und für den Abend bei sich behalten hatte, und mit dem Chefmechaniker Guillaume samt dessen Frau, die den zwangsweise verlängerten Aufenthalt des Tankers dazu benützt hatte, ihren Gatten auf dem Schiff zu besuchen.

Da der Moderator darauf bestanden hatte, daß irgendein Repräsentant der „Gargantua" anwesend sei, hatte Madame Bach es zunächst als gegeben erachtet, ihren Beauftragten für Öffentlichkeitsarbeit zur Diskussion zu delegieren. Doch dieser hatte Madame davon überzeugt, daß David dieser Aufgabe besser gewachsen sei. Maurelle hatte gemeint:

„Ich kenne ihn gut, Madame, und ich habe gute Gründe, anzunehmen, daß er sich wesentlich besser als ich selbst, den man als Werbefachmann kennt, einer solchen Mission entledigen wird. Ich bin sicher, seine besondere Art von Mystizismus wird auf dem Bildschirm Wunder wirken."

„Sein Mystizismus? Bisher war ich der Meinung, einen Wissenschaftler zu beschäftigen, einen Atomphysiker, keinen Mystiker."

„Seit einem Vierteljahrhundert ist das ungefähr das gleiche, Madame."

Madame Bach hatte nach diesem Gespräch gelächelt und war dem Ratschlag ihres Sekretärs gefolgt, an dem sie mehr und mehr einen Hang zum Paradoxen schätzte, der ihr selbst keineswegs verhaßt war, sofern er nicht an Extravaganz streifte. So saß der Physiker also im Kreise der Persönlichkeiten, die zur Belebung der Diskussion beitragen sollten.

Die Sendung lief innerhalb der Serie *Große Dokumentation auf kleinem Bildschirm*. Der erste Teil bestand aus einem vom Kamerateam des Fernsehens gedrehten Film, in dessen Mittelpunkt die „Hinkende" stand, und zwar noch vor dem Ereignis, das ihr Leben verändert hatte. Die Techniker hatten Interviews zusammengeschnitten, die von der „Hinkenden" früher einmal gegeben worden waren, dazu einige Bilder von Protestversammlungen, die sie geleitet hatte, und einige Aufnahmen, die zeigten, wie die Halblahme, auf ihre Krücke gestützt, durch die Straßen ihres Dorfes humpelte. Währenddessen erzählte ein Kommentator ihren Lebenslauf und ihren Aufstieg zur Initiatorin des Antiatomkreuzzuges.

Das war der Auftakt; als Mittelstück folgte dann die Kundgebung auf See, denn das Fernsehen hatte mehrere von den einst so streitbaren Freunden der „Hinkenden" gedrehte Amateurfilme erworben, die den ganzen Vorgang zeigten, angefangen mit der nächtlichen Auffahrt der Armada, bis zu dem theatralischen Schlußeffekt, über dessen Deutung sich das ganze Land fieberhaft erhitzte.

Kapitän Müller betrachtete die Dokumentation mit wachsender Neugier, auch Guillaumes Interesse war nicht geringer. Noch einmal durchlebten die beiden Offiziere all die wechselvollen Vorkommnisse jenes angsterfüllten Morgens, der dann ein so gutes Ende genommen hatte. Die letzte Bildfolge erregte in besonderem Maße ihre Aufmerksamkeit, ihre Gesichter verkniffen sich nachgerade in dem Bemühen, irgendeine Einzelheit zu erhaschen, die ihnen damals möglicherweise entgangen war. Als dann die plötzliche Veränderung gezeigt wurde, die mit der „Hinkenden" vor sich gegangen war, stießen Guillaume und seine Frau einen dumpfen Laut aus.

An diesem Abend beobachtete Maurelle gleichermaßen interessiert die Vorgänge auf dem Bildschirm wie die Reaktionen der Zuseher. Eine Fischersfrau, die der Kapitän als dienstbaren Geist beschäftigte, da für die Dauer der Reparaturarbeiten viele Matrosen auf Landurlaub waren, hatte die Erlaubnis erhalten, die außergewöhnliche Sendung mitanzusehen. Jetzt ließ sie einen langgezogenen Seufzer hören und bekreuzigte sich. Was der Mann für Öffentlichkeitsarbeit vorausgesehen hatte, trat ein: Das Fernsehbild wirkte noch eindringlicher als das Erlebnis selbst.

„Nach alldem wird es nicht mehr viele Skeptiker geben", murmelte Maurelle.

„Skeptiker hinsichtlich der Tatsache – gewiß nicht. Wer käme auf den Gedanken, sie abzuleugnen? Im übrigen aber..."

„Zu bestreiten, was man mit eigenen Augen gesehen hat, scheint mir schwierig", unterbrach Guillaumes Frau.

Sie war eine schüchterne kleine Blondine und im allgemeinen eher zurückhaltend. Diesmal hatte sie mit ungewöhnlichem Nachdruck gesprochen.

„Das ist auch meine Meinung", sagte der Chefmechaniker.

Müller sah ihn verdutzt an. Der Mann hatte diese Worte in scharfem Ton und ein wenig herausfordernd gesprochen. Der Kapitän zögerte, ihm zu antworten, zuckte schließlich die Achseln und wandte seine Aufmerksamkeit wieder dem Bildschirm zu. Maurelle lächelte.

Madame Bach, die in ihrem Pariser Appartement gleichermaßen die Sendung verfolgte (sie verließ sich stets auf ihre eigenen Augen, denen sie mehr vertraute als anderen), runzelte die Stirn. Sie übersah keine Einzelheit und bemühte sich, aus allem Gesehenen einen logischen Schluß zu ziehen. Die Verwandlung, die mit der „Hinkenden" vor sich gegangen war, erregte Madame nicht allzusehr. Mehr noch als Maurelle jedoch nahm sie der außergewöhnliche Eindruck gefangen, der sich von den Gesichtern aller Zeugen ablesen ließ und der sich ebenso in den Mienen jener widerspiegelte, die auf dem Bildschirm sichtbar wurden, als auch in den Mienen der kleinen Zusehergruppe, die sie anläßlich der Sendung zu sich geladen hatte.

Unbestreitbar hatten die Fernsehleute ein Beispiel meisterhafter Dokumentation und ernstzunehmender Montage geliefert. Einer Aufnahme der unversehens geheilten, in Ekstase versetzten „Hinkenden", die triefend an Deck des Tankers stand, folgte eine kurze Rückblende, die sie noch einmal verkrüppelt und über ihre Krücke gebeugt zeigte. Nachdem der Bildschirm für Sekunden dunkel geblieben war, erschien schließlich eine Großaufnahme der „Hinkenden" im Studio; gewandelt und freudestrahlend, eine Träne im Augenwinkel. Vor ihr lag auf dem Tisch die unnütz gewordene Krücke, auf deren Mitnahme sie bestanden hatte.

„Schauen Sie die Frau gut an, Kapitän", sagte Maurelle, der versuchte, in ihrem Gesicht die innersten Empfindungen zu lesen. „Schauen Sie sie gut an. Das ist die Stunde ihrer höchsten Glorie."

In der Tat war es ein Tag des Triumphes für die

„Hinkende". Mit Hilfe subtiler Beleuchtungseffekte war es den Kameraleuten gelungen, sie so filmgerecht ins Bild zu bringen, daß der Eindruck entstand, sie schwebe beherrschend über der Gruppe aller anderen Diskussionsteilnehmer, von denen einige ziemlich verkrampft aussahen; es war unschwer zu erraten, wie sehr sie sich dennoch um eine gelockerte Haltung bemühten. Die Frau hingegen fühlte sich offensichtlich wohl. Der Stolz, den sie empfand, gab ihr ein Hochgefühl, das sie vielleicht noch stärker erfüllte als die Freude über ihre Heilung. Der Ehrgeiz, den sie insgeheim seit vielen Jahren genährt hatte, war in einer Weise befriedigt worden, wie sie es nie zu erträumen gewagt hätte: einen ganzen Abend lang stand sie im Zielpunkt der Objektive und vor Millionen aufgeregter Zuseher.

Seit langem hatte sie sich auf eine derartige Bestätigung ihrer Persönlichkeit vorbereitet. Gewiß, wenn die Kundgebung den ursprünglichen Absichten gemäß verlaufen wäre, hätte ihr Fernsehauftritt eine andere Bedeutung gehabt, aber der Rahmen war auf jeden Fall der, den sie sich erträumt hatte. Lange hatte sie alles einstudiert: die Worte, die Betonung, die Pausen, das beredte Schweigen, mit dem sie die Lauterkeit ihrer Absichten unterstreichen würde. Heute brauchte sie lediglich die Worte zu ändern, was nicht sehr viel Mühe bereitete. Mit einer Leichtigkeit, die keineswegs gespielt war, übertrug sie ihren früheren Katechismus auf ein neues Glaubensbekenntnis, das ihr die Umstände auferlegt hatten.

Sie bewies ihre Überlegenheit, indem sie dem Moderator noch vor Eröffnung der Diskussion das Wort abschnitt und bat, zunächst eine Erklärung abgeben zu dürfen, was man ihr nicht verwehren konnte. Es wurde eine ernsthafte Selbstkritik daraus. Die „Hinkende" bekannte sich zu der von ihr persönlich angestifteten Kampagne gegen den atomkraftgetriebenen Tanker, drückte ihr tiefes Bedauern darüber aus und tat ihre Absicht kund, sich nunmehr mit allen ihren Kräften der Wiedergutmachung begangener Irrtümer zu widmen.

„Ein trefflicher Vorsatz", flüsterte Madame Bach in ihrem Pariser Salon.

„Ein ausgezeichneter Auftakt", grinste Maurelle auf der „Gargantua". „In dieser Frau haben wir jetzt eine treue Verbündete."

Im Fernsehstudio begann die Diskussion. Abgesehen von der „Hinkenden" waren vier Persönlichkeiten dazu eingeladen worden: Professor Havard und David, die beide mit allen ihren Titeln vorgestellt wurden. Wie zwei bissige Hunde starrten sie einander an. Sie wurden aufgefordert, den Standpunkt der objektiven Wissenschaft gegenüber einem Phänomen darzulegen, das sich dem allgemeinen Verständnis entzog. Beide waren Augenzeugen der Ereignisse gewesen. Der dritte Studiogast war ein ziemlich bejahrter Arzt, der die „Hinkende" zuvor jahrelang behandelt hatte. Vierter Studiogast war der Bischof. Er hatte anfangs überlegt, ob er nicht lieber einen seiner Kapläne delegieren sollte, aber nach einigem Nachdenken war ihm die Angelegenheit doch so weit wichtig erschienen, daß er sich persönlich einzufinden beschloß.

Die Diskussion begann mit einer Frage, die der Diskussionsleiter an den Arzt stellte. Ob dieser wohl imstande sei, die Heilung der „Hinkenden" mit natürlichen Ursachen zu erklären? Der Arzt anwortete, daß er das nicht könne und verbreitete sich darüber in einer endlosen medizinischen Erklärung, der die Zuhörer daheim nur mit halbem Ohr lauschten, nachdem sie angesichts seiner vorangegangenen Bestätigung des Wunders einen Seufzer der Erleichterung ausgestoßen hatten.

Maurelle, der wie die Mehrheit der Zuhörer reagierte, bemerkte dazu: „Ich war sicher, daß er so antworten würde. Selbst wenn er irgendeinen Zweifel gehegt hätte, hätte er nicht gewagt, darüber zu sprechen."

„Und wieso?", fragte Müller.

„Weil seine Frau ihn dann beim Verlassen des Studios in Stücke gerissen hätte und weil er morgen Tausende beleidigende Briefe bekommen hätte von Personen, für die das Wunder nicht mehr in Frage gezogen werden kann, da sie es ja mit eigenen Augen auf dem Bildschirm gesehen haben.

„Ein Wunder, Maurelle!" rief der Kapitän aus. „Sie glauben daran doch ebensowenig wie ich!"

„Meine und Ihre Meinung sind gänzlich bedeutungslos, Kapitän. Schauen Sie sich doch Guillaumes Frau an", flüsterte Maurelle. „Achten Sie auf die Fischersfrau und auf Guillaume selbst."

Alle Anwesenden hatten Müllers Bemerkung gehört. Eine der beiden Frauen sah ihn geringschätzig an, die andere schien betrübt zu sein. Der Chefmechaniker war offensichtlich empört.

„Sie nehmen kein einziges Wort von dem auf, was der Arzt erklärt", fuhr Maurelle fort. „Sie haben nur noch Augen für die durch ein Wunder Geheilte."

Was auf der „Gargantua" vorging, spielte sich in gleicher Weise bei allen Zusehern ab — im Fernsehstudio ebenso wie hinter den Kulissen. Der Diskussionsleiter, der sich dessen bewußt war, kürzte den medizinischen Vortrag des Arztes mit der Frage ab, welche Schlußfolgerung aus alldem zu ziehen sei. Der Arzt beantwortete dies, indem er seine einleitende Erklärung wiederholte: die Medizin sehe keine natürliche Ursache für diese Heilung.

„Also, meine Herren, wenn die Medizin keine natürliche Ursache findet", sagte der Diskussionsleiter, während er sich an die übrigen Studiogäste wandte, „können wir dann annehmen, daß eine andere Wissenschaft solche Ursachen entdeckt? Und wenn es tatsächlich keine Ursache gibt, dürfte es doch nicht unvernünftig sein, eine Erklärung anderer Art zu vermuten. Zweifellos sind Sie, Exzellenz, in besonderem Maße dafür qualifiziert, auf diesem Gebiet vermittelnd einzugreifen?"

5

Der Bischof antwortete vorsichtig und wohlüberlegt. Lächelnd erklärte er, die Kirche fordere im Falle eines behaupteten übernatürlichen Geschehens andere Beweise als jene, mit denen sich Laien des öftern zufriedengeben. Darüber hinaus müsse das Geschehen von einer großen Anzahl glaubwürdiger Zeugen bestätigt werden. Der Diskussionsleiter, der mit seinem Berufsinstinkt sogleich erfaßte, daß diese Einschränkungen möglicherweise viele Zuschauer enttäuschen könnten, bemerkte, gleichfalls lächelnd, daß eine solche die große Anzahl und die Glaubwürdigkeit der Zeugen betreffende Bedingung im vorliegenden Fall doch wohl erfüllt sei, da dank dem Fernsehen nahezu die ganze Welt, und vor allem der Bischof selbst, an den Geschehnissen teilgenommen hätten.

„Ich anerkenne, daß es sich hier tatsächlich um einzigartige Umstände handelt", räumte der Bischof ein. „Verstehen Sie, bitte, daß meine Zurückhaltung keineswegs Skepsis bedeutet, Sie werden gewiß nicht überrascht sein, wenn ich jetzt laut und deutlich erkläre, daß die Kirche die Möglichkeit eines Wunders nicht nur zugibt, sondern geradezu voraussetzt."

Diese Bemerkung ließ Professor Havard wütend auffahren und einen Protest im Namen der Wissenschaft anmelden. Nachdrücklich schnitt ihm David das Wort ab, indem er erklärte, er wünsche die These eines anerkannten Gelehrten zu zitieren. Da er spürte, daß sein Vorhaben allgemein gebilligt wurde, las er sogleich aus einem eigens mitgebrachten Buche vor:

„Eine ernste Folge des Verlassens des Kausalitätsprinzips... Es handelt sich hier", kommentierte er, „um den Unsicherheitsfaktor, den die meisten Wissenschaftler heutzutage anerkennen – eine ernste Folge des Verlassens des Kausalitätsprinzips besteht darin, daß wir nun zwischen dem Natürlichen und dem Übernatürlichen nicht mehr klar unterscheiden können. Auf diese Weise öffnen wir Dämonen und Wilden Tür und Tor. Das ist ein schwerwiegendes Unterfangen, aber ich glaube nicht, daß es das Ende der Wissenschaft bedeutet.* Der Autor", fügte David nach einem Augenblick des Schweigens hinzu, „ist Sir Arthur Eddington, einer der großen Astronomen unserer Zeit, der auch Physiker ist, und der sich mit geradezu prophetischem Scharfblick auch vielen philosophischen Problemen gewidmet hat."

„Ausgezeichnet", lobte Madame Bach. „Maurelle hatte recht: David beherrscht die Situation."

Davids Zitat schien denn auch tatsächlich alle Diskussionsteilnehmer beeindruckt zu haben – mit Ausnahme von Professor Havard, der nur die Achseln zuckte. Der Bischof selbst schien die Intervention des Physikers gutzuheißen, nachdem er lediglich bei der Erwähnung von Dämonen und Wilden das Gesicht ein wenig verzogen

* Arthur Eddington, The Nature of the Physical World.

hatte. Nach einer kurzen Pause des Nachdenkens kam eine Diskussion zwischen den beiden Wissenschaftlern in Gang, in deren Verlauf die Zuschauer zu dem einhelligen Urteil gelangten, daß David der Überlegene war. Er blieb ganz ruhig, zitierte die Namen berühmter Physiker und spielte auf die Forschungsergebnisse von Princeton an, während Havard nach und nach seine Kaltblütigkeit verlor.

Der Professor schloß mit der Erklärung, er sei bestürzt über all den Unsinn, den er soeben zu hören bekommen habe; er seinerseits behaupte, daß es sich einfach um ein zufälliges Zusammentreffen verschiedener Umstände handle. Seiner Meinung nach war die „Hinkende" eben keineswegs unheilbar gewesen und die Tatsache ihrer Heilung sei dafür ein nicht wegzuleugnender Beweis. Diese Art der Beweisführung ließ David in ein verächtliches Lachen ausbrechen, das unter den Gästen Madame Bachs sein Echo hatte, desgleichen auf der „Gargantua", und zwar nicht nur unter den Gästen des Kapitäns, sondern auch bei den Offizieren und Matrosen, die sich um die anderen Fernsehapparate drängten. Die Medizin, schloß der Professor, habe eben eine Fehldiagnose gestellt, wie dies ja recht häufig der Fall sei. Die Heftigkeit des Wasserstrahls habe vielleicht einen Nervenschock ausgelöst, der die Gesundung der „Hinkenden" bewirkt habe.

Ein ablehnendes Gemurmel war die Antwort auf diese Erklärung, und zwar nicht nur im Studio und hinter den Kulissen; es setzte sich auch in allen Häusern Frankreichs fort, wo Millionen von Fernsehern laut ihrer Empörung Luft machten. Nur Kapitän Müller auf der „Gargantua" nahm Havards Zirkelschluß wohlwollend zur Kenntnis.

„Endlich einmal ein vernünftiges Wort", sagte er, was ihm wütende Blicke des Ehepaars Guillaume eintrug.

Der Sendeleiter beendete nun kurzerhand die Diskussion, indem er sich auf die Flut der aufgeworfenen Fragen berief, deren wichtigste man in etwa so zusammenfassen könne: Was hält von alledem die „Hinkende" selbst?

Diese war seit ihrem ersten Statement gleichsam traumverloren in Schweigen verharrt. Offenbar fiel es ihr schwer, sich von ihren Gedanken loszureißen, sie überlegte lange, ehe sie antwortete:

„Ich bin außerstande, an derlei gelehrten Diskussionen teilzunehmen. Ich kann nur sagen, daß ich damals fühlte, und auch jetzt noch fühle, an einem außergewöhnlichen Ereignis beteiligt zu sein. Als der Wasserstrahl mich traf, hatte ich vergessen, wer ich war und wo ich mich befand, während im selben Augenblick meine verkrümmten Glieder sich lösten und ein nie gekanntes Gefühl wohltuender Wärme mich überkam. In meiner Einfalt kann ich diesen Wandel nur der Vorsehung zuschreiben, an die ich bis dahin nicht geglaubt hatte, und der ich jetzt nur durch mein Gebet danken kann."

„Und das, meine Herren, ist eine vielleicht viel wesentlichere Gnade der Vorsehung – wenn nicht gar ein zweites, echteres Wunder, das ich für mein Teil für wesentlich wichtiger halte als das erste", kommentierte der Bischof.

„Er versucht, sie für die Kirche in Beschlag zu nehmen, das ist doch klar", flüsterte Maurelle besorgt.

Eine weitere Frage, die gestellt wurde, schien Maurelle zu beruhigen, und er wartete mit gespannter Aufmerksamkeit auf die Antwort. Der Diskussionsleiter formulierte diese Frage folgendermaßen: „Ist es denkbar, daß das Wasser, das durch den Reaktor fließt, dabei Heilkräfte aufnimmt, von denen die Wissenschaft bisher nichts wußte?"

„Aber ... großer Gott!" brüllte Müller und erhob sich ...

Maurelle beruhigte ihn mit einer Handbewegung und bedeutete ihm, zuzuhören.

„Wer möchte antworten?" fragte der Diskussionsleiter.

Der Bischof lehnte dies ab. Havard erklärte, auf solchen Unsinn habe er nichts zu antworten. David bestätigte mit einem Blick auf ihn, daß die Wissenschaft derzeit eben keine einschlägigen Kenntnisse besitze, daß es ihm aber gerade in dieser Ungewißheit als wider die Vernunft erschiene, wolle man eine derartige Möglichkeit systematisch leugnen, wie es gewisse Routiniers unter den Gelehrten täten.

„Aber, großer Gott", schrie nochmals Kapitän Müller, „das Wasser, das die ‚Hinkende' bespritzt hat, ist doch gar nicht durch den Reaktor geflossen!"

„Braver David", murmelte Maurelle. „Er wird dieses unwichtige Detail wohl vergessen haben, oder er findet es nicht beachtenswert. Er stellt sich nicht bloß, aber er läßt die Tür für alle Vermutungen offen. Eine gute Frage – eine sehr gute Antwort."

„Das ist doch Wahnsinn! Er wird uns alle lächerlich machen."

„Vielleicht ist es Wahnsinn, aber eben ein für uns überaus nützlicher. Mögen Religion und Atomkraft in diesem Abenteuer je einen Teil Glaubwürdigkeit für sich beanspruchen. David dosiert Mystizismus und Materialismus nach einer Formel, die jedenfalls Gefallen finden wird. Er steuert das volle Gewicht der Wissenschaft bei, um einen aufkeimenden Aberglauben zu stützen, und liefert dazu Argumente, die als beinahe rational erscheinen. Das war immer schon eine unwiderstehliche Versuchung für viele große Physiker und Astronomen."

„Ich würde gern wissen, wie Madame Bach darüber denkt", sinnierte der Kapitän.

Gleichsam als Antwort auf diese Frage läutete im Salon der „Gargantua" das Telefon, und zwar in dem Augenblick, als die Sendung mit einer Großaufnahme der „Hinkenden", deren Gesicht von einem milden Lächeln verklärt war, zu Ende ging. Am Apparat war Madame, die Frau Präsidentin, die Maurelle zu sprechen wünschte.

„Eine sehr gute Sendung", sagte sie. „Das kann uns nur dienlich sein. Die letzte Frage und die Antwort Ihres Freundes David haben mir besonders gut gefallen."

„Dann, Madame", sagte Maurelle mit gespielter Demut, „bereue ich es nicht, daß ich diese Frage durch einen meiner Freunde stellen ließ."

„Sie denken an alles, bester Maurelle", sagte Madame, und ihr Lob war nicht zu überhören.

„Also Sie waren das!" rief Müller wütend, sobald Maurelle den Hörer aufgelegt hatte.

„Ist es etwa nicht meine Aufgabe, die Tugenden unserer ‚Gargantua‘ mit allen nur möglichen Mitteln ins rechte Licht zu rücken?"

Wütend schaltete Müller den Apparat aus und näherte sich einer Luke, um aufs Meer hinauszusehen, über dem eine schmale Mondsichel stand. Er brauchte diesen Anblick, um seine Nerven zu beruhigen.

Plötzlich runzelte er die Stirn, als er einen Schatten gewahrte, der über die Wellen dahinglitt.

„Ein Fischerboot", bemerkte Guillaume, der dem Kapitän gefolgt war. „Ich habe auch gestern schon eines bemerkt."

„Ich schätze es gar nicht, wenn man sich nachts dem Schiff so ohne weiteres nähert. Von morgen an, Guillaume, wünsche ich Scheinwerfer, die das Meer und den Kai gleichermaßen beleuchten."

„Nach der Sendung dieses Abends", prophezeite Maurelle, „glaube ich, Kapitän, daß wir in nächster Nähe unserer ‚Gargantua‘ zahlreichen Besuch erwarten dürfen, und zwar bei Tag und bei Nacht. Jetzt zieht unser Tanker die Neugierigen ebenso an wie die Hilfsbedürftigen. Er ist ein kraftvoller Magnet geworden."

6

Maurelles Prophezeiung erwies sich als richtig. Nach der Fernsehsendung, in deren Verlauf die „Hinkende" gewissermaßen ihre Apotheose erlebt und der Welt den nicht alltäglichen Anblick eines Wunders vermittelt hatte – was in den Reihen der Atomkraftgegner arge Verwirrung stiftete –, begannen Besucher massenweise zum Anlegeplatz des Tankers zu pilgern. In den ersten Tagen waren es nur Neugierige aus der unmittelbaren Umgebung, aber schon machte sich im ganzen Land eine Legion von Wallfahrern auf den Weg und ergoß sich über die Landstraßen. Angezogen von einer quasi-übernatürlichen Macht, wanderten sie einem neuen Quasi-Heiligtum zu.

Auf diese Weise wurde der monströse atomkraftgetriebene Supertanker, das Symbol materiellen Fortschritts und die Frucht der Bemühungen einer ganzen Armee von Gelehrten, Ingenieuren und Technikern, wurde dieser wandernde Atomreaktor, der die Leidenschaften, Streitigkeiten, Zerwürfnisse und Kämpfe einer ganzen Generation von Biologen, Atomphysikern, Wirtschaftsfachleuten und Politikern entfesselt hatte, wurde jene „Gargantua", der man den Spitznamen Leviathan gegeben hatte, in wenigen Tagen zum Mittelpunkt ungewöhnlicher Manifestationen, die teils christlichen, teils heidnischen Charakters waren und die unter denen, die dem Ungetüm dienten, recht unterschiedliche Reaktionen auslösten. Kapitän Müller machte der Zustrom von Pilgern Sorge. Sein realistischer Geist rebellierte gegen alles Außerordentliche. Die Wallfahrten begeisterten hingegen Maurelle, denn sie erfüllten seine tollsten Hoffnungen, wie ja auch nebenbei seine Vorliebe für das Phantastische. David regten sie zu Träumereien an, die immer weiter über die herkömmliche Physik hinausgingen. Madame Bach stürzten sie in Spekulationen, die manchmal die Form einer Zukunftsvision annahmen und nur noch darauf warteten, in neue Projekte verwandelt zu werden.

Nach Sonnenaufgang, wenn die Spitze des Reaktors golden aufzuleuchten begann, gleichsam, als sende sie ein geheimnisvolles Signal aus, strömten die Pilger so nahe wie möglich an die Absperrung der für den Tanker reservierten Anlegestelle heran. Einige standen aufrecht, andere knieten. Schwerkranke, die sich herbeitragen hatten lassen, lagen auf Tragbahren. Der Blick aller war auf die Quasi-Kathedrale gerichtet, deren imposante Umrisse ja auch tatsächlich zu faszinieren vermochten. Eine Legion technischer Zeichner hatte sich bemüht, diesen Linien jene Proportion des Technischen zu verleihen, die das Ästhetische ersetzen sollte. Die Lippen der Pilger bewegten sich unaufhörlich, wahrscheinlich murmelten sie mit leiser Stimme Gebete oder materialistische Beschwörungsformeln.

Sie standen minutenlang bewegungslos da, manchmal auch viel länger, dann schöpften einige mit Hilfe von Eimern, Flaschen oder Konservenbüchsen Wasser, und zwar möglichst nahe bei dem Schiff, schließlich besprengten sie sich damit äußerst sorgfältig. Blinde, die von Freunden geführt wurden, schöpften das Wasser mit der hohlen Hand und benetzten damit die Augen. Verkrüppelte ließen das Wasser über ihre kranken Glieder rinnen, über den ganzen Körper, unbesorgt um ihre Kleider. Dann fielen sie wieder zurück in andächtige Versunkenheit und erhoben sich nur noch von Zeit zu Zeit zu neuerlichen Waschungen.

Es war bald soweit, daß auch die Nacht nicht den Eifer der Pilger zu hemmen vermochte. Flüsternde Stimmen und leise Schritte störten die nächtliche Stille in der Nähe des Tankers. Schatten umschlichen die Absperrung am Rande der Lichtkegel, die den nächsten Umkreis in ein helles Licht tauchten. Die Scheinwerfer, die aus Furcht vor böswilliger Sabotage installiert worden waren, hielt Müller jetzt für zumindest ebenso nützlich, um sein Schiff vor der Begeisterung seiner Verehrer zu schützen. Müller befürchtete Unfälle, und diese Angst war durchaus nicht grundlos. Die Hilfebedürftigen waren nicht restlos zufrieden mit dem Wasser, das sie etwa zehn Meter von der „Gargantua" entfernt geschöpft hatten. Das erinnerte zu wenig an die Umstände, unter denen das erste Wunder geschehen war. Die Kräftigsten versuchten mit allen Mitteln, sich der Quelle selbst zu nähern, die in ihren Augen unendlich viel stärkere Heilkraft besaß. Eines Nachts gelang es einem von ihnen, die Wache zu täuschen und an Bord des Schiffes zu gelangen. Er öffnete auf gut Glück ein Ventil, was zunächst eine Überschwemmung an Bord zur Folge hatte, in deren Fluten sich der Unentwegte unter krampfhaften Zuckungen badete. Die geöffnete Leitung war zwar völlig bedeutungslos, aber der Kapitän befürchtete, einem der Fanatiker könnte es unversehens gelingen, in einen Raum einzudringen, zu dem der Zutritt untersagt war und könnte sich dort tatsächlich einer gefährlichen Strahlung aussetzen. Müller verschärfte die ohnehin schon strengen Sicherheitsvorschriften, die ursprünglich zur Abschreckung von Terroristen gedacht gewesen waren, von Leuten jedenfalls, die auf der Suche nach spaltbarem Material waren.

Auch von der See her näherte man sich dem Tanker. Der Schiffer, der am Abend der Fernsehsendung bemerkt worden war, hatte Nachahmer gefunden. Nacht für Nacht kreuzten Bootsfahrer und Fischer lautlos in den Gewässern um die „Gargantua" und trachteten, direkt am Ausfluß des Schiffs ein Naß zu schöpfen, dessen Wirkung materieller war als jene des Weihwassers. Bestimmt war das geschöpfte Naß für unheilbar kranke Verwandte oder Freunde. Müller ließ daraufhin auch stärkere Scheinwerfer zur Beleuchtung der seeseitigen Wasserfläche installieren. Das Ergebnis war, daß das Riesenschiff nachts aus der Ferne wie eine geheimnisvolle Lichtquelle aussah, umspielt von feenhaft schimmernden Reflexen, von glitzernden Wellen – nun selbst ein betörendes Wunder. Dieser Anblick verzauberte die Pilger und regte ihre Phantasie nur noch stärker an. Aus den Ringen, die sie im Dunkeln um das Schiff zogen, drangen geflüsterte Worte der Hoffnung.

Die „Hinkende", die unter so großem Aufsehen ihre subversive Tätigkeit aufgegeben hatte, teilte neuerdings ihre freie Zeit zwischen der Kirche und jener Pilgerschar, die einen glühenden Bekehrungseifer zugunsten der neuen säkularisierten Religion an den Tag legte, einer „Religion", die um so stärkere Anziehungskraft besaß, als sie uneinsichtiger war als jedes Dogma. Auch stand ja nicht fest, welcher Gottheit ihre Verehrung eigentlich galt.

In der Kirche richteten sich die Blicke der Gläubigen auf die „Hinkende"; der Dorfpfarrer, der sie beständig im Auge behielt, ermutigte zwar ihren neuen Glaubenseifer, überwachte aber skeptisch ihre Taten und Gesten und berichtete darüber der Diözese. Die gleiche Inbrunst des Glaubens zeigte die „Hinkende" nämlich vor den Absperrungsgittern des Ankerplatzes der „Gargantua". Hier war die Frau Gegenstand einer besonderen Verehrung und Mittelpunkt einer Gruppe, zu der die „Gargantua"-Frömmsten sich zusammengeschlossen hatten. Einige erkühnten sich, die „Hinkende" zu berühren oder ihren Rocksaum zu küssen. Sie war nicht bedacht auf derlei Zeichen der Verehrung, nahm sie aber gnädig an. Ihr früher charmeloses Gesicht, das von Leiden und Haß verzerrt gewesen war, verschönte jetzt ein allzeit trostspendendes Lächeln. Gerüchteweise verlautete, kirchliche Autoritäten hätten einen Akt über ihren Fall angelegt. Sie dementierte diese Gerüchte weder, noch war von ihr eine Bestätigung zu erhalten.

Szenen wie die geschilderten spielten sich auf dem Kai bis zu dem Tage ab, an dem sie der „Hinkenden" nicht mehr genügten: sie brauchte einen innigeren Kontakt mit dem Schiff. Sie erbat von Müller die Erlaubnis, an Bord zu kommen und hier täglich im Anblick der geheimnisvoll wirkenden Kraft, der sie ihre Heilung verdankte, zu meditieren. Trotz seines Abscheus, trotz der Ablenkung, die ihre Gegenwart für das mit den Reparaturen beschäftigte Personal bedeuten konnte, gab er schließlich dem Ersuchen der Frau statt. Wie Maurelle ihm gegenüber dazu bemerkte, konnte er unmöglich einem Wesen, dem sie alle so viel verdankten, eine so kleine Gunst abschlagen.

Die „Hinkende" war es auch, die von der Pilgerschar beauftragt wurde, einen neuen Vorstoß bei Müller zu unternehmen. Da die „Gargantua"-Frommen alle Vorschriften respektierten, begriffen sie durchaus, daß Müller der Menge keinesfalls gestatten konnte, auf den abgesperrten Platz vorzudringen, um sich so der „Quelle des Heils" zu nähern. Aber konnte er nicht wenigstens einen der Schläuche, die er am Tag der Kundgebung benützt hatte, bis zu ihnen hinaus verlängern? Der Wasserstrahl würde so ergiebig sein, daß er für alle ausreichte. Die „Hinkende" trug diese Bitte zunächst Maurelle vor. Maurelle übermittelte die Bitte Müller und unterstützte sie so gut er konnte.

„Gewiß ist das reiner Fetischismus, aber die Einbildung spielt nun einmal eine große Rolle in dieser Angelegenheit – vielleicht, weil auf diese Weise die gleichen Umstände geschaffen werden, unter denen sich die erste Heilung vollzog..."

„Sie wollen mir doch nicht etwa die Möglichkeit einer zweiten Heilung einreden?"

„Eine zweite Heilung ist allerdings meine größte Hoffnung, und wir dürfen nichts unterlassen, das sie ermöglichen könnte."

Müller zuckte die Achseln und warf einen Blick zum Himmel, als wolle er ihn zum Zeugen für den Wahnsinn anrufen, der in seiner Umgebung aufzukeimen begonnen hatte, und zwar selbst bei jenen, die er für die Vernünftigsten hielt. Schließlich ließ er sich aber doch überzeugen, zumal ihn insgeheim der Gedanke beunruhigte, er könnte sich erneut die Feindschaft der „Hinkenden" zuziehen, wenn er ablehnte.

„Also mögen sie meinetwegen ihre Dusche bekommen, wenn sie sich das so sehr wünschen. Mag sein, daß sie sich dann beruhigen."

„Bravo und vielen Dank, Kapitän. Ich werde den Leuten sogleich die gute Nachricht überbringen und den Schlauch installieren lassen, oder vielleicht... besser gleich zwei Schläuche? Der Bedürftigen werden ja immer mehr."

„Wenn Sie es so wollen, Maurelle... aber beachten Sie bitte: ich wünsche Disziplin und keine Teufeleien. Vergessen Sie nicht, daß wir bis auf Widerruf eine Einheit sind, deren Daseinszweck es ist, bei jeder Fahrt sechshunderttausend Tonnen Rohöl nach Europa zu bringen. Dagegen sind wir keine Duschanstalt für Besessene, denen es an Wundern fehlt."

Er erteilte einige Instruktionen, denen zufolge ein Übereinkommen mit den Pilgern geschlossen wurde, das diese in etwa befriedigte. Zwei Wasserschläuche wurden durch Absperrungsgitter gelegt, die Ventile wurden zu bestimmten Stunden für eine begrenzte Zeitdauer geöffnet. Müller weigerte sich leidenschaftlich, während der Duschen auf den Kai auch nur hinauszusehen. Wenn er zufälligerweise doch einmal dazu gezwungen war, so nur, um den Himmel erneut zum Zeugen für den Wahnwitz eines solchen Vorgangs anzurufen.

Indessen überzeugte er sich nach einigen Tagen, daß er sich mit dieser Angelegenheit doch näher befassen mußte. Er hatte zunächst die Oberaufsicht über die ganze neue Installation Maurelle überlassen, da er selbst keinen seiner Offiziere für eine Initiative verantwortlich wissen wollte, die er selbst schärfstens ablehnte. Der Sekretär Madame Bachs war möglicherweise auf dem Gebiet der Öffentlichkeitsarbeit sehr erfahren, aber von praktischer Durchführung verstand er absolut nichts. Müllers angeborener Ordnungssinn litt, als er gewahrte, daß nach allzu leichtfertig erteilten Anordnungen, die überdies schlampig ausgeführt wurden, die Schläuche sich unter allzu heftigem Wasserdruck verformten und mit ihren Enden im Schmutz schleiften. Hinzu kam, daß die auf den Kai gespienen Wasserstrahlen alles überschwemmten. Müller beschloß, die Dinge selbst in die Hand zu nehmen und empfand danach augenblicklich Erleichterung.

„Guillaume", sagte er zu dem Chefmechaniker mit Nachdruck, „wir können diese Unordnung vor unserem Schiff nicht länger dulden. Ihnen und Ihren Männern obliegt es, mir da eine anständige Installation zu liefern."

Guillaume gehorchte um so lieber, als er und seine Mechaniker nicht viel zu tun hatten, da ja die Reparaturen vor allem den Reaktor betrafen. Übrigens war Guillaume selbst unangenehm berührt gewesen, als er vor der „Gargantua" eine so jämmerliche Installation sehen mußte, die einer Beleidigung der Ordnung gleichkam und der legendären Sauberkeit der Marine Hohn sprach. Unter seiner Aufsicht wurden die Schläuche fest an stabile metallene Rohre montiert, die vom Absperrungsgitter unabhängig blieben. Unter den Öffnungen der Rohre wurde eine Betonfläche geschaffen, die weiträumig genug war, um eine ansehnliche Schar von Pilgern aufzunehmen. Schließlich wurde auch noch ein Kanal gegraben und auszementiert, durch den das Wasser wieder ins Meer ablaufen konnte. Diese nach allen Regeln der Kunst ausgeführten Arbeiten, die er immer wieder persönlich inspizierte, ließen Kapitän Müller ein wenig das Widersinnige ihres Zwecks vergessen. Als er dann noch eine Anschlagtafel anbringen ließ, auf der Vorschriften und Stundenplan für die Duschen in klaren Worten zu lesen waren, fand er, daß er gut daran getan hatte, in die Auswüchse dieses Wahnsinns ein klein wenig Ordnung gebracht zu haben.

7

Die Arbeiten auf der „Gargantua" drohten länger zu dauern als ursprünglich vorgesehen – zumindest zwei Monate, meinte David jetzt. Das kam den Pilgern zugute, deren Zustrom sich inzwischen nicht verringert hatte. Eines Tages hatte sich Müller zur Zeit der Duschen wie gewohnt in sein Büro zurückgezogen und nützte die Zeit, um einen Bericht an Madame Bach zu verfassen, der die neuerliche Verzögerung erklären sollte.

Müller hatte alle Luken offengelassen. Der Lärm der Arbeiter, die auf dem Schiff werkten, störte ihn nicht. Ganz im Gegenteil, er liebte dieses altgewohnte Konzert, das auch noch den Vorteil hatte, die Beschwörungsformeln der Pilger zu übertönen.

Plötzlich runzelte er die Stirn und hob den Kopf. Irgend etwas hatte das gewohnte Lärmkonzert unterbrochen. Ein Geschrei drang zu ihm herauf. Es war lauter als das Rattern der Werkzeugmaschinen und das Brausen des Wassers in den Bohrleitungen.

„Wieder so eine hysterische Krise", murrte Müller.

Er war höchst unzufrieden, denn er hatte Litaneien und Zaubersprüche, wie die eifrigsten der Pilger sie in den ersten Tagen lauthals herausgeplärrt hatten, strengstens untersagt. Und jetzt begann dieser Hexensabbat von neuem! Sich selbst zur Geduld mahnend, wartete Müller einen Augenblick ab und versuchte, den Faden seines Berichts wieder aufzunehmen. Nach einigen Minuten der Stille begann das Schreien von neuem. Wütend erhob er sich, um persönlich die Einhaltung seiner Anordnungen zu erzwingen, als David aufs höchste erregt in sein Büro stürzte, ohne sich auch nur die Mühe zu nehmen, wenigstens anzuklopfen.

„Ein zweites Wunder ist geschehen, Kapitän, ein unbestreitbares. Ein Blinder hat sein Augenlicht wieder!"

In Wahrheit hatte dieses zweite Geschehen keinen ganz so wunderbaren Charakter, wie David unter dem Eindruck eines enthusiastischen Ausbruchs der Menge behauptet hatte. Immerhin war es seltsam genug, um weniger skeptische Geister aus dem Gleichgewicht zu bringen. Der Geheilte, ein achtzigjähriger Greis, war nicht vollkommen blind gewesen, aber im Begriff gestanden, total zu erblinden. Seine Sehkraft war so geschwächt, daß er nicht allein über die Straße gehen konnte. Nur mit Hilfe einer Brille mit starken Gläsern und unter Zuhilfenahme einer Lupe vermochte er die Titelzeilen einer Zeitung zu entziffern. Seine Heilung war ebenso plötzlich erfolgt und beinahe ebenso aufsehenerregend wie jene der „Hinkenden".

Nachdem der Sehbehinderte sich auf die auszementierte Fläche hatte führen lassen, auf der sich täglich das von geheimnisvollen Kräften durchstrahlte Wasser sammelte, hatte er seine Brille abgenommen, ein wenig Wasser mit der hohlen Hand geschöpft und die Lider damit benetzt, wie viele Blinden zu tun pflegen. Im Augenblick danach stieß er einen heiseren Schrei aus und verkündete, daß er nunmehr so gut sehen könne wie in seiner Jugend. Begierig, einen Beweis dafür zu liefern, begann er, den sofort eine große Menge umringte, die von dem Schiff weit entfernt liegenden Werftgebäude zu beschreiben, sodann mit lauter Stimme die Stützen des Absperrungsgitters zu zählen und schließlich, verzückt wie ein Dichter im Augenblick höchster Schaffenskraft, die Silhouette des Reaktors zu beschreiben, auf den sich sein Blick in ähnlich ekstatischem Glanz richtete wie kürzlich die Augen der „Hinkenden" beim gleichen Anlaß.

David, der die Arbeiten auf dem Schiff überwachte, lockten die das Ereignis laut verkündenden Rufe der Umstehenden an, und sogleich wurde auch er von der allgemeinen Hochstimmung erfaßt. Als seine wissenschaftliche Skepsis dann doch obsiegte, unterwarf er den Alten einer strengen Prüfung, deren Resultat sein berufliches Gewissen vollkommen beruhigte. Seiner Aufforderung folgend, bahnte sich der Greis mit festem Schritt einen Weg durch die ihn umringenden Pilger, ohne auch nur an einen einzigen anzustoßen, näherte sich der Anschlagtafel, auf der die Vorschriften ausgehängt waren und las sie von Anfang bis zum Ende, ohne zu stocken oder sich zu irren. David blieb beharrlich skeptisch. Er nahm einen Kalender, auf dem er seine Termine zu notieren pflegte, aus der Tasche, und hielt dem Alten eine mit kleiner Schrift beschriebene Seite vor Augen. Auch diesen Text las der Mann, wenn auch etwas langsamer. Erst nach dieser Großtat war der Physiker zu Müller geeilt, um die gute Nachricht auszuposaunen, wobei er sie atemlos kommentierte, was die Befürchtungen des Kapitäns hinsichtlich Davids verlorenem seelischen Gleichgewicht nur bestätigte.

„Das bedeutet Tilgung der atomaren Ursünde", sagte David, „bedeutet Erlösung, Auslöschen Hiroshimas, das ist ein Beweis dafür, daß die Atomphysiker niemals schuldig geworden sind..."

Trotz allen Abscheus konnte Müller es nicht ablehnen, sich sogleich persönlich über die neue Heilung Gewißheit zu verschaffen. Der durch ein Wunder Geheilte stand inmitten einer aufgeregten Menschengruppe, die allerdings nicht nur aus Pilgern bestand, sondern auch aus mehreren Einheimischen, denn die Nachricht von dem Wunder hatte sich sehr schnell verbreitet. Wie Müller zu seinem Ärger feststellte, standen da auch alle Matrosen und Bordmechaniker herum, die eigentlich Dienst an Bord gehabt hätten. Sie hatten also ihre Arbeit ohne weiteres im Stich gelassen. Müller bemerkte auch, daß sie sich mindestens ebenso überschwenglich benahmen wie die anderen.

Das alles war ihm unbehaglich, und Müller nahm sich vor, ein ernstes Wort mit seiner Besatzung zu sprechen, um sie wieder ein wenig zur Vernunft zu bringen, da ihm schien, ihr Geist sei auf gefährliche Weise durch Hirngespinste verwirrt, die eines erfahrenen Matrosen unwürdig seien.

Allerdings mußte er nach neuerlichen Prüfungen, denen er nun selber den Alten unterwarf, feststellen, daß der Greis, dem er zahlreiche Fangfragen gestellt hatte, ausgezeichnet sah. Was seinen früheren Zustand betraf, so wurde dieser von der Bevölkerung des ganzen

Landes bezeugt. Der Kapitän nahm sich vor, noch genauer nachzuforschen als beim ersten Mal.

„Sie sehen selbst, daß ich nicht verrückt war, als ich mir ein weiteres Wunder erhoffte", sagte hinter ihm eine Stimme, in der ungewöhnlicher Jubel mitschwang.

Es war Maurelle, der nun seinerseits herbeigelaufen kam, freudig erregt über die Nachricht.

„Monsieur Maurelle, wie oft muß ich Ihnen noch wiederholen, daß ich das Wort Wunder in Zusammenhang mit meinem Schiff nicht zu hören wünsche?"

Angesichts der strahlenden Miene des Mitarbeiters, den er achtete, ohne seine Werbemethoden immer zu schätzen, stieg plötzlich ein Verdacht in dem Kapitän auf. Einen Augenblick lang war sein Gesicht wie blutübergossen, während jäher Zorn ihn übermannte.

„Monsieur Maurelle", schrie er, „ich will die Wahrheit wissen, hören Sie, die volle Wahrheit! Sie müssen mir schwören..."

Dann hielt er inne, denn nach einiger Überlegung erschien ihm dieser Verdacht als ungeheuerlich.

„Was denn?"

„Sie werden mir schwören, daß all dies kein Schwindel ist, ich meine, eine auf Ihre Veranlassung mit allen Mitteln inszenierte Komödie, die möglicherweise sogar Madame Bach angeregt hat. Sie werden mir Ihr Wort darauf geben, daß weder Sie, Monsieur Maurelle, noch Madame Bach etwas dazu getan haben..."

Das Lachen, das ihn unterbrach, klang diesmal so frei und ehrlich, daß er sich ein wenig beruhigte.

„Sie halten mich offenbar für den Satan in Person, Kapitän! Sollten jetzt auch Sie anfangen zu spinnen?"

„Manchmal frage ich mich, ob wir nicht doch einen Pakt mit ‚dem da unten' geschlossen haben, wie unsere Gegner seinerzeit behauptet haben."

„Diesbezüglich können Sie ganz sicher sein. Auf das Liebste, was ich auf der Welt habe, auf die Zukunft unserer ‚Gargantua', die ich ebenso liebe wie Sie, auf das Haupt der Schiffahrtsgesellschaft, der wir beide angehören, schwöre ich Ihnen feierlich, daß ich nichts für dieses zweite Wunder kann – ich meine: für diese zweite Heilung."

„Gut", knurrte Müller ein wenig verwirrt. „Ich glaube Ihnen und ich entschuldige mich."

„Aber da Sie mich aufgefordert haben, ganz offen zu sprechen", fuhr Maurelle mit unerschütterlicher Ruhe fort, „werde ich Ihnen jetzt ein Geständnis machen. Ich habe es mir überlegt."

„Was?"

„Ich hatte allen Ernstes ins Auge gefaßt, einen Strohmann die Rolle des durch ein Wunder Geheilten spielen zu lassen; man hätte für ihn eine hübsche kleine, aber unheilbare Krankheit erfinden können – mit einem ärztlichen Zeugnis als Rückendeckung. Das wäre schwierig, aber nicht unmöglich gewesen. Mein Gewissen wäre beruhigt gewesen, zumindest mein berufliches. Nichts kann mich davon abhalten, meinen Beruf auszuüben... Aber seien Sie trotzdem versichert, Kapitän, diesmal kann ich wirklich nichts dafür, ich wiederhole es. Und wissen Sie auch, weshalb ich dieser Versuchung ein für allemal widerstanden habe? Auch das kann ich Ihnen jetzt gestehen. Weil ich mir überlegt habe, daß es unnötig ist. Es ist wirklich vollkommen überflüssig. Da ich selbst Zeuge der Erregung in der Bevölkerung war, sah ich es als sicher an, daß ein zweites Wunder geschehen würde, wie ich übrigens heute schon weiß, daß noch weitere geschehen werden."

„Sie spinnen ja", wetterte Müller achselzuckend.

„Aber mir war noch nie so ernst zumute. Es wird weitere Wunder geben. In einer Woche vielleicht? In zwei Monaten? Oder erst in einem Jahr. Nichts eilt jetzt. Auch wenn wir jährlich nur jeweils ein einziges solides kleines Wunder aufzuweisen haben, hätten wir zumindest bis zum Ende der Atomkraftära unsere Ruhe."

„Sie sind ein abscheulicher Zyniker."

„Mag sein, aber ein klarsehender. Wenn Sie ewas von Schiffen verstehen, so habe ich meinerseits eine gewisse Erfahrung mit den Massen. Immer, wenn Menschen auf diese Weise vor etwas Irrationalem niederfallen, ereignet sich ein Wunder oder es ereignen sich deren mehrere, eine ganze Kette von Wundern. Eine Kettenreaktion – das ist es. Sie vollzieht sich im menschlichen Geist ebenso wie im Inneren von Davids Reaktoren. Es genügt ein entsprechender Anstoß."

8

Da die „Gargantua" sich noch einige Wochen lang im Hafen aufhalten mußte, kam ein großer Teil der Besatzung in den Genuß eines verlängerten Urlaubs. Kapitän Müller lud die wenigen Offiziere, die auf ihrem Posten ausharren mußten, ebenso wie Maurelle und David an seinen Tisch und benützte diese Gelegenheit zu dem Versuch, jene Verwirrung zu beheben, mit der sie, wie er meinte, allzu sehr den im Volke umgehenden abergläubischen Vorstellungen und Hirngespinsten verfallen waren. Dergleichen widersprach seinem gesunden Menschenverstand, auch fand er es eines echten Seemannes für unwürdig. Beim Nachtisch schnitt er das ihm am Herzen liegende Thema an und wandte sich zunächst an David:

‚Sie, Monsieur David, als ein Mann der Wissenschaft und als Gelehrter, den ich bewundere, sind von uns allen am ehesten befugt, uns objektiv über die Geschehnisse aufzuklären, deren Zeugen wir alle waren. In der Fernsehsendung haben Sie Erklärungen abgegeben, die mich aufs höchste erstaunt haben. Ich wüßte gern, was Sie in Wirklichkeit von all dem halten.'

David dachte lange nach, ehe er antwortete.

„Wenn es sich um ein zufälliges Zusammentreffen gewisser Umstände handeln sollte, wie Sie, Kapitän, offenbar glauben, so ist das zweifellos verwirrend. Ich für mein Teil war noch nie so fassungslos, seit ich mich in der Welt der Atome bewege, einer Welt, die freilich noch weit davon entfernt ist, uns alle ihre Geheimnisse offenbart zu haben."

Maurelle bemerkte, daß die meisten Offiziere von dieser Antwort des Physikers beeindruckt waren. Guillaume hielt die Gabel in die Luft, als wolle er damit seine Verwirrung zerteilen.

„Ich habe das beobachtet", fuhr Müller fort. „Deshalb halte ich es für richtig, daß wir uns ein für allemal darüber auseinandersetzen. Schauen Sie, Monsieur David, bis hierher kann ich Ihnen folgen. Wir sehen uns zwei Vorfällen gegenüber, die wir uns nicht zu erklären vermögen – einverstanden. Ist Ihnen das im Verlauf Ihrer Forschungsarbeit noch nie vorgekommen? Und geht es nicht allen Wissenschaftlern so?"

„Ja", gab David zu, „aber nicht auf diese Weise. Hier..."

Müller unterbrach ihn und legte seine ganze Überredungskunst in seine Worte:

„Wir werden uns jetzt nicht gleich ins Bockshorn jagen lassen, nur, weil wir zwei Anomalien festgestellt haben. Sie sind, wie ich weiß, auf Ähnliches bei Ihren Versuchen gestoßen, und auch wir Seeleute haben uns manchmal Ähnlichem gegenübergesehen. Sind wir es nicht unserer Würde schuldig, die Umstände dieser Anomalien mit der gleichen Objektivität zu untersuchen, die wir bei früheren Vorfällen bewiesen haben? Sind Sie in diesem Punkt voll und ganz mit mir einverstanden?"

David bewahrte Schweigen. Die Offiziere, die der Kapitän zu Zeugen aufrief, erkannten, daß sie die gleiche Haltung einnehmen sollten, aber Maurelle spürte ihre unausgesprochene Zurückhaltung bei dieser stillschweigenden Übereinkunft, als sei sie nur widerwillig erzielt worden. Mit gesteigerter Energie versetzte Müller:

„Ist es an mir, Sie darüber aufzuklären, daß der Wasserstrahl, der die ‚Hinkende' traf, aus Meerwasser bestand, das beim Durchfließen von den Kondensatoren Ihrer Turbinen nur leicht erwärmt worden war, Guillaume? Muß etwa *ich* Ihnen in Erinnerung rufen, daß dieses Wasser keinerlei Kontakt mit *Ihrem* Reaktor gehabt hat, David? Sie selbst waren es, der uns darüber belehrt und es uns auch bewiesen hat, daß zwischen diesem Wasser und den radioaktiven Elementen mehrere unüberwindliche Hindernisse liegen, von denen jedes für sich allein schon hinreichend Schutz böte. Sie haben uns dafür unwiderlegliche Beweise geliefert, die Monsieur Maurelle dann tausendfach bei Pressekonferenzen wiederholt hat, und Sie wissen sehr wohl, daß das nicht nur leerer Werberummel war. Tagtäglich beweisen Sie all dies erneut durch besonders strenge Analysen. Haben Sie denn jemals irgend etwas Beunruhigendes bei diesen Untersuchungen festgestellt?"

David gab zu, daß er dabei auch nicht die kleinste Spur von Radioaktivität gefunden habe.

„Soweit also für den Fall der Hinkenden", fuhr der Kapitän fort. „Was den Fall des Blinden anlangt, beziehungsweise vorgeblich Blinden, so liegt er ja noch klarer. Der Reaktor war gar nicht in Betrieb! Die Turbinen wurden durch Ölkessel angetrieben, die zu Guillaumes Aufgabenbereich gehören. In keinem Teil des Maschinenraums konnte auch nur irgendeine Spur von Radioaktivität vorhanden sein. Oder irre ich mich da etwa? Sagen Sie es mir, David, antworten Sie mir, Guillaume!"

Der Physiker und der Chefmechaniker räumten ein, daß das alles stimme. Maurelle fiel auf, daß es sie offenbar ein wenig bekümmerte, dies zugeben zu müssen.

„Also", folgerte Müller im Ton eines Professors, der etwas demonstriert hat, „auch wenn wir annehmen, daß durch eine schwache Dosis von Radioaktivität das Wasser eine gewisse Heilkraft erlangen könnte – was anscheinend diese braven und ein wenig einfältigen Menschen neuerdings glauben – (Gott, verzeih mir, ich fange auch schon an zu spinnen, aber ich will meine Schlußfolgerung zu Ende führen) –, selbst wenn wir also unterstellen, daß eine winzige Dosis Radioaktivität auf irgendeine Weise dem Wasser die Fähigkeit verleihen könnte, einer Lahmen die Gelenkigkeit wiederzugeben und einen Blinden wieder sehend zu machen, was wohl ein Gipfel der Kühnheit wäre, nun wohl – auch bei Annahme dieser irrsinnigen Hypothese würden uns alle bisherigen Erfahrungen zu der Schlußfolgerung zwingen, daß alles dies hier nicht zutreffen kann. Gerade Sie, David, werden den Wert der Erfahrung nicht leugnen. Ist das klar, oder habe ich bei meinen Schlußfolgerungen irgendeinen Fehler begangen?"

„Keinen Fehler", urteilte Maurelle, „es war eine Demonstration unangreifbarer Logik ... die aber das Gewicht eines Strohhalms hat angesichts eines einzigen irrationalen Elements, und dies sowohl in den Augen durchaus vernünftiger und ausgeglichener Seeleute, wie auch reifer Wissenschaftler."

In der Tat schien keiner der Tischgäste überzeugt zu sein. Sowohl die Deckoffiziere als auch der Chefmechaniker waren von der Schlußfolgerung nicht befriedigt und erwarteten eine Antwort des Physikers.

„Ich muß die Richtigkeit Ihrer Argumente anerkennen", sagte dieser schließlich.

„Immerhin! Also?"

„Also stelle ich meinerseits fest, daß auch die Heilungen unbestreitbare Tatsachen sind, gewissermaßen Erfahrungstatsachen. Es besteht also eine Diskrepanz zwischen zwei Erfahrungswerten, und aus eben diesem Grund bin ich verwirrt."

„Aber es hat doch nicht den geringsten Kontakt gegeben!" schrie der Kapitän.

„Immerhin eine gewisse Nachbarschaft."

Und da Müller seiner Verbitterung durch wütendes Achselzucken Ausdruck gab, beharrte der Physiker:

„Zwei Geschehnisse, die wir nicht auf natürliche Ursachen zurückführen können, wobei wir heute nicht einmal sicher sind, wo die Grenze zwischen dem Natürlichen und dem Übernatürlichen verläuft – wohlgemerkt, es handelt sich um *zwei* solche Ereignisse, Kapitän. Ich muß da an bestimmte wissenschaftliche Disziplinen erinnern: *ein* solches Ereignis war schon ungewöhnlich, ein Zusammentreffen von zweien hat, so will mir scheinen, einen Wahrscheinlichkeitsgrad von nahezu Null. Es ist immer noch vernünftiger oder zumindest weniger sinnlos, an ein ..."

„An ein Wunder zu glauben. Ach, gehen Sie mir doch damit weiter", schimpfte Müller. „Sie alle werden bald auch noch Stimmen hören!"

Nach Davids Erklärung schienen die Zuhörer erleichtert aufzuatmen. Der Kapitän protestierte nicht weiter. Er fühlte sich müde und unfähig, eine Diskussion noch länger fortzuführen, bei der er doch nie das letzte Wort behalten würde.

Die meisten Offiziere verabschiedeten sich bald darauf. So blieben nur noch Maurelle, David und Guillaume bei Müller. Zusammen mit ihnen verließ er den Eßraum. Die vier Männer wanderten über das Oberdeck. Es war eine schöne Nacht. Die Scheinwerfer beleuchteten das Meer und die Kaiumzäunung, in deren Nähe sie im Halbschatten einige Pilger gewahrten, die kniend noch immer Litaneien murmelten. Indessen hatten sich viele bereits in das aus Blechbaracken und Zelten bestehende Dorf zurückgezogen, das nach und nach auf dem unbebauten Terrain emporgewachsen war. Dort flammten jetzt die ersten Lichter auf. Ein Akkordeon spielte eine zärtliche Weise, und an einem Lagerfeuer stieg Gesang auf. Maurelle beobachtete dieses nächtliche Treiben mit dem Wohlbehagen eines Künstlers, der in die Farbenpracht des Lebens verliebt ist. Wieder zuckte Müller die Achseln und führte seine Begleiter zur Seeseite, wo sie im Anblick des Meeres lange Zeit schweigend verweilten.

„Dieser Mann ist immer noch da", wetterte schließlich der Kapitän, als er ein Boot gewahrte, das in nächster Nähe des Schiffs über das Wasser glitt.

„Das ist ein Fischer, der die Netze einholt, die er vor wenigen Stunden ausgelegt hat", sagte Guillaume. „Ich kenne ihn, ich habe mehrmals mit ihm gesprochen. Der ist harmlos. Er versucht nicht, an Bord zu klettern. Er interessiert sich nicht einmal für unser Wasser, er ist nur wegen der Fische hier."

„Und warum in unmittelbarer Nähe der ‚Gargantua'?"

„Schauen Sie sich das einmal genauer an, und Sie werden erkennen, daß sich hier neuerlich etwas Übernatürliches abspielt."

Der Chefchemiker sprach jetzt in einem Tonfall, der haargenau jenen Überschwang verriet, den der Kapitän so sehr verabscheute. Indessen wies Guillaume mit dem Finger auf das Boot, das unten an ihnen vorbeifuhr.

Es handelte sich um einen alten Fischer, der nur ein einziges bescheidenes Ruderboot sein eigen nannte, das ihm nicht gestattete, seinen Beruf weit draußen auf See auszuüben. Er besaß nur ganz alte, tausendmal ausgebesserte Netze. Vor einigen Tagen jedoch war ihm der Gedanke gekommen, die Netze in der nächsten Nachbarschaft des Tankers auszulegen.

Müller konnte feststellen, daß das kein schlechter Einfall war. Der Boden des Bootes war mit großen Fischen bedeckt, die im Scheinwerferlicht glitzerten. Die Netze, die der Mann gerade eingeholt hatte, brachten neue reiche Beute, die er mit beiden Armen auf den bisherigen Fang warf.

„Das sind besonders hochgewichtige Barsche und Barben", sagte Maurelle, sich die Hände reibend. „Auch ich kenne den Mann, ich habe mich erkundigt."

Der alte Fischer, der gerade mit seiner Arbeit fertig geworden war und sprechen gehört hatte, hob den Kopf und erblickte die drei hoch über sich. Seine emsige Tätigkeit hatte ihn nahezu Bord an Bord mit dem Tanker gebracht. Höflich grüßte er die Offiziere in Uniform, bückte sich, faßte zwei seiner schönsten Fische an den Kiemen, hob sie nicht ohne Mühe in die Höhe und schrie:

„Die da sind für Sie, Herr Kapitän. Die bin ich Ihnen doch wohl schuldig."

Er bückte sich von neuem, hob einen Sack aus grobem Leinen auf, stopfte die beiden Fische hinein, und befestigte den Sack an einem Strick, den ihm mehrere Matrosen, die Zeugen der Szene geworden waren, vom Unterdeck aus zuwarfen. Dann grüßte der Fischer nochmals hinauf, ergriff die Ruder, verließ mit seinem Boot den Lichtkreis und verschwand in der Nacht.

„Sie haben alles gesehen, Herr Kapitän", sagte Guillaume. „Und das Gleiche spielt sich hier jede Nacht ab, seit er herkommt. Wenn er heimkehrt, ist sein Boot mit den schönsten Fischen gefüllt, die man je an dieser Küste gesehen hat."

„Ich weiß jetzt schon, daß Sie gleich hinzufügen werden, ihr Geschmack sei tausendmal köstlicher als jener der auf hoher See gefangenen Fische. Jetzt werde ich Ihnen einmal sagen, weshalb er mit einem so reichen Fang heimkehrt. An dieser Küste sind die Fische niemals ausgestorben. Nur hatten die Fischer aus abergläubischer Furcht aufgehört, sie wie bislang unerbittlich auszurotten. Diese lange Schonzeit genügt, um die gegenwärtige starke Vermehrung der Fische zu erklären."

Ohne in Betracht zu ziehen, dachte Maurelle, daß der Lichtschein eines Leuchtturms den Fisch anzieht wie ein Magnet. Die Lamparo-Fischer am Mittelmeer wissen das am besten. Die Lichtflut, die von den Scheinwerfern der

„Gargantua" ausgestrahlt wird, muß wie ein starker Magnet wirken. Laut sagte Maurelle:

„Vielleicht haben Sie recht, Kapitän. Aber ich habe einmal die triumphale Heimkehr des Fischers in das kleine Dorf erlebt, das ihm als Hafen dient. Für alle Dorfbewohner, die ihn, der sonst immer Pech gehabt hatte, so vollbeladen heimkehren sahen, gab es auch nicht den Schatten eines Zweifels: das war ein..."

„Wunderbarer Fischfang! Ach, gehen Sie!" schrie Kapitän Müller. „Lassen Sie sich durch mich nicht stören. Ich bin auf alles gefaßt."

9

Nachdem die Reparaturen an dem Reaktor nahezu abgeschlossen waren, sollte der Tanker nach einigen Probefahrten zu einer neuen Reise auslaufen. Seit sich diese Nachricht herumgesprochen hatte, herrschte größte Niedergeschlagenheit in den Behelfslagern, in denen Pilger und Neugierige Unterkunft gefunden hatten.

Madame Bach verbrachte einige Tage in ihrem Appartement auf der „Gargantua", wo sie sich wohler fühlte als in einem Hotel. Bei ihrem Eintreffen betrachtete sie nachdenklich die Pilgerschar, die beständig anwuchs und sich um die Absperrungen drängte. Madame Bach wohnte mehrfach den Duschen für die Pilger bei, über die Maurelle ihr bereits berichtet hatte. Sie zeigte sich nicht sonderlich überrascht und gab nur sparsame Kommentare dazu ab. Ganz andere Dinge beschäftigten sie; es galt vor allem, dem Aufsichtsrat den langen, erzwungenen Stillstand des Tankers zu erklären.

Madame hatte gerade mehrere Unterredungen mit David gehabt, bei denen die technischen Argumente, die eine Verzögerung der Ausfahrt rechtfertigten, zur Sprache gekommen waren, als der Bürgermeister des Ortes sich um ein Gespräch mit den leitenden Persönlichkeiten der „Gargantua" bemühte – um einen Höflichkeitsbesuch im Geiste guter Nachbarschaft, wie er sich genauer ausdrückte, wobei er beinahe die gleichen Worte gebrauchte wie vor ihm der Bischof.

Er war ein ehemaliger Geschäftsmann, der viel gesunden Menschenverstand besaß. Die große Erfahrung, die er mitbrachte, befähigte ihn, die Geschäfte der Gemeinde bestens zu führen. Madame Bach witterte in ihm sogleich einen fachkundigen und einsichtigen Mann, was ihr durchaus behagte. In seiner Begleitung befand sich die „Hinkende", die er als seine erste Stellvertreterin vorstellte. Er erklärte kurz und bündig, der Gemeinderat habe sie einstimmig in dieses Amt kooptiert, und zwar anstelle des bisherigen Vizebürgermeisters, der in erster Linie für die bedauerliche Feindseligkeit verantwortlich gewesen sei, die einige Bürger dem Riesentanker gegenüber an den Tag gelegt hätten. Was ihn, den Bürgermeister, betreffe, so sei er von der Notwendigkeit einer loyalen Zusammenarbeit zwischen den Behörden und einer an der Spitze des Fortschritts marschierenden Industrie in einer modernen Gesellschaftsordnung überzeugt.

„Ich bin sicher", schloß er nach dieser Einleitung, „daß sowohl Sie, Frau Präsidentin, als auch Sie, Herr Kapitän, mit mir eines Sinnes darüber sind, daß wir gemeinsame Interessen haben."

„Davon war ich stets überzeugt", erwiderte Madame Bach höflich.

„Die ‚Hinkende' und ich möchten Ihnen nun einen Vorschlag unterbreiten."

„Sie meinen: Mademoiselle...?"

„Nennen Sie mich ruhig die ‚Hinkende'", sagte diese

lächelnd. „Man hat mich immer so genannt, und ich halte darauf, daß man das auch weiterhin tut."

„Also, wir haben Ihnen einen Vorschlag im Namen des ganzen Gemeinderates zu unterbreiten."

Er schwieg. Madame Bach studierte inzwischen die Züge ihrer beiden Gesprächspartner; ihr kühles Gesicht verriet keinerlei Gefühlsregung. Der Bürgermeister schien einen Augenblick lang aus der Fassung gebracht zu sein. Er hatte eine Ermutigung erwartet, die aber ausblieb. Nach kurzem Zögern setzte er sich in seinem Sessel zurecht und entschloß sich, mit seiner Rede fortzufahren.

„Kurz gesagt, Frau Präsidentin, ich brauche Sie doch nicht davon zu unterrichten, daß die beiden Vorkommnisse, die sich durch den Kontakt mit Ihrem Schiff ereignet haben, die Unglücklichen, die von einer schweren Krankheit oder von Siechtum betroffen sind, zutiefst beeindruckt haben."

„Aber auch manche andere, die physisch durchaus gesund sind", brummte Kapitän Müller.

Er dachte an das, was ihm Maurelle erst heute morgen berichtet hatte, ohne seine Befriedigung darüber zu verbergen. Seit einiger Zeit fanden sich nämlich auch unfruchtbare Frauen hier ein, um ihren Schoß der Dusche auszusetzen, so wie einst im Mittelalter ihre Vorfahrinnen ihren Leib an den rauhen Druidensteinen gerieben hatten. Auch verlassene Liebhaber kamen, um die Rückkehr ihrer Geliebten zu erflehen.

„Genauso ist es", fuhr der Bürgermeister fort. „Aber ich möchte vor allem von jenen Bedauernswerten sprechen, die Tag für Tag hierher kommen, ohne sich entmutigen zu lassen, immer wieder in der Hoffnung auf eine Heilung."

Er erklärte, die letzte Sitzung des Gemeinderats habe sich auf zwei Hauptpunkte konzentriert: Einerseits sei das Verhalten dieser Unglücklichen durchaus zu verstehen, da sie ja zwei Fälle von Heilungen solcher Kranker vor Augen hätten, die von den Ärzten als unheilbar bezeichnet worden seien.

„Zwei Fälle von Wunderheilungen", präzisierte die „Hinkende".

„Wenn du willst, ja. Ich verstehe nichts davon. Einige schreiben diese Heilungen den Eigenschaften des Wassers zu, andere glauben an ein Wunder; wieder andere, aber nur wenige, meinen, es handle sich um eine Reihe von Zufällen. Ich meinerseits bin der Ansicht, Frau Präsidentin, daß es sinnlos ist, darüber zu diskutieren."

„Das war auch immer schon meine Meinung", bekräftigte Madame Bach. „Fahren Sie fort."

Der Gemeinderat habe sich also in diesem ersten Punkt dahingehend geeinigt, daß es unmenschlich gewesen wäre, Unglücklichen die letzte Hoffnung zu nehmen. Der zweite Punkt sei wesentlich schwieriger gewesen. Diese Menge von Kranken und Lahmen, von denen manche ein äußerst beunruhigendes Gehaben zeigten, biete einen wenig erfreulichen Anblick. Das alles könne die Ordnung der Gemeinde stören.

„Viele meinen, Herr Kapitän, daß diese Freiluftduschen unserem Ansehen schaden. Schon laufen unsere Kinder nach der Schule dorthin, wie zu einem Rummelplatz. Das Ganze sollte nicht zu einer Art von ständigem Zirkus ausarten."

Müller, den er direkt angesprochen hatte, fühlte sich gedemütigt und beschämt.

„Wollen Sie damit sagen, Herr Bürgermeister, daß ich derlei Schaustellungen, die ich ebensowenig billige wie Sie, lieber ein Ende setzen sollte?"

„Davon kann keine Rede sein!" fuhr die „Hinkende" auf. „Dank diesen Wasserstrahlen hat ein Blinder sein Augenlicht wiedergefunden und ich selbst habe wieder gesunde Glieder."

„Es gäbe vielleicht ein Mittel, alles miteinander in Übereinstimmung zu bringen", begann der Bürgermeister wieder. „Die Ordnung, die Würde und die Waschungen. Dies ist der Vorschlag des Gemeinderates, den ich Ihnen vorlegen möchte. Könnten wir nicht (ich sage ,wir', denn wir sind uns ja einig darin, daß wir gemeinsame Interessen haben) eine Art von geschlossener Bade- und Duschanstalt schaffen, und zugleich ein Auffanglager, das gewiß nicht luxuriös zu sein braucht, aber sauber, gut gehalten und immerhin groß genug, um all die leidenden Menschen aufzunehmen und ordentlich zu versorgen, Menschen, die aus allen Teilen Frankreichs herbeiströmen? Sie verstehen doch, was ich meine, Frau Präsidentin? Ein Gebäude, das vor neugierigen Blicken schützt, mit einer Art von Schwimmbecken, das natürlich mit jenem Wasser gefüllt ist, das von Ihrem Schiff kommt. An Platz fehlt es nicht, das ganze Terrain im Süden steht zur Verfügung, während der Rest von Ihren Werkstätten eingenommen wird. Zweifellos gäbe es auch qualifiziertes Personal. Wir könnten ja zunächst bescheiden anfangen und unser Unternehmen dann nach und nach ausbauen, wenn es floriert und Zulauf hat, wie viele Anzeichen uns annehmen lassen. Was halten Sie davon, Frau Präsidentin, und was ist Ihre persönliche Meinung dazu, Herr Kapitän?"

Der Kapitän war völlig überrascht. Seinem Tanker ein Thermalbad anzuschließen – das Wort „thermonuklear" kam ihm plötzlich in den Sinn – ein Bad, das dazu bestimmt war, neue Wunder zu bewirken, erschien ihm in diesem Augenblick die extravaganteste aller Perspektiven, und es fiel ihm schwer, ein Hohngelächter zu unterdrücken.

Madame Bach war ihrerseits nicht weniger erstaunt, aber ihre Geschäftserfahrung hatte sie gelehrt, angesichts von Vorschlägen, die zunächst ungereimt zu sein schienen, gelassen zu bleiben. Eine bestimmte, ihr angeborene Geisteshaltung brachte sie sogar dazu, auch die erstaunlichsten Vorschläge aufmerksam anzuhören und den detailliertesten Ausführungen mit Interesse zu lauschen. Manchmal ließ sie dann alles von Fachleuten überprüfen, oder sie widmete solchen Projekten selbst eine Menge Zeit, um sie persönlich zu durchdenken. Es war typisch für sie, es für eine feststehende Tatsache zu halten, daß sich eine offenbare Narretei manchmal und nach sorgfältiger Prüfung als ausgezeichnetes Projekt erwies.

So fragte sie auch ohne mit der Wimper zu zucken und sehr bedächtig den Bürgermeister, der sie nicht ohne Unruhe beobachtete:

„Haben Sie schon eine Vorstellung von den Ausmaßen und dem Grundriß dieser Anlage?"

Der Bürgermeister hatte nur eine ungefähre Vorstellung davon. In unbestimmten Worten sprach er von einer immerhin ziemlich langen Halle, durch die ein Kanal führen sollte, in dem die Kranken baden könnten. Der Bürgermeister erwähnte auch Schlafräume, einen Krankensaal mit ständiger ärztlicher Betreuung, eine Ausstattung mit Tragbahren und das nötige Sanitätspersonal, aber dafür werde es sicherlich möglich sein, Freiwillige unter den Einheimischen zu finden.

„Wir sind natürlich keine Industriellen, Frau Präsidentin", sagte er freimütig, „aber wir haben uns gedacht, daß Sie, ich meine, Ihre Gesellschaft, in jeder Weise dazu imstande wären, eine Gruppe von Unternehmern zu mobilisieren, Architekten und Ingenieure, die befähigt wären, ein Projekt wie dieses zweckdienlich zu realisieren. Das Wesentliche ist, daß Sie im Prinzip damit einverstanden sind. Es wäre ratsam, auch gleich noch ein Beherbergungszentrum einzuplanen für die Begleitpersonen der Kranken", erkühnte er sich noch einzuwenden, als er das Interesse im Gesicht seiner Gesprächspartnerin bemerkte.

„Vielleicht – ein Hotel?" fragte Madame Bach, die von dieser neuen Perspektive erfreut zu sein schien.

„Zumindest ein zweckentsprechendes Gebäude mit einer Reihe von Zimmern, die ein Minimum an Komfort bieten. Einige dieser Pilger kommen von sehr weit her und sind dann stets in Begleitung. Es gibt auch ganz gewöhnliche Neugierige, gewissermaßen Touristen, und auch sie werden immer mehr. Wir sind es uns selbst schuldig, ihnen eine ordentliche Unterkunft zu bieten und sie vor allem nicht im Freien übernachten zu lassen, wie manche das jetzt tun, was den Eindruck beklagenswerter Fahrlässigkeit der Behörden hinterläßt."

„Und wer soll das finanzieren?" fragte Madame Bach. „Legen wir doch die Karten offen auf den Tisch. Rechnen Sie damit, daß meine Gesellschaft die Installations- und Instandhaltungskosten trägt?"

„Ich lege großen Wert darauf, mit offenen Karten zu spielen, Frau Präsidentin. Wir haben darüber im Gemeinderat gesprochen. Die Gemeinde ist nicht reich genug, um alle Installationskosten zu übernehmen, aber sie kann für einen Teil aufkommen. Gewiß ist es unser Wunsch, daß Ihre Gesellschaft den Hauptanteil trägt. Was die Instandhaltung anlangt, so meinen wir, daß sie durch die bescheidene Abgabe, die wir von den Badenden einheben werden, und durch die Vermietung der Zimmer im Beherbergungszentrum bei weitem gedeckt sind. Wohlgemerkt, wir würden uns die Verwaltung dieses Beherbergungsbetriebes vorbehalten. Unter ‚wir' verstehe ich wieder Ihre Gesellschaft und die Gemeinde, wobei ein- für allemal ja Einverständnis darüber besteht, daß wir gemeinsame Interessen haben. Nachdem der Gemeinderat diesen Aspekt sehr ernsthaft geprüft hat, ist er nunmehr der Ansicht, daß das Projekt sich als rentabel erweisen wird. Das sind zwar Detailfragen, die man aber keineswegs vernachlässigen sollte. Ich wiederhole, Frau Präsidentin, das Wesentliche ist, daß Sie mit unserem Vorschlag im Prinzip einverstanden sind."

Madame Bach verharrte traumverloren längere Zeit in Schweigen. Ihr angeborener Sinn für abenteuerliche Geschäfte, wie sie für so manchen Aufsichtsratsvorsitzenden das Abenteuer schlechthin bedeuten, brachte sie dahin, sich von der Originalität eben dieses abenteuerlichen Vorschlags bestricken zu lassen. Die Anwesenden respektierten Madames Versunkenheit. Maurelle, der dem Gespräch beigewohnt, aber bisher noch nicht daran teilgenommen hatte, machte sich nun seinerseits Gedanken. Müller hatte inzwischen eine alltägliche Unterhaltung mit dem Bürgermeister und der „Hinkenden" begonnen.

Während sie so vor sich hin träumte und nachsann, während ihre noch ungeformten Gedanken sich durch ein Stirnrunzeln und unmerkliche Seufzer ausdrückten, hatte Madame Bach unwillkürlich einen Bleistift ergriffen und unbewußt einige Linien auf ein Blatt Papier geworfen. Als sie wieder zu sich kam, zuckte sie jäh zusammen, denn sie stellte fest, daß sie einen langen Kanal skizziert hatte, an dessen beiden Längsseiten Zimmer lagen, die Schlafräumen ähnelten. Ich werde noch verrückt, dachte sie und strich sich über die Stirn. Dann aber sagte sie ganz laut und mit Bedauern:

„Herr Bürgermeister, Ihr Vorschlag hat mich interessiert, wie ich gestehe, aber er ist leider undurchführbar. Glauben Sie mir, ich beklage das."

„Aber – wieso denn, Frau Präsidentin?" fragte der Bürgermeister enttäuscht.

„Wegen unserer Fahrpläne. Kapitän Müller kann Ihnen besser erklären als ich, was es mit den Fahrplänen für Tanker wie der ‚Gargantua' auf sich hat. Es ist nur einem Zwischenfall zu verdanken, daß wir so lange im Hafen bleiben mußten, und Gott weiß, was uns das kostet! Wenn die Maschinen wieder voll betriebsfertig sind, kommt es nicht in Frage, daß das Schiff hier regelmäßige Zwischenlandungen vornimmt. Wir könnten Ihre Anstalt bestenfalls nur an wenigen Tagen im Jahr mit Wasser versorgen. Und das würde gewiß nicht ausreichen, um die Installationskosten zu amortisieren... Wirklich schade!" fügte sie nach einem Augenblick der Überlegung hinzu. „Je mehr ich darüber nachdenke, desto mehr bedauere ich es. Nun, mein bester Maurelle, Sie haben doch manchmal ganz gute Einfälle, sehen Sie da keine Lösung?"

Der junge Mann erwachte nun auch aus seinen Träumen. Er spürte, daß seine Chefin mit aller Kraft nach Argumenten zugunsten eines Projekts suchte, das sie fasziniert hatte und das überdies seinem eigenen Sinn für originelle Abenteuer sehr entgegenkam. Nachdem er noch ein wenig überlegt hatte, sagte er langsam und in bedächtigem Tonfall:

„Und wenn sich nun diese Anstalt nicht nur als rentabel sondern als ausgesprochen ertragsreich erweisen sollte, könnten dann nicht ihre Erträge alle Verluste durch die periodische Außerdienststellung der ‚Gargantua' ausgleichen und nicht nur das? Wäre es in diesem Falle nicht möglich, den Fahrplan des Riesentankers ein wenig zu ändern, zumal es mich doch um einen für die Besatzung aufreibenden, nahezu unmenschlichen Dienst handelt, der uns bereits einen ziemlich üblen Ruf bei der Handelsmarine eingetragen hat –?"

Madame Bach warf ihm einen langen Blick zu, in dem Anerkennung lag und fast schon Bewunderung.

„Das ist es, woran ich dachte, mein bester Maurelle", sagte sie nach kurzem Schweigen. „Sie haben jedenfalls Einfälle, und das ist das Wesentliche. Ich weiß noch nicht, ob dieser Einfall gut ist, aber er konnte nicht in einem mittelmäßigen Hirn entstehen."

Der junge Mann errötete vor Freude. Madame hatte „mein bester Maurelle" mit Anerkennung, ja mit einem Anflug von Begeisterung gesagt. An diesem Tag wurde ihm klar, daß seine Zukunft bei der Ölgesellschaft gesichert war.

10

Madame Bach kam nach etwa zwei Wochen zurück, um der Ausfahrt ihrer „Gargantua" beizuwohnen. Diese Ausfahrt war Anlaß für eine wesentlich eindrucksvollere Zeremonie als einst der Stapellauf. Die zivilen und kirchlichen Behörden waren anwesend. Der Bischof zelebrierte einen Weiheakt, der sowohl die Besatzung als auch die Zuschauer durchaus zufriedenstellte.

Die Pilger feierten die Ausfahrt des Giganten mit Hochrufen und Dankesbezeugungen, in die sich Tränen mischten. Madame Bach, die während ihres Pariser Aufenthalts fieberhaft tätig gewesen war, hatte durch Maurelle Zusagen verbreiten lassen, die geeignet waren, die Pilger erneut Hoffnung schöpfen zu lassen.

Zum Abschluß der Zeremonie, die bei Anbruch der Dämmerung stattgefunden hatte, richtete Madame eine kurze, aber gemeinsam mit ihrem Sekretär sorgfältig vorbereitete Ansprache an die Festteilnehmer. Nachdem sie den Matrosen eine glückliche Überfahrt gewünscht hatte, dankte Madame Bach der Bevölkerung für die Freundschaft, die sie der Besatzung während deren Landaufenthalt bewiesen hatte. Das war auch gerechtfertigt: die Männer der Besatzung waren in allen Häusern der Gemeinde als Freunde und Wohltäter gefeiert worden. Dann wandte sie sich an die Pilger, die sie umringten, und bestärkte sie in der Hoffnung, die sie bereits eingangs hatte durchblicken lassen. Madame erklärte, daß der Gesellschaft die Leiden der Unglücklichen nicht gleichgültig seien und daß sie selbst mit besonderem Interesse die Möglichkeit prüfe, den Öltanker öfter als vorgesehen anlegen zu lassen, vielleicht auch in kürzeren Zeitabständen. Die Kontakte, die sie selbst bisher aufgenommen habe, aber auch zahlreiche Maßnahmen und Spekulationen erlaubten ihr noch nicht, einen endgültigen Entschluß zu fassen, aber das Projekt, das der Bürgermeister vor ihr entwickelt habe, biete sich unter einem so bestechenden Aspekt dar, daß sie sich bereit fühle, dafür zu kämpfen, um es zum guten Ende zu führen.

Nachdem die Anker gelichtet waren, begann die „Gargantua", die zunächst von einem Schleppkahn gezogen wurde, sich unter einem wahren Trommelfeuer von Beifallsrufen vom Kai zu lösen. Madame Bach und Maurelle, der diesmal nicht an der Fahrt teilnahm, da seine Chefin ihn brauchte, sahen, wie der Tanker sich gigantisch und von vielen Lichtern erhellt, in die Nacht entfernte, eskortiert von einem Schwarm von kleinen Schiffen, die das Monstrum mit einem Sirenenkonzert verabschiedeten.

Es war ein Schauspiel, bei dem man zu träumen meinte. Maurelle konnte sich nicht daran sattsehen, aber die Präsidentin holte ihn sehr bald wieder zu den aktuellen Problemen zurück. Ihre Träume kreisen im Augenblick um eine durchaus materielle Zielsetzung. Sehr rasch, noch ehe die „Gargantua" als ein Lichtfleck im Meer entschwand, hatte Madame sich umgewandt. Ihre

Aufmerksamkeit fesselten jetzt die buntgemischten Scharen der Pilger. Fast überall waren Laternen aufgeflammt. In der Ferne waren die Umrisse von Zelten und Blechbaracken wahrzunehmen. Nachdem die Erregung des Abschieds abgeflaut war, suchten die Pilger langsamen Schrittes ihre Notquartiere auf; sie trugen Flaschen mit sich, die sie mit Wasser aus den Kielwasserwirbeln der „Gargantua" gefüllt hatten. Der Bürgermeister und die anderen Spitzen der Behörden hatten sich zurückgezogen. Madame Bach und Maurelle waren jetzt fast allein auf dem Kai.

„Machen wir einen kleinen Rundgang", sagte Madame plötzlich zu ihrem Sekretär.

„In das Pilgerdorf?"

„Ein Dorf, das sich anschickt, eine Stadt zu werden, soviel ich sehen kann. Das muß ein interessantes Schauspiel sein."

„Interessant und für mich von recht malerischem Reiz; sicherlich ist dergleichen für manch einen schokkierend, besonders für den Bürgermeister. Ich muß sie auch warnen, Madame, daß es dort nicht sehr gut riecht."

„Ich fürchte mich nicht vor üblen Gerüchen. Ich bin geschäftliche Notwendigkeiten gewohnt und bin auch selten schockiert", antwortete Madame Bach mit jenem zynischen Lächeln, das Maurelle so gut an ihr kannte. „Wenn aber doch schockiert, dann trachte ich zu übersehen, was mir zuwider ist."

Sie drangen in das Labyrinth des Lagers ein, in dem sich nachts neues Leben zu entfalten begann. Fast überall blitzten jetzt Lichter auf: Gaslampen, Petroleumlampen in den Zelten und Hütten, Blendlaternen, die nur einen kegelförmigen Strahl warfen, und Lampions. Das Knattern eines Motors war plötzlich zu hören und stärkerer Lichtschein erhellte die in Eile aufgestellten Baracken, die aus verschiedenem Material bestanden, hauptsächlich aber aus Wellblech. Es waren die Läden der ambulanten Händler, die ein eigenes Elektroaggregat besaßen. Madame Bach betrachtete aufmerksam die recht armseligen Auslagen.

„Das sind die Händler", bemerkte Maurelle. „Einige hatten sich zunächst ganz nahe der Absperrung der ‚Gargantua' niedergelassen. Müller verscheuchte sie mit einer Empörung, die an die Austreibung der Wechsler aus dem Tempel erinnerte. Dann haben sich die Händler hier wieder gesammelt und besitzen bereits ein eigenes Viertel in dem neuen Dorf."

„Es ist fast schon eine Stadt", sagte Madame Bach. „Und machen die Leute gute Geschäfte?"

„Sehr gute, glaube ich, Madame. Und zwar durch den Verkauf wenig ansprechender Schundwaren."

Ein Netz unsauberer Gäßchen, deren manche von Abfällen strotzten, begann sich rund um die kreuz und quer aufgestellten Buden abzuzeichnen. Manche Händler boten wenig verlockende Lebensmittel an: welkes Gemüse, verdächtig aussehende Fleischwaren, aber die Pilger drängten sich dennoch, sie zu erstehen.

„Jedenfalls ist das hier unhygienisch", murmelte Madame Bach.

Vor der Auslage eines ambulanten Händlers, die von ein wenig mehr Initiative zeugte, blieb sie stehen. Er bot leicht vergilbte Ansichtskarten an, auf denen die „Gargantua" aus verschiedenen Blickwinkeln zu sehen war. Fotografien der „Hinkenden", die allerdings kaum zu erkennen war, weitere an das Wunder erinnernde Gegenstände, denen man ansah, daß sie in großer Eile und mit unzureichendem Handwerkszeug angefertigt waren. Da gab es Teller, auf denen der Reaktor des Schiffes, umgeben von einer Aura, zu sehen war. Madame Bach blieb lange vor diesem Laden stehen und harrte aus, bis der Ansturm der Pilger verebbt war, die auch hier sich drängten, um diese armseligen Andenken zu erwerben. Maurelle verfolgte Madames Gedankengänge, die sich lebhaft in ihrem Gesicht widerspiegelten; er lächelte leise in sich hinein. Schließlich sagte er nicht ohne Hintergedanken:

„Wenn eine ernstzunehmende Firma wie die unsere das alles in die Hand nähme, würde es hier ganz gewiß anders aussehen."

Madame Bach nickte Zustimmung. Sie setzten ihren Rundgang fort und blieben vor einer Gruppe von Krüppeln stehen, die auf elenden Tragbahren ausgestreckt lagen, manche sogar auf der bloßen Erde. Freunde oder Verwandte brachten ihnen Speisen, die sie in den Buden gekauft hatten. Madame Bach verzog das Gesicht und flüsterte angeekelt: „Ein beklagenswerter Mangel an Hygiene." Dann wandte sie sich an einen der Kranken und fragte ihn:

„Was werdet ihr jetzt anfangen, nachdem das Schiff abgefahren ist?"

„Hierbleiben und warten, bis es zurückkommt."

„Es kommt zurück, zweifelt nicht daran", sagte Madame mit wachsender Überzeugung.

Sie stellte auch noch anderen Gruppen diese Frage und bekam stets die gleiche Antwort, wenn auch mit einigen Abweichungen. Manche wollten zwar abreisen, aber sogleich wieder herbeieilen, sobald die Rückkehr des Schiffs gemeldet würde. Diese Erklärungen lösten bei Madame Bach außerordentliche Genugtuung aus.

Sie kehrte mit Maurelle dann zu den Verkaufsständen zurück, deren Regale jetzt nahezu geleert waren. Mit Bedauern schlossen die Händler ihre Läden.

„Sie könnten hundertmal mehr verkaufen", begann Maurelle...

„Tausendmal mehr", schnitt ihm Madame Bach das Wort ab.

„... wenn sie mehr Nachschub hätten."

„Sie wollen zweifellos sagen: wenn sie richtig organisiert wären?"

„Eben das, Madame, wollte ich sagen."

Vor einem Aggregat, das noch in Betrieb war, blieb Madame abermals stehen und seufzte:

„Welch armselige Installationen!"

„Und dabei gefährlich, Madame", übertrumpfte sie Maurelle, der mit wachsendem Vergnügen ihren Gedankengängen folgte. „Es besteht ständig Feuergefahr, sowohl durch diese Lampen in den Zelten, als auch durch die schlecht isolierten Drähte jener wenigen Händler, die ein Aggregat besitzen. Eine anständige, dauerhafte Elektroinstallation wäre bereits ein großer Fortschritt."

Madame Bach sah ihn fast bewundernd an.

„Ich schätze es sehr, wenn man mich auf eine bloße Andeutung hin versteht", sagte sie. „Ich errate, daß Sie wie ich der Meinung sind, die Generatoren der ‚Gargantua' würden vollkommen ausreichen, um diesen Menschen elektrisches Licht und ein wenig Wohlbehagen zu schenken."

„Dasselbe habe auch ich gedacht. Übrigens habe ich David und Guillaume um ihre Meinung gebeten. Beide haben mir bestätigt, daß die Maschinen der ‚Gargantua' einer weitaus zahlreicheren Bevölkerung als dieser hier Licht und Energie liefern könnten."

„Solange sie vor Anker liegt", sagte Madame Bach.

„Ganz recht – solange sie vor Anker liegt."

„Aber sie kann nicht immer vor Anker liegen. Das ist es."

„Sie kann hier einen mehr oder weniger verlängerten Aufenthalt nehmen, wenn sie ihren Fahrplan nur um ein weniges ändert, wie ich mir schon seinerzeit vorzuschlagen erlaubt habe."

„Ja, das kann sie", sagte Madame Bach. „Das ist eine Möglichkeit, die ich prüfen lasse. Aber dann müßte das Projekt des Bürgermeisters rentabel sein. Wie er es dargestellt hat, ist es das nämlich nicht."

„Das ist auch meine Meinung, Madame", pflichtete Maurelle bei. „Sein Projekt ist viel zu eng konzipiert. Wenn es uns entsprechen und für uns rentabel sein soll, müßte man viel großzügiger planen."

„Wir sind wieder einmal ganz einer Meinung, mein bester Maurelle", sagte sie. „Man muß großzügiger planen. Lassen Sie uns zum Bürgermeister gehen."

Dritter Teil

I

An den Tagen, die der Ausfahrt vorausgingen, waren die Fischer der Küste in großer Zahl erschienen, um ihre Netze gleichfalls in den Gewässern um den Tanker auszulegen, und fast immer hatten sie Erfolg damit. Für sie wies ein so außergewöhnlicher Fang noch deutlicher auf ein Wunder hin als die beiden unerklärlichen Heilungen. So hatten sich dann auch alle, ohne verabredet zu sein, an jenem Abend wieder eingefunden, um der „Gargantua" das Ehrengeleit zu geben. Die wilde Begeisterung dieser kleinen Flotte beunruhigte Kapitän Müller nicht wenig, da die Boote dem Tanker manchmal gefährlich nahe kamen.

„Verdammte Unvorsichtigkeit – so etwas!" knurrte er den diensthabenden Offizier an, dem er gefolgt war. „Die machen sich nicht klar, daß sich ein Schiff dieser Größe nicht wie ein Fischerboot steuern läßt."

Müller gab Anweisung, so lange mit verminderter Geschwindigkeit zu fahren, bis die „Gargantua" dem Kreis ihrer Bewunderer entkommen sei. Doch diese schienen keineswegs entschlossen zu sein, ihr Geleit so bald aufzugeben.

„Es wird noch soweit kommen, daß ich der Zeit nachtrauere, in der sie vor uns flüchteten", schimpfte Müller.

Aber all diesen Bemerkungen zum Trotz konnte er nicht umhin, die neue Haltung des Volks zu schätzen. Er war stolz auf die Ehrerbietung, die seinem Schiff entgegengebracht wurde. Nicht nur aus Sicherheitsgründen, sondern auch, um allen, die seinem Schiff das Geleit gaben, für ihre Aufmerksamkeit zu danken, ließ er die mächtigen Scheinwerfer ringsum auf das Meer richten, so daß die „Gargantua" wie eine magische Erscheinung wirkte. Sie glich jetzt einem Zauberschiff, das inmitten kleiner dunkler Boote, deren schwacher Lichtschimmer im strahlenden Glanz des Tankers verblaßte, langsam und gelassen durch die Wellen glitt.

Inzwischen befand sich kein Boot mehr auf der Route. Die Fischer, die jetzt zweifellos die Besorgnisse Müllers begriffen hatten, begnügten sich damit, neben und hinter der „Gargantua" her zu rudern, wobei ihnen die noch immer geringe Geschwindigkeit des Giganten zugute kam; manchmal kamen sie so nahe heran, daß die Zurufe deutlich zu verstehen waren, mit denen sie dem Tanker eine glückliche Rückkehr wünschten. Beruhigt verließ der Kapitän die Kommandobrücke, um seinen Rundgang durch das Schiff anzutreten. Über zahlreiche Gegensprechanlagen konnte er Meldungen empfangen, Anweisungen erteilen; darüber hinaus war es ihm über das Fernsehsystem, mit dem der Tanker ausgestattet war, möglich, sich vom Zustand einzelner Sektoren des Schiffs zu überzeugen. Er aber liebte es, persönlich durch das ganze Schiff zu gehen und überall nach dem Rechten zu sehen.

Er machte also auch jetzt seinen gewohnten Rundgang, der ihn diesmal durchaus zufriedenstellte. Sowohl auf den Decks als auch im Maschinenraum versicherte man ihm, daß alles wunschgemäß verlaufe und daß alle Zeichen auf eine glückhafte Fahrt hindeuteten. Auf dem Rückweg kam Müller an Davids Kabine vorbei; da die Tür offenstand, warf der Kapitän einen diskreten Blick hinein. Der Physiker war anwesend. Nachdem er Guillaume, der jetzt imstande war, ihn in seinem Bereich zu vertreten, die Aufsicht über den Reaktor überlassen hatte (der jetzt keinerlei Anlaß mehr zur Sorge gab), hatte David beschloßen, sich ein wenig auszuruhen. Aber statt an Deck Luft zu schnappen, hatte er sich in die Lektüre eines Buches vertieft. Müller trat ein. Stets besorgt um das Wohlbefinden von Mannschaft und Passagieren, fragte er David, ob seine Kabine genug Komfort biete und ob es ihm an nichts fehle.

„An nichts, Kapitän, vielen Dank."

Er wies mit dem Finger auf die Buchreihe, die auf einem Brett stand. Müller war bei jeder Begegnung mit dem Physiker stets ein wenig verlegen, da er nicht die rechten Worte für eine Konversation mit diesem Menschen fand, den er als einer fremden Sphäre zugehörig betrachtete. Er tat so, als interessiere er sich für die Bücher und entzifferte einige Titel: *Modern Cosmology and the Christian Idea of God* von Milne, *Space and Spirit* von Whittaker, und einige andere, die Müller ebenso unbekannt waren und eine nur sehr entfernte Beziehung zu Davids Spezialgebiet zu haben schienen.

„Und das hier – ist das interessant?" fragte er schließlich, um das Schweigen zu brechen, das im Begriffe war, sich auszudehnen. Dabei zeigte er auf den Band, in dem der Physiker bei seinem Eintreten gerade gelesen hatte.

„Ja, sehr. Es heißt *L'Ame de l'Univers*. Die Seele des Alls. Von Stromber."

„Ah!" sagte der Kapitän. Und nachdem abermals Schweigen eingetreten war, fragte er:

„Und Sie glauben daran, David?"

„Ich glaube daran, Kapitän, ebenso wie ich an die Seele des Atoms glaube und mehr und mehr auch an die Seele der ‚Gargantua'."

„Man kann die Dinge auch so sehen", räumte Müller beinahe ängstlich ein.

Er fühlte sich nicht befähigt, eine so tiefschürfende Unterhaltung fortzuführen. So verließ er David nach einigen banalen Worten und wünschte ihm eine gute Nacht.

„Ein komischer Kauz", murmelte er im Weggehen. „Aber trotzdem sympathisch. Die Seele des Atoms? Was, zum Teufel, meint er damit? Und was meint er mit der Seele der ‚Gargantua'?"

Er betrat wieder die Kommandobrücke. Es war eine schöne Nacht. Das Schiff glitt jetzt auf hoher See dahin. Gleichsam schweren Herzens blieb ein um das andere Fischerboot hinter ihm zurück. Müller spürte, wie ihn Gefühle überfielen, an die er nicht gewöhnt war. Ein gewisses Bedauern, ergebene Freunde verlassen zu müssen, die sein Schiff so sehr verehrt hatten, mischte sich mit der Freude, die er stets empfand, wenn er unter den Sternen dahinfuhr. All dies bewegte ihn zutiefst und veranlaßte ihn schließlich, Anordnungen zu erteilen, die seine Offiziere aufs höchste verblüfften. Gerade in dem Augenblick, als er an dem letzten Boot vorbeifuhr, ließ er alle Wasserwerfer auf das Meer richten, die sogleich, von Scheinwerfern angestrahlt, die See mit irisierender Pracht erleuchteten, was enthusiastischen Beifall bei den Fischern und der gesamten Besatzung auslöste.

Aber für die seltsame Verfassung, in der Müller sich befand, genügte das noch nicht. In einer plötzlichen Anwandlung von Begeisterung, wie er sie seit den Tagen seiner Jugend nicht mehr gekannt hatte, wünschte er der Schönheit dieses Schauspiels noch einen letzten Trumpf hinzuzufügen. Den leichten Nebel, der inzwischen aufgestiegen war, nahm er zum Vorwand, um jetzt die für den „Leviathan" charakteristischen, volltönenden Signale erklingen zu lassen. Die gleichen Signale, die er seinerzeit als Schmach empfunden hatte, glichen in diesem Augenblick einer Ruhmessymphonie, mit der ein glanzvoller Sieg gefeiert werden sollte. Und mit diesem wilden Konzert von Glocken und Sirenen nahm die „Gargantua" in einer Flut von Licht Abschied von ihren neuen Freunden, in einer Glorie, die der außergewöhnlichen Hochstimmung des Kapitäns zu danken war.

2

„Was, zum Teufel, ist das nun wieder?" murmelte Kapitän Müller, und riß die Augen auf.

Die „Gargantua" fuhr gerade in den Suezkanal ein. Die Begeisterung, mit der sie in Frankreich verabschiedet worden war, hatte sich auch während der ganzen Überfahrt kundgetan, sowie eine Küste in Sicht gekommen war. Die Besatzung hatte feststellen können, daß sich der Ruf des Schiffs zu Wasser und zu Lande verbreitet hatte. Von den Ufern her begrüßte es heftiges Taschentücherschwenken, denn das Bild der „Gargantua" war inzwischen durch Tausende von Fotos und Filmen auf der ganzen Welt verbreitet worden. Im Mittelmeer hatten sich Vergnügungsjachten, aber auch spanische, marokkanische, algerische, sizilianische, maltekische und griechische Fischer dem Tanker fast auf Reichweite genähert, hatten ihn hochleben lassen und soviel wie möglich von seinem Kielwasser geschöpft.

Das Verhalten des Lotsen, der dann in Port Said an Bord kam, bot einen besonders starken Kontrast zu dem unfreundlichen Wesen jenes Mannes, der die „Gargantua" bei ihrer ersten Ankunft gelotst hatte. Kaum hatte er seinen Fuß auf das Schiff gesetzt, als er sich schon dem Reaktor zuwandte, auf die Knie fiel, das Deck in Proskynese mehrmals küßte, und halblaut

Suren murmelte. Nach einem endlosen Höflichkeitszeremoniell überreichte er dem Kapitän schließlich in ehrerbietiger Haltung eine lange Bittschrift.

„Sie kommt von jenen Schwerleidenden, Herr Kapitän, die der Ankunft der ‚Gargantua' voll der Hoffnung entgegengesehen haben."

Der Sinn des Ansuchens war vollkommen klar. Ein Komitee, das sich „Komitee der Enterbten Ägyptens" nannte, bat inständig, den Tanker möglichst nahe am Ufer vorbei zu lenken, so nahe, wie es die Tiefe der Fahrrinne eben noch gestattete. Der Kapitän möge die unendliche Güte haben, die Wasserwerfer mit äußerster Kraft spielen lassen, um jene Unglücklichen zu besprengen, die an die Wunderkraft des Reaktorwassers glaubten.

„Sie dürfen diese armen Menschen nicht enttäuschen, die seit Stunden, manche zweifellos seit Tagen, auf unsere Ankunft warten", sagte Guillaume, der über die zögernde Haltung des Kapitäns empört war.

Auch David war dieser Meinung. Nachdem er den größten Teil der Fahrt beim Reaktor verbracht hatte, oder in der Kabine, wo er seine Lieblingsbücher las, war er kurz vor Port Said an Deck gekommen und betrachtete jetzt das Meer mit jener Gleichgültigkeit, die er gewohnheitsmäßig allen Naturschauspielen entgegenbrachte.

„Das kostet Sie nichts, oder fast nichts, Kapitän. Und vergessen Sie nicht, daß bereits zwei Wunder geschehen sind."

Darauf zuckte Müller nur die Achseln, wie immer, wenn das Wort „Wunder" in seiner Gegenwart ausgesprochen wurde, aber diesmal weniger ablehnend als sonst.

„Ich werde sehen, was ich zu tun habe", sagte er abschließend.

Nun also sah er es. Kaum war die „Gargantua" in den Kanal eingefahren, als eine seltsame Menschenmenge steuerbord am ägyptischen Ufer erschien und flehend die Arme nach dem Tanker ausstreckte, der alles mit seiner gewaltigen Form überragte, ähnlich einem Zauberschiff, das im Begriff steht, sich in die Lüfte zu schwingen. Alle Armen des Landes schienen sich hier ein Stelldichein gegeben zu haben. Einige waren in Lumpen gekleidet, andere waren halbnackt. Müller vermochte die Gestalten jener Bettler und Krüppel zu erkennen, die ihn seinerzeit bedroht hatten, wenn der Tanker eine Zwischenlandung in einem orientalischen Hafen gemacht hatte. Der Anblick vermittelte den Eindruck größten Elends. Daneben gab es aber auch einige offenbar begüterte Leute. Sie waren europäisch gekleidet und hielten sich abseits, dicht bei ihrem Wagen, die in einer Reihe auf provisorischen Parkplätzen standen. Wieder andere, die Burnusse trugen, kamen offenbar aus der Wüste. Ihre Kamele, denen die Beine gefesselt waren, blickten starr und stumpf auf die majestätische Erscheinung der „Gargantua".

Je näher das Schiff dem Ufer kam – gefährlich nahe, wie der Kapitän meinte –, desto mehr Einzelheiten entdeckte Müller, Einzelheiten, die ihm zunächst entgangen waren und die nun Grund waren für seine jähe Bestürzung.

„Was, zum Teufel, ist das nun wieder?" wiederholte er.

Soweit das Auge reichte, war die Uferböschung senkrecht zum Kanal gleichsam aufgefächert durch Barrieren, die sich weit bis in das Landinnere hin zogen. Diese der Form nach unterschiedlichen Abgrenzungen mochten aus einem gewöhnlichen, zwischen Pfählen gespannten Strick bestehen oder auch aus einem soliden Drahtnetz.

„Ganze Pfarrgemeinden – auch schon verschiedene Sekten..." flüsterte David, den ein solches Schauspiel viel mehr zu interessieren schien als die schönste Landschaft.

„Ich glaube, Sie haben recht", sagte Müller. „Und das dort sind zweifellos Priester."

In jeder dieser Parzellen stand hoch aufgerichtet ein weißgekleideter Mann, umringt von einer knienden Menge. Seine Haltung erinnerte an das Gehaben eines Professors, der seine Schüler überwacht, aber es war auch etwas daran von der Feierlichkeit eines Priesters, der mit erhobener Stimme den Chor des Volkes leitet und den Rhythmus der Litaneien skandiert. Gruppen antworteten in verschiedenen Dialekten. Jeder Refrain enthielt die Bitte um Wasser.

Die „Gargantua" war jetzt nahe genug von einem dieser „Priester", so daß Müller dessen Gewand genauer betrachten konnte. Aus der Entfernung war nur die blendend weiße Farbe beeindruckend gewesen. Mit Staunen erkannte der Kapitän aber jetzt eine Art von Schutzanzug, die aufs Haar genau jenen glich, die man in den Atomkraftwerken Besucher anlegen läßt, ehe man sie in die inneren Räume führt. Es waren die gleichen Schutzanzüge, die auch David und sein Personal aus Sicherheitsgründen anlegten. Die „Priester" der neuen „Religion" hatten nun alle diese Amtskleidung gewählt, die ihnen denn auch sichtlich Autorität verlieh.

„Sie müssen jetzt die Wasserwerfer in Betrieb setzen, Kapitän", drängte David.

Leise vor sich hinfluchend, entschloß sich Müller dazu. Befehle wurden erteilt, die ersten Gruppen wurden von den Wasserstrahlen getroffen. Aus der Wüste erhob sich ein lautes Stimmengewirr, das diese Taufe begrüßte. Das „geheiligte" Wasser gelangte sogar bis zu jenen, die am Kanalufer keinen Platz hatten finden können, denn der Lotse hatte eine leichte Kurskorrektur vorgenommen, um das Schiff noch dichter an das Ufer zu lenken.

„Dieser Idiot wird uns noch auf Grund laufen lassen!" schrie Müller wütend.

„Nichts wird geschehen", beteuerte David. „Sehen Sie doch, wie andächtig sie alle sind."

David hatte nur Augen für die Menge. Das ungewöhnliche Schauspiel, das an Hysterie grenzte, zerstreute die Befürchtungen des Kapitäns für einen Augenblick.

„Einstmals habe ich Hindus im heiligen Fluß Ganges baden sehen", setzte David noch hinzu. „Sie taten das mit der gleichen Inbrunst."

In der Tat forderte das Verhalten der Pilger diesen Vergleich heraus. Männer wie Frauen setzten ihren Körper mit der gleichen, an Raserei grenzenden Leidenschaft dem wundertätigen Wasser aus. Bald klebten ihnen die Kleider am Leib, durchtränkt von dem Naß, das sie alle zu berauschen schien. Manche Frauen setzten ihre Säuglinge dem Wasserstrahl fast bis zum Ersticken aus, und der Lärm pflanzte sich den ganzen Kanal entlang fort, an dessen Uferböschungen das Schiff langsam vorbeiglitt. Einige liefen am Ufer neben dem Tanker her, um nur ja keinen Tropfen des geheiligten Wassers zu versäumen. Wenn sie dann an der Barriere, die ihre Gemeinde abgrenzte, angekommen waren, konnte der „Priester" sie nur mit Mühe daran hindern, die Gemarkung zu überschreiten, während jene, die sich im nächsten abgegrenzten Feld befanden, wie rasend die Arme ausstreckten, um den Wasserstrahl schon ein wenig früher zu empfangen. War das Schiff dann vorbeigezogen, wurden an Stricken befestigte Eimer in die Wellen und Wirbel geworfen, die der majestätische Tanker hinter sich ließ. Einer der Rasenden stürzte sich in den Kanal und versuchte, dem Schiff schwimmend zu folgen, wobei er so nahe an das Heck geriet, daß er beinahe von der Schiffsschraube zermalmt worden wäre.

„Aber die meisten dieser Leute sind ja weder lahm noch überhaupt physisch krank, das sind einfach Verrückte!"

„Es sind weder Kranke noch Wahnsinnige, es sind Gläubige", erwiderte David.

Die Wahnsinnsszenen wiederholten sich ständig während der ersten Kilometer, die das Schiff den Kanal entlangfuhr, aber der Kapitän achtete nicht mehr darauf. Er hatte eine Menge anderer Sorgen. Die Route, die der Lotse den Tanker fahren ließ, schien ihm ungeheuer gefährlich zu sein. Immer wieder ließ Müller die Tiefe der

Fahrrinne ausloten, und er erblaßte mehrmals, wenn er feststellen mußte, daß der Sicherheitsspielraum nur noch wenige Zentimeter betrug. Von Minute zu Minute erwartete er, daß das Schiff auf Grund laufen würde, und er mußte an sich halten, um dem Lotsen keinen Verweis zu erteilen, wovon ihn allerdings die Befürchtung abhielt, daß die kleinste Unaufmerksamkeit seinerseits den Unfall, vor dem ihm graute, nur noch sicherer herbeiführen könnte.

Als dann die „Gargantua" an der letzten Gruppe lärmender Pilger vorbeigeglitten war, als die Wasserwerfer endlich aufgehört hatten, die nunmehr verödete Uferböschung zu besprengen, und als der Lotse die „Gargantua" vom Ufer weg und in tiefere Gewässer lenkte, wischte sich Kapitän Müller den Schweiß von der Stirn und atmete freier.

„Ich habe es doch gleich gesagt: das sind Wahnsinnige", stieß er hervor, „und unser Lotse ist auch nicht recht bei Trost. Ich werde einen Bericht darüber schreiben. Es ist wahrlich ein *Wunder,* daß wir nicht auf Grund gelaufen sind."

Er biß sich auf die Zunge. Er war wütend, daß auch ihm das verhaßte Wort „Wunder" entfahren war. Gleichmütig bemerkte David:

„Da sehen Sie es selbst, Kapitän, auch Sie fangen schon an, von Wundern zu sprechen."

3

Während die „Gargantua" über die Meere fuhr, um Europa mit Öl zu versorgen – was ja immer noch ihr wichtigster Daseinszweck war –, hatte sich Madame Bach nach Paris zurückbegeben, nachdem sie an Ort und Stelle alles gesehen hatte, was sie sehen wollte. Sie brannte vor Ungeduld und war bereits wild entschlossen, die neuen Projekte, die ihr immer wieder durch den Sinn gingen, vom Aufsichtsrat gutheißen zu lassen.

Ihr war nicht nur gegeben, Einfälle gewandt und eindringlich darzustellen, sie besaß darüber hinaus auch noch eine beträchtliche Überzeugungskraft. Hiezu kam ihr Ruf, das rechte Gespür für kühne Unternehmungen zu haben, so daß die scharfsinnigen Denker im Aufsichtsrat, nach anfänglicher Bestürzung über den Vorschlag, eine vom Reaktorwasser des Tankers gespeiste Badeanstalt samt allem Zubehör zu bauen, schließlich erkannten, daß dieses Projekt zu überlegen sei, und zumindest Madame Bachs Entschluß billigten, einen detaillierten Plan von Fachleuten ausarbeiten zu lassen. Von diesem Augenblick an beherrschte alle damit beauftragten Stellen eine seltsame Art von Leidenschaft, und in den Büros sah man nur noch sorgenzerfurchte Stirnen bei den mit schwierigen technischen, sozialen und finanziellen Problemen Befaßten, deren Bemühungen dem Bau eines Gebäudekomplexes für jene Pilger galten, die des Wunders teilhaftig werden wollten.

Madame Bach überwachte das Fortschreiten der Arbeiten aus nächster Nähe und lenkte sie in die ihrer Vorstellung entsprechende Richtung. Da ihr alles Kleinliche zuwider war, nahm der projektierte Badekomplex mit seinen Dépendancen bald außergewöhnliche Weitläufigkeit an.

Freilich wurden gegen diese Pläne im Anfang gewisse Einwände erhoben. Das Hauptargument war, daß aller Wahrscheinlichkeit nach keinerlei spektakuläre Heilung mehr erfolgen werde, was Kurgäste und Neugierige nach und nach entmutigen müsse. In diesem Fall würde die Gesellschaft nicht nur alle Installationen als Verlust abschreiben müssen, sondern sie selbst würde zum Gespött des ganzen Landes werden. Maurelle, den Madame Bach nach Paris zu Hilfe gerufen hatte, um seine Ansicht als Fachmann zu hören, der die Umstände, den Verlauf der Ereignisse und vor allem die unberechenbare öffentliche Meinung am besten kannte, widerlegte, unterstützt von seiner Chefin, sehr eindringlich die pessimistische Hypothese, indem er die Überlegungen darlegte, auf Grund deren er zu dem Schluß gekommen war, daß neuerlich Wunder geschehen würden. Er war es auch, der die Ansprache verfaßt hatte, die Madame im Verlauf einer Konferenz hielt, der alle Mitglieder des Aufsichtsrates beiwohnten.

„Ein Wunder hängt von der Atmosphäre ab, in der es sich ereignen soll. Nun, diese Atmosphäre ist gegeben, und zwar so günstig wie nur möglich. Sie wurde nach und nach geschaffen und schließlich verstärkt durch die Entdeckung der Kernkraft auf dieser unserer Welt. Man begann auf die Nuklearenergie aufmerksam zu werden, als etwas davon der Einsteinschen Gleichung entströmte, die für die meisten denkenden Menschen immer noch geheimnisumwoben blieb. Später hat uns dann die Katastrophe von Hiroshima die Realität gezeigt, die sich hinter dem Mysterium verbarg."

Für eine Generaldirektorin und Aufsichtsratsvorsitzende waren das gewiß ungewöhnliche Worte, aber Maurelle, der im Verlauf seiner Karriere schon mit einigen hohen Verwaltungsbeamten zu tun gehabt hatte, war der Ansicht, daß eben diese dazu neigten, eine Sprache zu bewundern, die sie von ihren Alltagssorgen ablenkte. Nach einigem Überlegen hatte Madame Bach den Text der Ansprache gebilligt, und die Aufmerksamkeit, mit der die Aufsichtsratsmitglieder ihren Worten lauschten, schien ihr und Maurelle recht zu geben. Sie fuhr also fort:

„Der gleichsam religiöse Eindruck wurde durch den romantischen Rahmen unterstrichen, den die Technik den Erbauern der Kernkraftwerke diktiert hat. Ihre gigantischen Türme wurden sehr bald mit den Türmen von Kathedralen verglichen und prägen so manches Landschaftsbild in Frankreich. Gewiß, das alles entspricht einer tausendmal in allen Zeitungen wiederholten Klischeevorstellung, die sich aber nach und nach in uns festgesetzt hat. Es gab – und ich möchte sagen, es gibt auch heute noch – ein geistiges Element in der Atomenergie, dessen bezwingende Kraft geeignet ist, die Menge aufs höchste zu erregen und ihre Phantasie zu entflammen. Erinnern Sie sich, meine Herren, wie ungeheuer wichtig die öffentliche Meinung einst die ersten Atomkraftwerksprojekte nahm. Sie erhitzte sich spontan, und die verdutzte Elektrizitätswirtschaft wurde völlig unversehens von diesem plötzlichen Leidenschaftsausbruch überrumpelt."

„Das war damals aber ein Ausbruch äußerst feindseliger Leidenschaften", bemerkte eines der Aufsichtsratmitglieder.

„Gewiß, aber diese Feindseligkeit konnte jederzeit in ihr Gegenteil umschlagen, da eine so starke Erregung sich letztlich doch nur in Verehrung zu verwandeln vermochte, wie wir das ja auch im Augenblick erleben. Hier lag von Anfang an Zündstoff für heftigste Leidenschaften verborgen, ein außergewöhnliches Potential, um Wunder zu bewirken, sofern es in einem bestimmten Sinn genützt wird."

„Welchen Schluß ziehen Sie aus alldem, Frau Präsidentin?" fragte schließlich einer der mächtigsten Aufsichtsräte, als Madame Bach eine Pause einlegte.

„Meine Schlußfolgerung ist Ihnen ja bereits bekannt: Ein neuer Glaube ist geboren worden, das ist das Wesentliche. Er hat sich zunächst gegen uns gewandt, aber es hat vielleicht nur eines kleinen, glücklichen Zufalls bedurft, um aus diesem neuen Glauben unseren besten Bundesgenossen zu machen. Ein Glaube, der imstande ist, so vollkommenes Umdenken zu bewirken, dürfte zwangsläufig weitere Wunder gebären. Der Brand, den er entfacht hat, wird nicht so bald erlöschen. Ich schließe daraus, daß wir dieses Thermalbad bauen sollten und zwar groß genug, damit es die Erwartungen des ganzen Volkes zu erfüllen vermag. Außerdem brauchen wir eine moderne Siedlung in nächster Nähe. Das bedeutet einen neuen Fahrplan für unsere ‚Gargantua', der es ermöglicht, daß der Tanker längere Zeit im Heimathafen verweilt, um seine Wohltaten über eine ganze Legion von Unglücklichen ausgießen zu können."

Mit dieser Ansprache hatte Madame Bach die Herzen der Aufsichtsratmitglieder erobert, ja, sie waren sogar derart fasziniert, daß sie dem technisch-finanziellen Bericht, den Madame anschließend von ihren Fachleuten vorlegen ließ, nur noch oberflächliche Beachtung schenkten. Dieser nach eingehender Prüfung abgefaßte Bericht endete mit einer optimistischen Schlußfolgerung. Er zeigte zunächst einmal auf, daß die Verluste, die der Gesellschaft durch die Lahmlegung des Tankers erwachsen würden, zweifellos schon allein durch den Gewinn, den man aus der Thermalbadeanstalt und vor allem aus dem dazugehörenden Beherbergungsbetrieb erzielen würde, voll ausgeglichen wären. In der Folge analysierte der Bericht eine Menge gegebener Tatsachen, die gewiß von zweitrangiger Bedeutung waren, die aber von jedem Planungsexperten in Rechnung gestellt werden müssen. Jedenfalls sprachen sie alle für eine Durchführung des Projekts. Eine dieser Tatsachen war, daß der seltener ausfahrende Tanker eine bedeutend längere Lebensdauer haben würde als es bei Schiffen dieser Art im Durchschnitt der Fall war, bei denen sie im allgemeinen nicht über fünfzehn Jahre hinausreichte. Aus alldem ergab sich eine vollkommene, aber gewinnbringende Umstellung des vorgesehenen Amortisationsprogramms. Eine weitere Tatsache war, daß die Instandhaltung der „Gargantua" bei einem weniger beschleunigten Rhythmus der Ausfahrten viel besser durchgeführt werden könnte, was abermals einer Verlängerung ihrer Lebensdauer gleichkam; außerdem wurde dadurch das Risiko eines Leckwerdens vermindert, wie es bei anderen Riesentankern nicht selten drohte. Für jede dieser Tatsachen lag entsprechendes Zahlenmaterial vor, das die Aufsichtsratmitglieder aber, wie üblich, nur nachlässig überflogen: ihnen genügte die Schlußfolgerung.

Madame Bach fügte dann noch hinzu, man müsse sehr rasch handeln, um die Flamme der Begeisterung nicht erlöschen zu lassen und die Pilger nicht zu entmutigen, die an Ort und Stelle auf die Rückkehr des Tankers warteten. Ihrer Meinung nach sollten zumindest die ersten Bauarbeiten binnen kürzester Frist ausgeführt werden. Und auch dieser Plan wurde mit dem gleichen Enthusiasmus gebilligt.

Unternehmer, Architekten und Ingenieure gingen sogleich ans Werk. Eine ganze Armee von Bulldozern und anderer Riesenmaschinen wurde auf den Kai der „Gargantua" geschafft. Nachdem das Terrain in wenigen Tagen vorbereitet worden war, begann man mit dem Bau des Thermalbades, während mit anderen Geräten die Schlafräume für die Pilger, die Restaurants, zwei Hotels und eine weitere Anzahl von Gebäuden in Angriff genommen wurden, die verschiedene Kaufläden beherbergen sollten. Madame Bach hatte im vorhinein darauf Bedacht genommen, daß die Geschäfte nicht vergessen wurden. Die zurückgebliebenen Pilger waren höchst verwundert, als sie bemerkten, wie schnell alle diese Arbeiten vonstatten gingen. Die Pilger erkannten darin einen Beweis dafür, daß man sie nicht vergessen hatte, und neue Hoffnung ließ sie die Abwesenheit ihres Idols ohne allzu viel Trauer ertragen. Mit ihren Zelten und Hütten zogen sie sich lediglich ein wenig von dem Tumult der Bauleute zurück und warteten geduldig auf die nunmehr gesicherte Rückkunft der „Gargantua".

4

Einige Monate später waren die Arbeiten so weit fortgeschritten, daß die neue Siedlung den Tanker würdig empfangen konnte, der in etwa zwei Wochen erwartet wurde, nachdem er mehrere Fahrten ohne Zwischenlandung hinter sich gebracht hatte. Maurelle hatte in eines der Hotels einziehen können, die zum Teil schon bewohnbar waren. Seine Aufgabe war es, verschiedene Formalitäten, die mit der Führung des Thermalbades zusammenhingen, bei der Gemeindeverwaltung zu regeln, und Einzelheiten, die den ganzen Komplex angingen, zu überwachen, denn Madame Bach maß diesen Details sehr große Bedeutung bei. Maurelle tat das gern und widmete diesen Aufgaben den größten Teil seiner Zeit, zumal die Öffentlichkeitsarbeit ihn jetzt kaum noch beschäftigte. Die Beziehungen zu der Bevölkerung waren so freundschaftlich geworden, daß sie schwerlich noch verbessert werden konnten.

In der Tat war er an diesem Abend wie berauscht. Er lachte leise vor sich hin, als er feststellte, wie unglaublich leicht ihm der heutige Textentwurf fiel, während ihm seinerzeit die gleiche Arbeit oft genug überaus mühselig erschienen war. Er verfaßte gerade eine Werbebroschüre, deren Bestimmung es war, die Protestregungen der letzten Gegner des atomkraftgetriebenen Öltankers zu ersticken, denn immerhin gab es noch eine Gruppe von Unbelehrbaren, an deren Spitze Professor Havard stand. Diese Leute wagten zwar nicht, ihre Stimme allzu laut zu erheben, aus Angst, die Gefühle der Bevölkerung zu verletzen, aber im Schatten führten sie ihre Kampagne weiter. Maurelle schrieb:

„Es ist noch nicht sehr lange her, daß unsere Gegner, von denen einige aus Unwissenheit handelten, während andere, die mit wissenschaftlichen Methoden besser vertraut, aber von krankhaftem Haß gegen jede Neuerung verblendet waren, die Behauptung aufstellten, daß unsere Atomreaktoren in Kürze eine endlose Folge von pathologischen Störungen hervorrufen würden. Wir unsererseits haben stets das Gegenteil beteuert. Als man uns beschuldigte, das Wassser in gefährlichem Ausmaß radioaktiv zu verseuchen, haben wir durch eine Reihe von Messungen und Analysen den Beweis erbracht, daß eine Radioaktivität des Wassers, nachdem es unser Schiff durchflossen hat, auch nach strengsten Maßstäben..."

Sein Lächeln erstarrte und er runzelte die Brauen. Gewohnheitsmäßig wollte er fortfahren: „... nicht feststellbar ist".

„Idiotisch", flüsterte er vor sich hin, „was für ein Schnitzer!"

Im Lichte der jüngsten Ereignisse war diese Behauptung besonders ungeschickt. Das Adjektiv „unbedeutend", das ihm danach in den Sinn kam, paßte seiner Meinung nach ebensowenig.

„Die Werbung muß sich eben den Umständen anpassen", fügte er in Gedanken hinzu. „Heute läßt sich die Behauptung nicht mehr aufrechterhalten, daß der

Reaktor die Beschaffenheit des Wassers nicht verändere... jenes Wassers, mit dem er übrigens keinerlei Kontakt hat... Aber das ist eine bedeutungslose Einzelheit."

Gewiß, da war ein schwieriger Punkt, zu dessen Behandlung man Takt und einen gewissen Scharfsinn brauchte. Lange zögerte Maurelle, aber dann entschloß er sich, zu schreiben:

„Die Radioaktivität des Wassers, das in Nachbarschaft zu unserem Reaktor das Schiff durchfließt, ist viel zu gering, um irgendwelche schädlichen Wirkungen hervorzurufen. Aber was wir nicht behauptet haben..."

Er dachte noch einen Augenblick lang nach, ehe er – diesmal in einem Zuge – weiterschrieb:

„Was wir aber bisher nicht ausposaunt haben, da der Experimentalbeweis dafür noch aussteht und wir keine damit befaßte wissenschaftliche Theorie als gültig anerkennen, solange sie nicht durch entsprechende Versuche bestätigt wird, ist die von unseren bestqualifizierten Forschern seit langer Zeit vermutete Tatsache, daß die sehr schwache Radioaktivität, die das Wasser in der Nachbarschaft unseres Reaktors annimmt (eine gewissermaßen homöopathische Dosis) unter gewissen Bedingungen beträchtliche, wohltuende Effekte auslösen könnte."

„Müller wäre damit ganz gewiß nicht einverstanden", kommentierte er in Gedanken, nachdem er sein Lächeln wiedergefunden hatte, „aber ich bin überzeugt, das David mich nicht verdammen würde, und daß diese Formulierung vor allem Madame Bach gefallen wird."

Er las den Absatz noch einmal durch, ersetzte

„schwache Radioaktivität" durch „unendlich kleine Strahlung" und „beträchtliche, wohltuende Effekte" – was ihm im derzeitigen Stadium immerhin ein wenig zu hochtrabend vorkam – durch „wohltuende Wirkungen, die man nicht vernachlässigen dürfte, auch wenn sie beim gegenwärtigen Stand der Wissenschaft schwer kalkulierbar sind".

Der Rest fiel ihm dann leicht und floß wie selbstverständlich in die Feder:

„Inzwischen haben Erfahrungen und Resultate die Richtigkeit der Vermutungen und Überlegungen unserer Forscher in eindringlicher Weise bestätigt..."

Maurelle erinnerte an die Heilung der „Hinkenden". Darüber sich länger zu verbreiten, war überflüssig, denn die Einzelheiten dieses Falles waren ja allgemein bekannt, und man sprach nach wie vor allabendlich am häuslichen Herd darüber. So ging Maurelle rasch zur Heilung des Blinden über, verweilte etwas länger bei weniger bekannten Phänomenen, wie bei den wunderbaren Fischfängen rund um den Tanker, und verwies die Leser auf Fotografien, auf denen die schönsten Exemplare der in Tankernähe gefangenen Fische zu sehen waren.

Danach begann er vor sich hin zu träumen. Für den Augenblick wußte er seinen Ausführungen nichts hinzuzufügen, was er um so mehr bedauerte, als er sich gerade heute in Hochform fühlte.

„Warten wir ab, was noch kommt", murmelte. „Ich bin sicher, daß noch etwas geschieht, es müßte etwas wirklich Sensationelles sein, um dieses schöne Werk zu krönen."

Wie schon so oft, wenn er gerade einen für die Öffentlichkeit bestimmten Text verfaßt hatte, bekam er auch diesesmal Lust, den Inhalt zu seiner ganz persönlichen Freude in eine andere, leichtere Form zu bringen. Seit einiger Zeit hatte er es sich zur Gewohnheit gemacht, Träumereien in Brieform festzuhalten und diese Briefe an Martine zu adressieren, an jene Freundin, die ihn kürzlich verlassen hatte – was gelegentlich seine Euphorie empfindlich störte. Und wieder einmal gab er diesem Impuls nach. Nachdem er ihr die jüngsten Ereignisse geschildert hatte, nicht ohne diese recht phantasievoll auszuschmücken, schrieb er:

„All das, meine Schönste, ist durchaus erklärbar. Manche Wissenschaftler, und zwar nicht nur die unbedeutendsten, sondern bekannte Gelehrte, alle Neognostiker, Romanschriftsteller und mitunter sogar Ordensgeistliche wie Pater Teilhard de Chardin, haben dem Atom psychische und intellektuelle Fähigkeiten zuerkannt. Ich für mein Teil sehe keinen Grund, ihm nicht auch moralische Qualitäten zuzugestehen. Ich glaube, daß das ungefähr dem entspricht, was auch David denkt, und David ist gewiß nicht verrückter als andere. Auf diese Weise wird alles klar. Es ist zwar vermessen, wahrscheinlich nur Zufallbedingtes zu verallgemeinern, aber es ist doch nicht verboten, von Möglichkeiten zu träumen, die uns die magische Kraft unserer ‚Gargantua' eröffnet hat. Früher einmal hätte man es als Wahnsinn bezeichnet, die Existenz grätenloser Fische anzunehmen, aber nach allem, was sich hier während des letzten Aufenthaltes unseres Tankers ereignet hat, kann man diese Möglichkeit nicht mehr von vornherein ausschließen. Mutationen dieser Art, mein Liebling, sind nicht ungewöhnlicher als die Tatsache, daß einer Lahmen die Gelenkigkeit ihrer Glieder wiedergegeben wurde und daß ein Blinder sein Augenlicht zurückerhielt."

Gerade als er im Begriff stand, dieses Thema noch weiter auszuführen, brachte ihm eine Reinemachefrau ein langes Telegramm von David, den Maurelle gebeten hatte, ihn über die Fahrt der „Gargantua" auf dem laufenden zu halten. Das Kabel war keineswegs im Telegrammstil abgefaßt und nötigte Maurelle alsbald ein Lächeln ab. David beschrieb zunächst den enthusiastischen Empfang seitens der Menge während der Fahrt durch den Kanal und endete dann mit den Worten:

„Während der Ladeoperationen an der Pipeline-Plattform haben wir Wind von einem Gerücht bekommen, das im Begriff steht, sich entlang des ganzen Kanals und an der Rotmeerküste zu verbreiten. Wieder soll ein Wunder geschehen sein. Noch wird nichts offiziell bestätigt, weil das ärztliche Gutachten noch abgewartet werden muß, aber für den Kranken und seine Angehörigen scheint es keinen Zweifel mehr zu geben. Diesmal, mein Freund, handelt es sich, kurz und bündig gesagt, um einen Krebskranken. Ich brauche nicht auf die Wichtigkeit dieses Ereignisses hinzuweisen. Ich glaube und hoffe, ja ich bin dessen sicher, daß bald alles in den Zeitungen und über den Rundfunk bestätigt werden wird. Wir alle hier an Bord freuen uns, sogar Kapitän Müller, dessen Skepsis mir stark erschüttert zu sein scheint. Ihnen, lieber Freund, dessen geheime Gedanken ich kenne, wünsche ich eine ähnliche Bekehrung. Auf bald!"

„Das kommt unverhofft!" rief Maurelle und stieß einen langgezogenen Pfiff aus. „Es wäre ungerecht gewesen, wären nicht auch die Pilger vom Suezkanal für ihren Glauben belohnt worden. Ein Krebskranker! Das ist die Krönung."

Er zögerte, seiner Werbeschrift einige Zeilen hinzuzufügen und hob sich das für später auf, da er die wissenschaftliche Bestätigung abwarten wollte, von der David sprach.

Er las den schwärmerischen Brief, den er Martine geschrieben hatte, noch einmal durch und verzog das Gesicht. Wozu sollte er den Brief absenden? Inwieweit konnten diese Phantastereien Martine interessieren? Würde sie seine Hirngespinste überhaupt lesen? Sie hatte ihm noch nie auch nur eine einzige Zeile erwidert. Maurelle machte Miene, die Blätter zu zerreißen, besann sich dann seufzend eines Besseren und steckte sie in einen Briefumschlag, während er maulte: „Immerhin kann es nicht schaden."

„Gott, verzeih mir, jetzt rede ich auch schon wie ein Bischof", glossierte er sich selbst, als er zu Bett ging.

5

Die kleine Fischerflotte, die sie verabschiedet hatte, war zum Empfang der „Gargantua" vollzählig erschienen und feierte ihre Rückkehr. Die Boote hörten nicht auf, den Tanker zu umkreisen, während er seine Ladung in die Pipeline entleerte, wobei er nach und nach seine Titanenhöhe über dem Wasser wiedergewann. Frei von Ballast, nahm das majestätische Schiff die Huldigungen mit der gnädigen Herablassung eines Stars entgegen, der zwar an Ehrungen gewöhnt ist, sie aber keineswegs verachtet. Als es Abend geworden war, eskortierten die Fischer den Tanker bis an den Kai, wo ihm die Menge einen triumphalen Empfang bereitete.

Sobald das Schiff sich dem Festland näherte, konnte Müller sich davon überzeugen, daß die Berichte, die er laufend während der Reise erhalten hatte, in keiner Weise übertrieben waren. Als die „Gargantua" dann nach ziemlich langem Manövrieren den ihr bestimmten Platz eingenommen hatte und der Kapitän begann, die Stufen der Kommandobrücke hinabzusteigen, von einer kilometerweit widerhallenden Ovation begrüßt, konnte er nicht verhindern, daß die Rührung, die ihn ergriffen hatte, die Oberhand über seine Verwunderung behielt. Wie hatte sich doch alles während seiner Abwesenheit verändert!

Maurelle hatte diese Heimkehr mit einer kunstvoll dosierten Mischung aus Romantik und Realismus vorbereitet, indem er sie als ein Ereignis von weittragender Bedeutung hinstellte, und zwar sowohl auf humanitärem Gebiet als auch im Hinblick auf die Touristik. Eine machtvolle Werbekampagne kündigte seit langem die Ankunft des atomkraftgetriebenen Öltankers an und auch dessen längerwährenden Aufenthalt im Hafen, der dazu dienen sollte, den Kranken Hoffnung, vielleicht sogar Heilung ihrer Leiden zu bringen. Zugleich rühmte Maurelles Werbung den Komfort der Einrichtungen, die für die Beherbergung der Pilger und Touristen vorgesehen waren. Kaum war diese Nachricht bekanntgeworden, als sich eine wahre Menschenflut zur Küste hin ergoß. In weniger als achtundvierzig Stunden setzte ein Sturm auf die Unterkünfte ein, waren sämtliche Zimmer ausgebucht.

In der Eile, mit der sie die neue Siedlung eröffnen wollte, hatte Madame Bach die Unternehmer noch so sehr antreiben können – diese waren dennoch nicht imstande gewesen, den Plan zur Gänze auszuführen. Viele der vorgesehenen Gebäude hatten noch provisorischen Charakter, aber dieses Provisorische ließ bereits den Grundriß einer künftigen Stadt erkennen, die jetzt schon in der Lage war, eine recht zahlreiche Menge zu beherbergen, und ihren Komfortwünschen und Extravaganzen in einem Ausmaße zu entsprechen, daß die vorübergehende Stillegung der „Gargantua" sich als rentabel erweisen mußte.

Begleitet vom Bürgermeister der Gemeinde, seinem ersten Stellvertreter, nämlich der „Hinkenden", und einigen anderen Persönlichkeiten, empfing Madame Bach den Kapitän am Fuße der Landestegs. Sie wollte niemand anderem das Ritual des Empfangs überlassen, den die neue Siedlung der „Gargantua" bereiten wollte, dem wunderträchtigen Giganten, der ihr nun Leben einhauchen würde. Fürs erste hatte Madame eine kleine Zeremonie vorgesehen, die geeignet war, größten Eindruck auf alle Beteiligten zu machen. Entsprechend den Anweisungen, die sie schon während der Rückfahrt erhalten hatten, waren Guillaumes Elektriker, noch ehe das Schiff fest verankert war, ans Werk gegangen. Während die zur Begrüßung erschienenen Persönlichkeiten die Mannschaft willkommen hießen, entrollten die Elektriker Kabel, ausgehend vom Transformator der „Gargantua", und befestigten sie an einem in den Kai eingerammten Mast. Ein unter dem Mast provisorisch installiertes Schaltpult regelte die Beleuchtung des Ortes und seiner wichtigsten Gebäude. Wie es für Techniker der Marine charakteristisch ist, waren die Anschlüsse im Handumdrehen fachkundig und sicher hergestellt. Madame Bach überzeugte sich mit einem Blick, daß alles fertig war.

„Ihnen, Kapitän, steht diese Ehre zu."

Ursprünglich war vorgesehen, daß sie selbst das Licht aufflammen lassen sollte. Im letzten Augenblick besann Madame sich jedoch eines besseren. Sie begriff instinktiv, daß es für sie vorteilhafter war, im Hintergrund zu bleiben und jene Persönlichkeit ins rechte Licht zu rücken, die auf dem Riesentanker die Befehlsgewalt innehatte.

Müller wußte die Geste wohl zu schätzen, dankte Madame und drückte dann auf einen Knopf. Sofort erstrahlten die Lichter durch die Dämmerung, während neuerlich Beifallsstürme von allen Teilen des Kais her aufbrandeten. Der Kapitän, den mehr und mehr die Rührung übermannte, konnte nur mit Mühe seine Tränen zurückhalten.

„Kommen Sie jetzt, unsere Einrichtungen besichtigen, Kapitän", sagte Madame Bach. „Sie werden sehen, daß wir in Ihrer Abwesenheit keine Zeit verloren haben. Es ist noch nicht alles fertig, aber das Wesentliche ist vorhanden."

Sie nahm Müllers Arm und führte den Kapitän, gefolgt von den übrigen offiziellen Persönlichkeiten, zu der Badeanstalt, die nahezu fertig war. Es war eine Art von Schwimmbecken, sehr lang und vollkommen überdacht, parallel zum Kai verlaufend. Den Beckenrand bildeten Stufen, die es den Trägern ermöglichten, die Bahren mit den Kranken ans Wasser zu bringen. Beiderseits des Kanals befanden sich Schlafräume für die Pilger, daneben einige komfortable Einzelzimmer für die Wohlhabenderen. Die ganze Gruppe mit Madame Bach und dem Kapitän an der Spitze wanderte langsamen Schritts die Anlage entlang und besichtigte sämtliche Einrichtungen eingehend.

„Die Schlafräume sind alle belegt. Wir waren gezwungen, Kranke abzuweisen – leider! Ich glaube, Frau Präsidentin, es wäre zweckmäßig, die Anlage zu erweitern."

„Ich lasse Pläne ausarbeiten, um dieses Gebäude doppelt so groß zu gestalten. Aber wir werden gleich Gelegenheit haben, dem ersten Bad der Kranken beizuwohnen. Das Wasser aus der ‚Gargantua' wird jetzt zum erstenmal ins Becken fließen."

Auch für diesen Augenblick hatte man an Bord der „Gargantua" schon vor langer Zeit genaue Instruktionen ausgegeben. Sogleich nach der Ankunft der Tankers hatten Marinemonteure das Rohrsystem der „Gargantua" mit der Rohrleitung des Beckens verbunden.

„Und wiederum steht es Ihnen zu, die Ventile zu öffnen, Kapitän."

Müller tat, wie ihm geheißen. Ein Wasserstrahl schoß heraus, der zu einem stetigen Strom wurde. Aus den Schlafräumen erschollen Bravorufe zu seiner Begrüßung. Weißgekleidete Krankenträger begannen, Bahren mit Schwerkranken herbeizutragen und sie mehrmals unterzutauchen.

„Sie werden bemerken, Herr Bürgermeister", sagte Madame Bach, „daß jetzt überall Ordnung und Hygiene herrschen. Welch ein Unterschied zu dem Schlendrian von einst!"

„Ich habe nicht daran gezweifelt, daß es von dem Augenblick an so kommen würde, in dem Sie, Frau Präsidentin, die Verantwortung übernahmen."

Das traf zu. Die Firma hatte darauf gesehen, daß alles tadellos organisiert wurde. Die Schlafräume und das Schwimmbassin waren absolut sauber. Nur die Klarheit des Wassers ließ ein wenig zu wünschen übrig. Es handelte sich, wie vorgesehen, um Meerwasser, das nur grob gefiltert und leicht erwärmt werden konnte, während es das Schiff durchlief. Es war davon die Rede gewesen, vor dem Eingang zum Schwimmbecken eine regelrechte Kläranlage zu installieren, aber Maurelle hatte dieses Projekt abgelehnt, nachdem er mit den Pilgern mehrfach darüber gesprochen hatte. Es war auf allgemeinen Widerspruch gestoßen. Alle legten größten Wert darauf, daß das Wasser keinerlei vorangehender Behandlung unterzogen würde, durch die möglicherweise seine Heilkräfte schwänden.

„Lassen wir sie diesen Abend und die ganze Nacht hindurch baden, wenn sie sich das wünschen", sagte Madame Bach noch. „So lange haben sie auf diesen Augenblick gewartet. Morgen werden wir eine strengere Zeiteinteilung vorschreiben."

Als die Gruppe der Honoratioren am Ende des Beckens angelangt war, betrat sie eine Kapelle, die in einem Anbau eingerichtet worden war. Um diese Zeit war der Raum beinahe leer, nur Wachskerzen brannten in verschwenderischer Fülle. In einem weiteren Anbau war die Errichtung eines kleinen Museums vorgesehen, aber die Arbeiten daran waren noch nicht beendet, so daß dieser Raum für das Publikum noch nicht zugänglich war.

„Das hier wird der Bereich der ‚Hinkenden' sein", flüsterte Madame Bach dem Kapitän ins Ohr. „Die Firma hat sie angestellt. Wir waren es uns schuldig, ihr ein Gehalt zu geben, und sie hat es dankbar angenommen. Sie wird sich um das Museum kümmern und wird die Möglichkeit haben, nach Belieben in die anschließende Kapelle zu gehen, um dort zu meditieren."

Im Augenblick enthielt die Sammlung des Museums nur die Krücke der „Hinkenden", die Brille des Blinden und einige Fotografien. Aber eine Menge von Wandringen und Vitrinen, die bereitstanden, neue Andenken aufzunehmen, zeugten von der Hoffnung und von der Voraussicht der Organisatoren – besonders Maurelles.

„Kommen Sie, Kapitän", sagte Madame Bach, „das ist noch nicht alles. Wir haben noch sehr viel mehr an Interessantem verwirklicht, und wir wollen es Ihnen zeigen."

6

Nachdem sie ihn eine breite, bereits asphaltierte Prachtstraße hatte bewundern lassen, die als Hauptstraße der Siedlung ausersehen war, führte Madame Bach Müller in ein Gebäude von imposanten Ausmaßen, das in Rekordzeit aus vorfabriziertem Material erbaut worden war. Das Innere erinnerte ein wenig an eine Buchhandlung mit vielen Stellagen und Fächern, aber die meisten davon waren leer. Zahlreiches Personal war hier eifrig beschäftigt. Es war gerade Betriebsschluß. Einige Angestellte standen im Begriff, die Rolläden herabzulassen, andere rollten Kolli herbei und zogen Nägel aus den Deckeln, um die Kisten zu öffnen, die aus einem an das Gebäude angrenzenden Schuppen kamen.

„Das ist der Kaufladen", sagte Madame Bach mit geheimnisvoller Miene. „Maurelle hat sich persönlich damit befaßt, und er hat ein recht gutes Warenlager zusammengestellt."

Ein sehr junger Mann, der an einem Schreibtisch gerade mit Abrechnungen beschäftigt war, erhob sich eilig und begrüßte die Gäste respektvoll.

„Ich stelle Ihnen unseren Geschäftsführer vor, Kapitän. Ein junger Mann mit Zukunft. – War der Geschäftsgang heute gut, Georges?"

„Ausgezeichnet, Frau Präsidentin. Sehen Sie selbst: Fast alle Regale sind leer. Heute früh morgens waren sie noch gefüllt. Ich sehe voraus, daß wir morgen noch mehr Kundschaft haben werden. Wenn das so weitergeht, werden unsere Warenbestände in wenigen Tagen erschöpft sein."

„Es wird weitergehen", sagte Madame Bach. „Ich habe es so vorgesehen... Allerdings keinen derartigen Umsatz."

Mit sorgenvoller Miene gab sie Maurelle, der ihr wie ein Schatten folgte, rasch einige Anweisungen. Dieser notierte eine Eilbestellung weiterer Waren. Inzwischen hatten die Verkäufer die Kisten geöffnet und verteilten den Inhalt in die Fächer.

„Was ist denn das?" fragte der Kapitän verdutzt.

„Sie sehen Kapitän, das sind Postkarten in verschiedenen Größen. Wie Sie sich selbst überzeugen können, kann man ihre Qualität wirklich nicht mit dem Schund vergleichen, wie ihn seinerzeit die Händler hier verkauften. Ich hatte davon ein beträchtliches Lager vorgesehen, aber anscheinend immer noch nicht genug. Das hier sind wunderbare Farbaufnahmen der ‚Gargantua', die den Tanker in seiner ganzen Pracht zeigen. Schauen Sie sich dieses Foto mit Blick auf den Bug Ihres Schiffes an. Vermittelt es nicht einen Eindruck des Unendlichen? Und diese Aufnahmen hier zeigen den Reaktor während der Montage – die werden besonders gern gekauft. Und dann habe ich hier noch Fotos der ‚Hinkenden' vor und nach dem Wunder."

„Aber das ist noch nicht alles", unterbrach der Bürgermeister. „Solche Postkarten schickt man Freunden, aber Pilger und Touristen wünschen sich dauerhaftere Andenken. Das hier sind Metallmodelle des Riesentankers, und die sind wirklich gut gemacht."

„Sie sind zwar ziemlich teuer, aber es sind wirklich kleine Kostbarkeiten, die von Spezialisten angefertigt wurden — genaue Nachbildungen des Schiffs. Da fehlt kein Detail."

„Ist das alles?" fragte Müller.

„Gewiß nicht, Kapitän", mischte sich jetzt der junge Georges ein. „Wir haben größten Wert darauf gelegt, eine möglichst bunte Warenauswahl anzubieten, eine Vielfalt, die jedem Geldbeutel angepaßt ist. Hier haben wir noch handgemalte Teller, Feuerzeuge, dort Vasen und Gläser und dann noch verschiedene Kleinigkeiten: Kartentaschen, Zigarettenetuis, Schlüsselringe..."

„Also Glücksbringer", unterbrach der Kapitän unbeeindruckt.

„Und warum nicht?" meinte Madame Bach. „Die Bilder auf diesen Gegenständen wurden von Künstlerhand gemalt, und alle erinnern an die Ereignisse, die Ihr Schiff berühmt gemacht haben. Hier sind auch noch mit geschliffenen Ornamenten verzierte Karaffen, in denen die Pilger ein wenig von Ihrem Wasser mitnehmen können."

„Amulette und Fetische", wiederholte Müller im gleichen Tonfall.

„Nehmen Sie, bitte, keinen Anstoß daran, Kapitän", sagte Maurelle. „Man findet die gleichen Kleinigkeiten an allen Gnadenorten."

„An Gnadenorten...!" schrie jetzt der Kapitän empört. „An Gnadenorten...!"

Plötzlich beruhigte er sich wieder, und nach kurzem Nachdenken räumte er ein:

„Das ist wahr. Man findet die gleichen Gegenstände auch an Gnadenorten."

„Und das bildet keine Gefahr für den Glauben", sagte die „Hinkende". „Sogar der Geistliche hat das zugegeben, den ich um seine Meinung wegen der Fotos, die mich darstellen, gebeten habe."

„Auch das stimmt", pflichtete Müller bei. „Das ist keine Gefahr für den Glauben."

„Kapitän", mischte sich Madame Bach jetzt ein, „ich nehme an, daß Sie diesen Handel nicht billigen. Wissen Sie, was mich dazu bewogen hat, ihn zu gestatten? Sie glauben zweifellos, Profitgier? Ich leugne das nicht. Aber das entscheidende Argument war, daß gegen unseren Willen eine Menge skrupelloser Händler das Geschäft an sich gerissen und daraus eine schändliche Ausbeutung der Pilger gemacht hätten, wenn wir es nicht sofort selbst organisiert hätten. Wir allein sind imstande, das Geschäft anständig zu führen. Am Tage Ihrer Ausfahrt bin ich durch die Elendsviertel gewandert, die damals hier entstanden waren. Damals habe ich festgestellt, was auch Sie selbst wohl beobachten konnten: Straßenhändler boten zu stark überhöhten Preisen schmutzige und abstoßende Ramschware an. Sie müssen zugeben, daß unsere Ware anders aussieht, daß unsere Preise, das garantiere ich Ihnen, angemessen sind und uns nur mäßigen Gewinn bringen."

Madame Bach hatte inzwischen gelernt, sich mit dem Charakter Kapitän Müllers zurechtzufinden, wie mit den Eigenheiten aller ihrer Untergebenen. Sie wußte, daß man an Müllers Widerwillen gegen alles Schmutzige und Unredliche appellieren mußte, um seine abweisende Haltung zu brechen. Müller erinnerte sich denn auch an die Zeit, als er die Straßenhändler wegjagen ließ, die um die „Gargantua" herumstrichen. Eines Tages hatte er persönlich einen verprügelt, der sich dem Schiff zu sehr genähert hatte.

Er blickte um sich, bemerkte die Sauberkeit und die tadellose Ordnung, die in dem Laden herrschten, und mußte zugeben, daß ein ernstzunehmender, gut organisierter Handel immerhin der seinerzeitigen, wahrhaft schandbaren Geschäftemacherei vorzuziehen war. Madame Bach stieß einen Seufzer der Erleichterung aus. Ein überzeugtes Personal, das ohne Vorbehalte mitarbeitete, schien ihr unabdingbar für den Erfolg jeglichen Unternehmens.

„Darauf kommen wir noch zurück", sagte sie, „aber gewiß sind Sie müde, Kapitän. Morgen vormittag zeige ich Ihnen unsere übrigen Einrichtungen. Dann möchte ich Ihnen den neuen Fahrplan für die ‚Gargantua' vorlegen, den ich ausarbeiten ließ. Wenn er, wie ich hoffe, Ihre Zustimmung findet, könnten wir ihn Ihren Offizieren bei einem Abendessen bekanntgeben, zu dem ich Sie alle einlade. Das wird so etwas wie eine Einweihung für unser neues Hotel werden, es ist leider das einzige, das einigermaßen komfortabel eingerichtet ist. Ich werde mit Ihnen dann auch über unsere weiteren Zukunftsprojekte sprechen."

Müller bedankte sich, fragte aber, ehe er sich zu seinem Schiff begab, von Neugier und Unruhe getrieben:

„Darf ich das so verstehen, daß Sie viele neue Projekte haben?"

„Doch – wir haben welche, aber dafür müßten, müßten..."

Sie zögerte. Der Bürgermeister führte ihren Gedanken zu Ende:

„Sie verstehen doch zweifellos, Kapitän: dafür müßten neue Wunder geschehen."

Der Kapitän fühlte, wie er errötete. Der Bürgermeister hatte ihm zugeblinzelt, offenbar, um ihm zu bedeuten, daß für Wunder und für die künftige Entwicklung der Siedlung eben Müller als Herr und Meister der „Gargantua" verantwortlich sei.

„So ist es", bekräftigte Madame Bach.

„Ich glaube, wir werden nicht enttäuscht werden, Madame", sagte Maurelle. „Gerade bevor ich den Kai betrat, habe ich eine wichtige Neuigkeit aufgeschnappt. Ich habe noch keine Zeit gefunden, mit Ihnen darüber zu sprechen. Aber die wenigen Worte, die ich verstand, als ich an einer Pilgergruppe vorbeikam, scheinen zu beweisen, daß die Neuigkeit im Begriff steht, sich zu verbreiten. Die Heilung jenes Krebskranken am Suezkanal scheint von mehreren Ärzten bestätigt worden zu sein."

Tief beeindruckt, versagte sich Müller jeglichen Kommentar. Gemurmel erhob sich in allen Gruppen, das dem Ereignis des Abends galt. Der Bürgermeister und seine Begleiter gingen schweigend auseinander; auch sie waren innerlich zutiefst bewegt von diesem neuen Wink des Schicksals.

7

Das Wunder, das während der letzten Überfahrt der „Gargantua" am Suezkanal geschehen war, lieferte Maurelle eine ausgezeichnete Gelegenheit, seine Werbeschrift mit einigen triumphalen Zeilen abzuschließen. Nachdem es einige Zeit in Erwartung des ärztlichen Zeugnisses geheimgehalten worden war, wurde das Ereignis auf der ganzen Welt durch den Rundfunk bekanntgemacht. Seine Bedeutung war derart, daß es in Palästen und Hütten gleichermaßen Aufsehen erregen mußte. Zunächst einmal war es der Beweis dafür, daß die magische Kraft allein der „Gargantua" eignete und in keiner Weise an geographische Gegebenheiten gebunden war, wie manche Umweltschützer behauptet hatten. Wenn es sich auch nicht so plötzlich und nicht so dramatisch abgespielt hatte, wie bei der „Hinkenden", so war es doch im Grunde noch erstaunlicher, wenn eine Art von Rangordnung für die Wunder bestand, meinte Maurelle, sich die Hände reibend. Und auch einen entscheidenden Trumpf zugunsten der Atompolitik stellte es dar. So die These Maurelles, die er mit seiner Öffentlichkeitsarbeit untermauerte, und zwar mit einem Anschein vollkommener Überzeugung und einem Eifer, die seinem Berufsbewußtsein alle Ehre machten. Selbst dann, wenn es dem Dämon des Zweifels, von dem er manchmal besessen war, einfiel, nach dem Wert solcher Argumente zu fragen.

Es war schwierig, sich das Wunder vorzustellen: Ein Ägypter, schwer krebskrank, kein Bettler im Lumpen, sondern einer aus der besten Gesellschaft, der von Spezialisten behandelt wurde, die ihm noch höchstens zwei Jahre zu leben gaben, war von den Ärzten für geheilt erklärt worden, nachdem die „Gargantua" ihn bei jeder Fahrt durch den Kanal besprengt hatte. Mit gläubiger Beharrlichkeit war er immer wieder zur Küste gekommen. Da ein Arzt von Weltruf, der ihn behandelt hatte, vor mehreren Tagen sich zu diesem Fall geäußert hatte, konnte nicht mehr die leiseste Ungewißheit bezüglich der Realität des Wunders aufkommen. Die Diagnose des Mediziners war völlig eindeutig. Resultate von Untersuchungen vor und nach dem Ereignis lieferten diesmal unbestreitbare Beweise, die sogar bei Kapitän Müller die letzten Zweifel zerstreuen mußten, desgleichen bei den kirchlichen Autoritäten, die nicht wenig besorgt waren und keinen Weg einschlagen wollten, der möglicherweise in einen Hinterhalt führte.

Maurelle begnügte sich mit der Freude an den Geschehnissen. Wenn auch medizinische Analysen den Schluß nahelegten, daß es sich hier um ein Wunder handelte, so war er persönlich doch zutiefst von der Überzeugung durchdrungen, daß sich in diese Analysen eben ein Fehler eingeschlichen haben müsse, aber diese Ansicht behielt er für sich. Stets darauf bedacht, die Interessen der Firma wahrzunehmen, hatte er sich entschlossen, das Beste aus dem Ereignis herauszuholen. In Erwartung der Gäste hatte er sich an diesem Nachmittag auf der Terrasse des Hotels niedergelassen, in dem Madame Bachs Abendessen stattfinden sollte. Hier versuchte er, seine Werbeschrift zu beenden.

„Man hat uns vorgeworfen, wir rotteten die Fische aus. Statt dessen tragen wir dazu bei, daß sie sich nicht nur stark vermehren, sondern auch größer werden. Man hat uns auch beschuldigt, Krebs zu fördern. Heute können wir versichern: Die Erfahrung zeigt, daß wir, ganz im Gegenteil, unter gewissen Umständen Leiden dieser Art heilen können. Wird die Kette von Ereignissen, die wie Wunder aussehen, aber zweifellos natürliche Ursachen haben, jetzt abreißen? Einen solchen Pessimismus zu nähren, wäre Undank gegenüber dem Schicksal. Ich für mein Teil meine, daß die Kette nicht abreißen wird und daß wir bis jetzt erst Zeugen nur der geringsten Möglichkeiten des Atomkraftwunders geworden sind. Ich glaube, wir sollten die Zukunft kühn ins Auge fassen..."

Er unterbrach sich und dachte nach.

„Halt", murmelte er. „Ich lasse mich gehen. Das hier ist nicht gut für die Masse, es ist auch zu dick aufgetragen."

Er versuchte, noch einige Sätze zu schreiben, aber es gelang ihm nicht recht. Er wußte sich in einer geistigen Verfassung, die nur schädlich für den Stil eines Werbefachmanns sein konnte. So verschob er die Beendigung des Textes auf einen Tag, an dem er nicht so überreizt sein würde. Lächelnd machte er sich daran, einen jener Briefe abzufassen, denen er seine Schwärmereien anvertraute; sie waren der undankbaren Freundin zugedacht, die sie zweifellos nicht las.

„… Ich denke, meine Schönste, daß wir uns davor hüten sollten, ängstlich zu sein und daß wir vielmehr die Zukunft kühn ins Auge fassen sollten. Ich glaube auch, daß das Wunder der Atomkraft sich wiederholen und im gleichen Sinn weiterentwickeln wird wie bisher, in einem paradoxen Sinn nämlich, der von einer ironischen Gottheit erdacht zu sein scheint und der sich allen Prophezeiungen widersetzt. Was hat man doch alles bezüglich der Zukunft vorhergesagt? Günstigstenfalls, daß wir die Chromosome verändern und so die Geburt einer Reihe abnormaler Kinder bewirken würden, was schließlich mit Generationen von Schwachsinnigen enden werde. Sind wir nicht nach allen Ereignissen, deren Zeugen wir geworden sind, zu dem Schluß berechtigt, daß das kosmische Bewußtsein (das ist ein Ausdruck, den David liebt) diese Prognose wiederum auf eine recht unerwartete Weise umstoßen wird, indem es eine Superrasse schafft?

Gewisse Indizien, meine Schönste, scheinen darauf hinzuweisen, daß dieser Prozeß bereits im Gange ist. Schon kann man von einigen Familien hören, daß ihr Sprößling, der während des ersten Aufenthaltes der ‚Gargantua' im Heimathafen dort gezeugt wurde, von überdurchschnittlicher Körpergröße sei, außergewöhnlich schön und seltsam frühreif…"

„Das ist nicht etwa meiner zügellosen Phantasie entsprungen", murmelte Maurelle vor sich hin. „Das habe ich in einigen Häusern raunen gehört."

„Es ist also nicht sinnwidrig, zu erwarten, daß eine Generation von Genies im Schatten unseres Reaktors entstehen werde. Und nicht ich allein fasse diese Möglichkeit ins Auge. Angesichts der erwähnten Behauptungen einiger Familien taufen alle Pfarrer hier in der Umgebung die Neugeborenen mit unserem Wasser. Gewiß, sie haben dieses Wasser zuvor geweiht, aber es ist immerhin unser Wasser..."

„Nicht alle, sondern einige", kommentierte er für sich. „Ich weiß das, aber es ist doch wohl erlaubt, zu verallgemeinern."

„Ich habe den Bischof im Verdacht, Anweisungen in diesem Sinne gegeben zu haben. Jedenfalls unternimmt er nichts dagegen. Der gute Kirchenfürst (dessen Voraussicht und Sinn für das Zweckmäßige ich mehr und mehr bewundere) bereitet im stillen bereits den Seligsprechungsprozeß der ‚Hinkenden' vor. Die denn auch tatsächlich das Leben einer Heiligen führt. Ich wäre nicht erstaunt, wenn es da eines Tages einen positiven Abschluß gäbe. Das hindert unsere Aktionen in keiner Weise. Wir leugnen die Möglichkeit eines göttlichen Eingreifens nicht. Die Kirche lehnt schließlich den Gedanken nicht ab, daß die ‚Gargantua' ein Instrument der Vorsehung sei. Auf diese Weise, meine Schönste, sind die braven Leute allesamt zufriedengestellt, und – wie David sagen würde – alles dient zum Besten in dieser besten aller möglichen Welten."

Maurelle hob den Kopf, da er dieser optimistischen Zukunftsvision kaum noch etwas hinzuzufügen wußte. Über ihm wurde an der Fertigstellung der oberen Stockwerke gearbeitet. Zwei weitere Hotels befanden sich in Bau, ebenso mehrere Restaurants, Kantinen, Bungalows und einige weitere Kaufläden. Lange Zeit verharrte

Maurelle in die Betrachtung des Panoramas versunken, das sich ihm zu Füßen ausbreitete: es wimmelte da unten wie in einem Ameisenhaufen. Es hatte den Anschein, als ob sich die neue Siedlung stündlich vergrößerte. Beherrschend und beschützend wurde sie immer noch bei weitem von der am Kai liegenden „Gargantua" überragt.

Zahllose Pilger, Neugierige und Touristen trieb es unaufhörlich durch die eben erst angelegten Straßen und Alleen. Aber auch außerhalb des gegenwärtigen Zentrums der Siedlung waren Unzählige unterwegs. Da die Unterkünfte nicht ausreichen, hatte man ein Behelfszeltlager errichtet, das sich weit hinaus erstreckte. Maurelle überlegte, daß die Firma wohl noch gewaltige Anstrengungen unternehmen müsse, um all diese Menschen bei dem nächsten Besuch der „Gargantua" aufnehmen zu können. Es stand zu hoffen, daß dies der Gesellschaft dank der von Madame Bach ausgehenden Impulse gelingen werde, denn Madame hatte ihre anderen Unternehmungen größtenteils aufgegeben, um sich ausschließlich dieser vordringlichen hier zu widmen.

Solche Überlegungen lösten in Maurelles Kopf eine andere Folge von Gedanken aus, die, wie es ihm schien, nur danach verlangten, ausgedrückt zu werden. Aber er hatte das Schreiben an seine Freundin schon versiegelt. Auch wenn er annahm, daß sie über einige seiner prophetischen Hirngespinste vielleicht lachte, so würden doch die neuen Überlegungen, die ihm gerade in den Sinn gekomen waren, eine Frau gewiß nicht interessieren, deren Untreue ihm schon so viel Schmerz bereitet hatte. Er zuckte die Achseln und begann ein loses

Blatt zu beschreiben, doch diesmal nur zu seiner eigenen Erbauung.

„Sie scheinen sehr beschäftigt zu sein?"

Es war Madame Bach, die ihn bei seiner außerberuflichen Tätigkeit überraschte. Sie war schon frühzeitig gekommen, um die Gäste von der „Gargantua" zu empfangen.

„Ach, das ist nur dummes Zeug, ohne jede Bedeutung, Madame. Ich bin beinahe fertig mit meiner Werbeschrift und jetzt schrieb ich nur so, zum Vergnügen."

„Wollen Sie es mich nicht lesen lassen?"

Flugs hatte ihr aufmerksamer Blick einige Worte entziffert, die sie aufmerken ließen. Es war schwierig, sich ihrer Autorität zu widersetzen.

„Wenn Sie es wünschen, Madame. Aber ich versichere Ihnen, es ist wirklich nur dummes Zeug, das in keinerlei Beziehung zu unserem Unternehmen steht."

Madame Bach las mit dem gleichen Interesse, das sie allen Geschäftspapieren zu widmen pflegte. Ihre ungemein rasche Auffassungsgabe versetzte sie in die Lage, das Wesentliche eines Textes im Nu zu erfassen.

„Nicht übel", anerkannte sie gleich bei den ersten Zeilen. Und laut las sie weiter:

„... Es ist eines der unumstößlichsten Gesetze unserer Zivilisation, wenngleich es in keinem Gesetzbuch aufscheint, daß ein Organismus, der den Namen einer Gesellschaft oder Körperschaft führt, in einem bestimmten Stadium seiner Entwicklung stets dahin gelangt, den größten Teil seiner Zeit, seiner Energien und seines Potentials an Intelligenz Operationen zu widmen, die denen, um derentwillen er gegründet wurde, vollkommen fremd sind. Zumindest überlassen seine obersten Verwaltungsbeamten unteren Stellen die Beschäftigungen, die den Daseinszweck des Unternehmens darstellen, um sich selbst Tätigkeiten zu widmen, die in keinerlei Zusammenhang mit diesem Zweck stehen. Irgendeine gebieterische Macht scheint sie zu zwingen, ihre eigenen Geschäfte zu mißachten, um sich in etwas einzumischen, das sie überhaupt nichts angeht. So werden die Verträge der Versicherungsgesellschaften von Stenotypistinnen ausgearbeitet, während sich die Direktoren dieser Gesellschaften nur noch mit dem Bau von Häusern und Geldgeschäften befassen. Das gleiche gilt für Banken, aber auch für eine internationale Ölgesellschaft, die sich letztlich auf die Herstellung von Parfums spezialisiert, wie sich auch etwa eine eisenverarbeitende Industrie plötzlich der Schuhfabrikation widmet..."

So weit war Maurelle gekommen. Beunruhigt sah er seine Chefin an, doch das Gesicht Madame Bachs verriet keinerlei Mißbilligung, als sie ihm das Blatt zurückgab.

„Es ist zwar nicht gerade genial, was Sie da geschrieben haben, mein bester Maurelle, aber mir mißfällt es nicht. Hatten Sie noch weitere Beispiele im Sinn?"

„Mir scheint, man könnte noch andere finden, Madame, aber ich hatte keineswegs die Absicht, jemanden zu verunglimpfen. Hinzufügen wollte ich eigentlich noch, daß zweifellos in diesem Verhalten eine höhere Form des Unternehmergeistes zu sehen ist, der sich eben nicht zur Gänze auf einem einzigen Gebiet zu entfalten vermag."

„Genauso habe ich es auch verstanden", sagte Madame Bach mit schiefem Lächeln. „Wirklich, mein bester Maurelle, Sie gefallen mir. In geschäftlichen Angelegenheiten sehen Sie bereits sehr klar, überdies haben Sie Sinn für Zusammenhänge und kühne Schlußfolgerungen. Damit kommt man weit. Ich prophezeie Ihnen eine glänzende Zukunft... Aber da kommen bereits unsere ersten Gäste. Helfen Sie mir, sie zu empfangen."

Beifall, den niemand zu befehlen brauchte, dankte Madame Bachs Rede, in der sie den Offizieren den neuen Fahrplan der „Gargantua" vorstellte, den sie im Einverständnis mit Kapitän Müller festgesetzt hatte. Er war einfach und mit wenigen Worten zu erklären. Selbstverständlich würde das Schiff seine Fahrten in den Mittleren Osten wieder aufnehmen, aber nicht mehr in dem gewohnten hektischen Rhythmus. Nach zwei oder drei Fahrten würde der Tanker wieder im Heimathafen vor Anker liegen, und zwar die gleiche Zeit, die er für seine Fahrten benötigt hatte. Es war also gewissermaßen eine Halbzeit-Navigation. Rasch zählte Madame die Vorteile auf, die daraus für das Schiff erwachsen würden. Sie war jetzt ihrer Sache ganz sicher. Die Kühnheit triumphierte. Die Finanzexperten der Gesellschaft stimmten alle darin überein, daß diese neue Nutzungsart eines atomkraftgetriebenen Öltankers, nach den ihnen bereits vorliegenden Daten zu urteilen, ein ausgezeichnetes Geschäft sei.

Aber das Schlußwort, das alsbald den Enthusiasmus der Offiziere weckte, schnitt ein menschliches Thema an. Und dies war es, was Madame Bach sagte:

„Was die Besatzung anlangt, so kann keine Rede davon sein, daß sie während der Aufenthalte des Tankers im Hafen an Bord bleibt. Im Einvernehmen mit Kapitän Müller wird ein großzügiger Urlaubsplan ausgearbeitet werden, so daß jeweils nur ein kleiner Trupp an Bord bleiben muß, der für die Instandhaltung und das Funktionieren jener Maschinen unentbehrlich ist, die für die Versorgung unseres Gebäudekomplexes mit Licht und Strom benötigt werden. Ich denke, meine Herren, daß dieses Programm Ihre Zustimmung finden wird."

Die Hurrarufe, die diese Ankündigung begrüßten, waren ein schlagender Beweis dafür. Die Matrosen der „Gargantua" sahen, wie sich ihnen eine traumhafte Zukunft eröffnete, die im Vergleich zu dem, was andere Ölgesellschaften von ihren Besatzungen verlangten, geradezu paradiesisch sein würde. Der harte Dienst, der den Besatzungen dort auferlegt wurde, verlangte nicht selten einen jährlichen Aufenthalt auf See für die Dauer von dreihundertfünfzig Tagen, was nicht selten Wahnsinnsausbrüche zur Folge hatte. So bedankten sich einige Matrosen mit Tränen in den Augen bei der Präsidentin für die Neuerung, die ihnen nun gestatten werde, ihre Familie regelmäßig wiederzusehen und ein normales Leben in einer Welt zu führen, die durch die Erfordernisse der Industrie und der Finanz dem Zusammenbruch nahe gekommen war. Und all dies verdankte man den lange Zeit nicht erahnten Tugenden der „Gargantua"!

„Was halten Sie davon?" fragte David Maurelle. „Hatte ich recht mit meinem Optimismus? Hatte ich nicht vorausgesagt, daß die Atomkraft ein Segen des Himmels sei, ein Glückspotential, das es zu nutzen galt und dessen Folgen eines Tages von allen Menschen anerkannt werden würden? Aber Sie scheinen sich nicht sehr wohl zu fühlen. Ich hoffe, Sie haben keine Nachricht erhalten, die Ihnen diesen schönen Tag verdirbt."

Die letzte Bemerkung Davids war durch ein Telegramm ausgelöst worden, das ein Kellner soeben Maurelle ausgehändigt hatte, der es jetzt zitternd in der Hand hielt. Der junge Mann antwortete nicht gleich. Er war plötzlich wie verwandelt. Das eher sarkastische Lächeln, mit dem er kurz zuvor die Schlußworte Madame Bachs aufgenommen hatte, verwandelte sich in eine Grimasse. Es schien, als wolle er gegen einen plötzlich aufsteigenden Tränenstrom ankämpfen. Nur mit Mühe gelang es ihm, nochmals die soeben eingelangte Botschaft zu lesen. Er hatte sich nicht getäuscht. Es war ein langes Telegramm von Martine. Sie ließ ihn wissen, daß sie Gewissensbisse habe und entschuldigte sich dafür, daß sie leichtfertig, verständnislos und grausam gehandelt habe. Sie bedankte sich für alle Briefe und versicherte, sie geradezu verschlungen zu haben. In ziemlich romantischem Stil kündigte sie für den folgenden Tag ihre Ankunft an. Nie wieder werde sie Maurelle verlassen. Sie sei verzehrt von dem Verlangen, ihn wiederzufinden und mit eigenen Augen das wunderbare Schiff zu sehen, das die Welt mit einem neuen Licht erhelle.

„Ich hege nicht mehr die geringsten Zweifel", antwortete Maurelle schließlich mit einer Stimme, in der eine bei ihm gänzlich ungewöhnliche Rührung mitschwang. „Sie hatten recht. Dieser Atom-Leviathan ist ein Engel, den Starrköpfe wie Sie vom Himmel geholt haben, um die Menschen glücklich zu machen. Auch ich, ja, sogar ich bekehre mich zum neuen Glauben. Heute abend glaube auch ich an Wunder."

Vierter Teil

DIE SCHWARZE FLUT

I

Die „Gargantua" setzte ihre unvorhersehbare Karriere fort, indem sie die Zeit gerecht auf Hilfeleistungen für die Leidenden und auf die Versorgung Europas mit flüssigem Brennstoff aufteilte. Indessen hatte Professor Havard keineswegs die Waffen gestreckt, ebensowenig wie einige der starrsinnigsten Umweltschützer, die gezwungen gewesen waren, ihre wütenden Angriffe auf das bösartige Atom für einige Zeit zu dämpfen, da sie wegen seiner abergläubischen Verehrung erregte Reaktionen seitens des Volkes befürchten mußten. Mehr denn je zuvor war der gigantische Öltanker für die Umweltschützer „der Leviathan" schlechthin, nur hatten sie jetzt ihren Haß und ihre apokalyptischen Prophezeiungen auf das Gift übertragen, das die Eingeweide des Ungeheuers barg und bei einem ganz alltäglichen Unfall ausstoßen konnten. Als tödliche Flut würde das Gift sich dann über Tausende Quadratkilometer des Ozeans ausbreiten.

Die in umweltbewußten Zeitungen periodisch veröffentlichten Statistiken trachteten, den Beweis zu erbringen, daß die Befürchtungen der Umweltschützer nicht etwa die perversen Früchte einer sich ständig Katastrophen ausmalenden Phantasie seien. Sie zeigten vielmehr auf, daß die Supertanker wegen eines Lecks, infolge irgendwelcher falscher Manöver, oder ganz einfach bei der Reinigung ihrer Tanks, alljährlich zwei Millionen Tonnen Rohöl ins Meer abließen. Daneben war aber die Möglichkeit viel folgenschwererer Unfälle nicht auszuschließen. Immer wieder zerbarsten Schiffe nach Zusammenstößen. Und auch Explosionen waren geradezu an der Tagesordnung. Für all diese Katastrophen lieferten die Statistiken Beweise. Seit dem Fall des „Torrey Canyon" registrierte man sie zu Hunderten. Und gerade die „Gargantua" war gewiß nicht gegen derlei Schicksalsschläge gefeit, ganz im Gegenteil, ihre ungewöhnliche Größe und ihr enormer Tiefgang machten sie zum bevorzugten Ziel aller Tücken des Meeres. Wenn es bisher noch zu keiner Katastrophe gekommen war, so war das eben ein unerhörter Glücksfall, versicherten die Umweltschützer. Aber Glück währt nun einmal nicht ewig. Umweltbeflissene Mathematiker hatten errechnet, daß aller Wahrscheinlichkeit nach in wenigen Monaten ein Unfall zu gewärtigen sei, Professor Havard und seine Freunde hofften fieberhaft auf ein solches Schrecknis. Unermüdlich schilderten sie die grauenvolle Katastrophe, die ein mit sechshunderttausend Tonnen Rohöl beladenes Schiff heraufbeschwören könne. In ihren angeblich sogar optimistischesten Hypothesen schätzten sie die Zahl der ausgerotteten Fische, Seevögel und Pinguine auf mehrere Millionen, nicht zu reden von der Vernichtung des Planktons und von den Epidemien infektiöser Gelbsucht, denen unzählige Menschen zum Opfer fallen würden.

Wenn sie Publikationen dieser Art lasen, die Maurelle mit entsprechenden Anmerkungen versehen hatte, spöttelte David, während die Präsidentin sich mit einem Lächeln begnügte, hinter dem sich jedoch Bitterkeit verbarg. Mit allen Mitteln hatte sie versucht, dem Verleumdungsfeldzug ein Ende zu setzen, in diesem Fall aber ohne Erfolg. Ein bohrender Groll wegen der erlittenen ungewohnten Niederlage war in ihr zurückgeblieben. Ihr Sekretär, der gelernt hatte, Madames Reaktionen richtig zu deuten, sah voraus, daß die Umweltschützer und auch den Professor Havard nichts Angenehmes erwartete, sollte Madame Bach eines Tages Gelegenheit finden, sich zu rächen.

In dem manischen Verlangen, ihre Prophezeiungen endlich erfüllt zu sehen, beobachteten die Umweltschützer den Riesentanker mit der gleichen Aufmerksamkeit wie seine Verehrer, wenn auch ihr Ziel ein durchaus verschiedenes war. Immer, wenn die „Gargantua" vollbeladen eintraf, folgten ihr verdächtige Fahrzeuge im Kielwasser, die sich unter die Flottille der Fischerboote gemischt hatten und begleiteten sie bis in die Nähe der Pipeline-Plattform. Die Schiffe der Umweltschützer waren mit Agenten besetzt, die gierig nach einer jener schillernden Spuren im Kielwasser Ausschau hielten, wie sie viele Öltanker hinter sich herzogen. Ein Umweltdichter hatte diese Ölspuren mit dem eklen Schleim verglichen, den Gartenschnecken hinterließen. Solche Ölspuren pflegten stets ein Leck oder mangelhafte Instandhaltung der Tanks anzuzeigen. Wenn die Umweltschützer zufällig eine solche Spur entdeckten, machten sie sogleich Aufnahmen aus Blickwinkeln, die den irisierenden Ölfilm besonders zur Geltung brachten. Derlei Fotos sollten dazu beitragen, die in ihren Hauptquartieren mit viel Geduld zusammengetragenen Akten zu bereichern und die Gefährlichkeit des jeweiligen Ungeheuers zu veranschaulichen.

Die Umweltschützer waren gut organisiert. Mitglieder ihrer Sektionen waren in allen Teilen der Welt am Werk. Die Ölaufnahme der „Gargantua" an der Pipeline-Plattform im Orient entging ihrer Aufmerksamkeit nicht. Auch dort mischten sich ihre Spione unter die Fischer des Roten Meeres, und lauerten auf ein falsches Manöver. Doch falsche Manöver waren selten an Bord der „Gargantua". Die durch lange und häufige Urlaube frohgemute und ausgeruhte Besatzung zeigte nicht jene Nervosität, wie sie ein langer und erschöpfender Dienst verursacht. Überdies gestatteten die von Madame Bachs Experten vorgesehenen längeren Ruhepausen eine einwandfreie Instandhaltung des Schiffs. So war ein Leckwerden nahezu ausgeschlossen.

Tatsächlich verfügten aber die Umweltschützer über hervorragende Beobachtungsmittel, und so verloren sie ihr Objekt auch auf hoher See nicht aus den Augen. Manchmal überflog eines ihrer Flugzeuge in gespannter Erwartung böser Dinge die „Gargantua", deren Besatzung nicht einmal ahnte, daß dieses Flugzeug den Auftrag hatte, den unbefrachteten Tanker auf seiner Fahrt zu den Ölquellen möglichst in flagranti beim Ölablassen zu ertappen. Derlei Operationen pflegten ja zwecks Reinigung der Tanks auf hoher See vorgenommen zu werden. Obwohl danach die Rückstände das Meer beträchtlich verschmutzten, wollten viele Öltanker nicht darauf verzichten. Aber Kapitän Müller gab sich mit derlei verbotenen Praktiken nicht ab.

So blieb der von den Umweltschützern über die „Gargantua" geführte Akt letztlich so dünn, daß Professor Havard beschloß, die Angelegenheit persönlich in die Hand zu nehmen. Er war am Rande der Verzweiflung, gepeinigt von dem Verdacht, daß die mit dem Auskundschaften des Schiffes beauftragten Agenten von Madame Bach bestochen seien und deshalb falsche Berichte lieferten. Havard schiffte sich auf einem jener Fahrzeuge der Umweltschutzflotte ein, die dazu bestimmt waren, Meere und Ozeane zu überwachen. Dieses Schiff war für die Entnahme und die Analyse von Wasserproben in allen Breitegraden ausgerüstet. Seine Besatzung bestand aus einem Team von Wissenschaftlern, die dafür geschult waren, die wachsende Verseuchung der Welt experimentell zu beweisen.

Das ihm zur Verfügung gestellte Schiff spezialisierte Havard einzig und allein auf die Bespitzelung der „Gargantua", der sein gnadenloser Haß galt. Abgesehen von seinen umweltschützerischen Antipathien haßte er den Giganten aus einem doppeltem Grund: an Bord des Schiffes befand sich auch David, sein Rivale, der zwar weniger angesehen war als der Professor, sich aber einst dessen Thesen entgegengestellt hatte und das des öftern nicht ohne Erfolg. Ferner bedeutete für Havard die Aura, die den Riesen der Meere im Hinblick auf die behaupteten Wunder umgab, eine ständige Demütigung, er betrachtete sie als eine Verhöhnung der Wissenschaft, übrigens auch als eine persönliche Beleidigung, die ihn lächerlich machen sollte.

„Albatros" war der Name des Umweltschutzschiffes, das pausenlos rund um die „Gargantua" kreuzte, ständig ihrer Spur folgend, sie manchmal überholend, sie dann wieder auf hoher See erwartend, wie es eben die größere Beweglichkeit des Beobachtungsschiffes erlaubte. An gefährlichen Stellen belauerte die „Albatros" die „Gargantua" aus nächster Nähe, um auch das geringste Schwächezeichen des Ungeheuers wahrzunehmen.

Havard schäumte vor Wut, als er nichts Nachteiliges entdecken konnte und sehen mußte, wie die „Gargantua" ihre Fahrten unerschrocken und hoheitsvoll fortsetzte, wobei sie deutlich tiefste Verachtung für den Kläffer in ihrem Gefolge zeigte, den sie mit der vollen Höhe ihrer Kommandobrücke und ihres Reaktors zu vernichten schien, wenn sie unbelastet war, oder auch mit der ganzen Masse ihrer sechshunderttausend Tonnen, wenn sie beladen war.

An Bord der „Gargantua" hatte man die „Albatros" längst bemerkt, die sich des öfteren genähert hatte, um Wasserproben zu entnehmen. David hatte gemeint, seinen Rivalen auf jenem Schiff zu erkennen. Maurelle, der immer auf dem laufenden über die Aktionen seiner Gegner war, hatte übrigens gekabelt, daß Professor Havard tatsächlich an Bord der „Albatros" sei. Entnervt durch die Beharrlichkeit, mit der man seinen Tanker verfolgte, hatte Müller versucht, mit dem Schiff in Kontakt zu treten. Müller hatte zunächst einige Worte mit dem Kommandanten wechseln können, der jedoch in offenbar kalter Reserve verharrte.

„Wir nehmen wissenschaftliche Untersuchungen vor."

„Fragen Sie ihn doch, ob wir ihm nicht helfen können", hatte David vorgeschlagen. „Sagen Sie ihm, daß wir hier Leute haben, die in derlei wissenschaftlichen Belangen sehr erfahren sind!"

Der Kommandant der „Albatros" hatte darauf kühl geantwortet, daß keine Hilfe erwünscht sei, da sein Schiff die besten Spezialisten für eine solche Mission an Bord habe. Daraufhin hatte sich David nicht zurückhalten können und selbst das Wort ergriffen. Er hatte den Kapitän gebeten, Professor Havard die respektvollsten Empfehlungen zu übermitteln, dessen Voraussagen in Bezug auf Kernenergie sich als so treffend erwiesen hätten. Als keine Antwort einlangte, wurde jeder Kontakt zwischen den beiden Schiffen eingestellt.

2

„Ich fürchte, wir müssen uns auf ein gewaltiges Unwetter gefaßt machen, Madame", sagte Kapitän Müller. „Es ist schlechtes Wetter angesagt, und, wie ich aus Erfahrung weiß, ist die tatsächliche Wetterlage in den Gewässern um das Kap immer noch ärger als angekündigt."

Madame Bach hatte an einer Ausfahrt der „Gargantua" teilnehmen wollen. Für Madame bedeutete das eine Ferienreise, die sie sich redlich verdient hatte; die neue Siedlung, deren Bau jetzt beinahe vollendet war, blühte, gedieh und fand immer mehr Anklang.

„Die ‚Gargantua' ist ein gutes Schiff, das einen vorzüglichen Seemann zum Kapitän hat."

„Ja, sie ist ein gutes Schiff, aber um dem schlechten Wetter, das sich da zusammenbraut, Trotz zu bieten, würde ich es vorziehen, wenn sie nicht so schwer geladen hätte wie das im Augenblick der Fall ist. Schauen Sie sich unseren Tanker doch einmal an: er ist fast schon ein Unterseeboot."

Diese Bemerkung war eine kaum verschleierte Kritik an den Reedern, die aus finanziellen Gründen verlangten, daß ein Öltanker stets bis zur äußersten Grenze beladen werden müsse, obgleich es aus Sicherheitsgründen erforderlich gewesen wäre, die Ladung nach den Witterungsbedingungen und der jeweiligen Lage auf See zu richten. Madame Bach, die sich noch nie mit diesem Problem befaßt hatte, nahm Müllers Anspielungen nicht zur Kenntnis.

Schwer belastet durch seine sechshunderttausend Tonnen Rohöl, mit nur wenig Freibord, fuhr die „Gargantua" auf das Kap zu, das von vielen Seefahrern gefürchtet wird, ganz besonders von den Kapitänen der Riesentanker. Müllers Vergleich war berechtigt: die „Gargantua" glich in der Tat einem Unterseeboot. Sie tauchte mehr als fünfundzwanzig Meter tief in die Fluten ein, und der Oberteil ihrer Tanks ragte kaum noch über die Wasseroberfläche. Nur die Aufbauten und der Reaktor beherrschten noch aus ziemlicher Höhe die See. Derlei Umstände bereiteten den Kapitän doppelte Sorge. Ausgestattet mit Navigationskarten, die zum Bedauern aller Seefahrer lückenhaft und ungenau sind, war das Risiko, zu kentern, manchmal recht groß, vor allem bei hohem Seegang, wenn das Meer besonders hoch ging. Dergleichen war schon vorgekommen, ja es geschah eigentlich fast jedes Jahr. Die zweite Gefahr lag über der Meeresfläche. Die Wellen konnten unter Umständen die Tanks überspülen und gegen die Aufbauten schlagen wie gegen eine Klippe; ihre Rammstöße konnten dabei beträchtlichen Schaden anrichten. In gewissen Fällen hatten die Kapitäne bestimmter Tanker nicht gezögert, einen Teil der Ladung ins Meer abzulassen, um die Gefahr zu verringern. Wohlgemerkt, sie hinterließen auf diese Weise einen mehr oder minder bedeutenden Ölteppich, der zur weiteren Verschmutzung der Ozeane und der Strände beitrug.

Die „Gargantua" begann jetzt beachtlich zu schlingern, und Müller bat Madame Bach, sich in ihr Appartement zurückzuziehen, was Madame denn auch tat. Maurelle, der ebenfalls an der Fahrt teilnahm, führte sie. Müller begab sich wieder auf die Kommandobrücke und erteilte Anweisungen, um für das nahende Unwetter so gut wie möglich gerüstet zu sein. Die Dämmerung war hereingebrochen. Müller blickte auf den drohend bewölkten Himmel und sah seine pessimistischen Vermutungen voll bestätigt.

„Wenn ich irgendein anderes Schiff kommandierte", sagte er zu David, der ihm gefolgt war, „würde ich vor dem Wetter, das sich da zusammenbraut, im nächstbesten Hafen Schutz suchen. Wir sind nicht weit vom Festland. Aber mit unserer braven, dicken ‚Gargantua' kommt das ja nicht in Frage. Kein Hafen an dieser Küste ist imstande, unseren Giganten aufzunehmen, weil er zuviel Tiefgang hat."

„Die ‚Albatros' versucht gar nicht, sich in Sicherheit zu bringen", sagte David plötzlich. „Sie bleibt in unserem Kielwasser."

Müller sah das Schiff im Halbdunkel, das jetzt über dem Meer herrschte. Kopfschüttelnd knurrte er:

„So ein Wahnsinn. Ein Schiff wie dieses ist noch viel weniger imstande als das unsere, einem solchen Unwetter zu trotzen. Es wundert mich, daß sein Kommandant das zuläßt. Glauben Sie mir, Ihren Freund Havard erwarten da recht üble Stunden."

„Ich glaube zu wissen, worauf er hofft", erklärte der Physiker.

Es war Professor Havard selbst, der darauf bestanden hatte, in der Nähe des Tankers zu bleiben. Der unstillbare Haß, den er gegen die „Gargantua" hegte, trug einstweilen noch den Sieg über seine Furcht vor dem Unwetter davon. Havard hoffte, daß der Tanker angesichts des schlechten Wetters gezwungen sein würde, sich eines Teils seiner Fracht zu entledigen, wie das vor ihm schon andere Tanker unter gleichen Umständen getan hatten. Eine so herrliche Gelegenheit, die Umweltverschmutzer auf frischer Tat zu ertappen, machte den Professor zum Helden. Daher erteilte er den Kapitän der „Albatros" die Anweisung, stets im Kielwasser der „Gargantua" zu bleiben. Aber der Kapitän der „Albatros" war zumindest ebenso besorgt wie Müller.

„Herr Professor", sagte er, „ich bleibe bei meiner Meinung. Der Wind frischt auf. Dieses Schiff hält Stürmen, wie sie sich in diesen Gewässern hier mitunter erheben und auf deren Ausbruch jetzt viele Anzeichen hindeuten, einfach nicht stand. Meiner Meinung nach gebietet die Vorsicht, in einem Hafen Schutz zu suchen, der nicht allzu weit entfernt ist."

Er hatte diese Ansicht schon mehrfach geäußert, aber Havard, der nichts von Seefahrt verstand und nur von leidenschaftlichem Haß erfüllt war, hatte sie immer wieder von sich gewiesen.

„Aber die ‚Gargantua' ändert doch auch nicht ihre Route."

Der Kapitän erklärte ihm, aus welchen Gründen die schwer befrachtete „Gargantua" gar nichts anderes tun konnte.

„Und sie ist auch nicht die einzige", fuhr Havard fort,

der sich nicht überzeugen lassen wollte. „Ich sehe da mehrere Fischerboote, die den Tanker begleiten."

Dem war tatsächlich so. Trotz des drohenden Unwetters ließen die afrikanischen Fischer wie alle anderen ihre Arbeit im Stich, sobald die „Gargantua" aus einem Hafen auf hohe See hinausfuhr. Sie blieben ihr nahe und folgten ihrem Kielwasser so lange wie möglich.

„Wahnsinnig unvorsichtig ist das", murmelte der Kommandant der Albatros. „Wenn das Meer auf einmal aufsteht, werden viele dieser Nußschalen das Festland nicht wiedersehen."

Professor Havard zauderte. Seine brennende Leidenschaft besiegte schließlich die Furcht.

„Warten wir noch ein wenig", entschied er. „Schließlich scheint der Wind nicht gar so heftig zu sein, und dann sagen Sie ja auch, daß der nächste Hafen nicht allzu weit entfernt ist. Wenn es wirklich schlimm kommt, werden wir immer noch genügend Zeit haben, um uns in Sicherheit zu bringen."

Der Kapitän zuckte zweifelnd die Achseln.

Auch Müller fühlte sich der kleinen Flotte afrikanischer Fischerboote wegen beunruhigt, die dem Tanker entgegengefahren waren, um ihm zuzujubeln und zweifellos auch, um aus seiner Nähe Vorteil zu ziehen. Müller geißelte dieses unvorsichtige Verhalten mit den gleichen Worten wie sein Kollege von der „Albatros".

„Wahnsinnig unvorsichtig ist das. Wenn das Meer mit einem Mal aufsteht, werden die dort nicht standhalten können. Vielleicht hören die Fischer keinen Wetterbericht, aber sie haben doch immerhin Erfahrung. Dieser Himmel sollte sie doch mißtrauisch machen."

David betrachtete die Lichtpunkte, die rings um das Schiff aufflammten, das jetzt ebenfalls hell erleuchtet war.

"Sie sind von der ‚Gargantua' fasziniert, sie stellen sich vor, daß sie vor jeder Gefahr geschützt sind, solange sie in unserem Schatten dahinfahren."

Mit einemmal brach der Wind los und das Meer ging hoch, wie die beiden Seeleute befürchtet hatten. Aber das geschah so plötzlich und mit einer solchen Heftigkeit, daß langjährige Erfahrung ihnen kein Beispiel dafür bot.

Dem ersten Ansturm widerstand die „Gargantua" recht gut. Sie war trotz allem ein Schiff, bei dessen Bau man auf die Tücken der südafrikanischen Küste Bedacht genommen hatte, bemannt zudem mit einer erfahrenen Besatzung. Kapitän Müller hatte jenen Kurs nehmen lassen, der am besten dem Sturm angepaßt war. Zwischen mehreren kurzen Befehlen, die er von der Kommandobrücke aus erteilte, wetterte er pausenlos gegen die Reeder.

"Ich bin nur froh, daß Madame Bach an Bord ist. So kann sie wenigstens selber feststellen, welcher Wahnsinn es ist, ein Schiff derartig vollzuladen. Aber lieber sinke ich, als daß ich einen Tropfen meiner Ladung ins Meer laufen lasse, das schwöre ich."

"Havard wäre allzu glücklich darüber", bestätigte David. "Er wartet nur darauf."

"Wir werden zweifellos standhalten, aber was wird aus den Fischern in ihren Nußschalen? Und was fängt ihr Professor Havard jetzt an? Bei solchem Wetter würde ich nicht viel für den Rumpf eines so alten Kahns geben, wie die „Albatros" einer ist. Ausgezeichnet! Endlich verläßt er uns. Das heißt, er flieht. Zweifellos versucht er, einen Hafen zu erreichen. Höchste Zeit!"

Eine Sturzwelle, die stärker war als die früheren, ergoß sich über die Stahlmäntel der Tanks, überspülte sie völlig und versetzte den Aufbauten einen so heftigen Stoß, daß sie erzitterten.

„Freiwillig gebe ich dem Meer keinen einzigen Tropfen", stellte Müller klar, „aber noch einige Stöße wie dieser da, Herrgott, dann könnte das Meer selbst es übernehmen, uns von allem Ballast zu befreien."

Tatsächlich hatte die „Albatros" bei den ersten Sturmböen ihr Tempo beschleunigt, die „Gargantua" backbords überholt und sodann ihren Kurs gekreuzt, was Müller einen Fluch ausstoßen ließ. Die „Albatros" eilte jetzt dem Festland zu. David, dem ein Sturm ebenso gleichgültig war wie ein strahlend blauer Himmel, beobachtete die Lichter der „Albatros" durch das Fernglas.

„Sie scheint in Schwierigkeiten zu sein", sagte David plötzlich. „Sie flieht nicht mehr."

„Sie flieht nicht mehr", bestätigte Müller wütend. „Sie ist manövrierunfähig, ich habe es ja vorausgesagt. Und sie liegt beinahe auf unserem Kurs. Und dazu all diese Nußschalen, die sich um uns drängen, als seien wir ihre letzte Hoffnung! Sie stellen sich offenbar vor, daß man einen Sechshunderttausendtonnen-Tanker bei Sturm wie ein Paddelboot auf Binnengewässern manövrieren kann! Wir werden dem Risiko eines Zusammenstoßes vorbeugen müssen. Das ist keine Seefahrt mehr. Das ist eine Regatta bei Taifun, jawohl, das ist es!"

Während es allmählich Nacht wurde und gefährliche Wellen weiterhin das Schiff überspülten, gab Müller Anweisung, das Tempo noch weiter zu vermindern und eine leichte Kurskorrektor vorzunehmen. Als das geschehen war, wurde er zur Sprechanlage auf der Kommandobrücke gerufen. Die „Albatros" hatte sich mit der „Gargantua" in Verbindung gesetzt, und ihr Kapitän wünschte Müller dringend zu sprechen.

3

„Ziemlich stürmisch heute", begann der Kapitän der „Albatros" beherrscht, aber doch ein wenig aufgeregt.

David, der Müller gefolgt war, spürte, daß dieser vor Empörung beinahe explodiert wäre.

„Ja, sehr stürmisch! Und um mir das mitzuteilen..."

„Nicht nur das", unterbrach ihn der andere. „Ich wollte Sie vor allem davon in Kenntnis setzen, daß wir in Seenot sind."

„Wirklich in Seenot?" fragte Müller mit einem Unterton in der Stimme.

„Ja, in höchster. Ein Maschinenschaden zwingt uns, weniger als einen halben Knoten zu fahren, dazu haben wir noch einen Riß im Deck. Unsere Pumpen sind ausgefallen. Ich habe nicht die Zeit, Ihnen alle Einzelheiten aufzuzählen, aber wenn die Wellen uns weiterhin so zusetzen wie bisher, dann hält mein Schiff nicht länger als eine Stunde stand."

Müllers Zorn war bereits verraucht.

„Ich bin nicht sehr weit von Ihnen entfernt. Ich komme noch näher. Aber was kann ich tun? Ich bin selbst in Schwierigkeiten, und bei diesem Seegang ist es nicht möglich, die Übernahme ihrer Passagiere und ihrer Mannschaft durchzuführen."

„Es ist mir gelungen, dieser verdammten Sturzwellen

vorerst Herr zu werden", erwiderte die Stimme, "aber ich werde das nicht auf die Dauer durchhalten. Dazu würde ich Tonnen von Öl brauchen, Hunderte, vielleicht Tausende, aber ich brauche mein eigenes Heizöl, um den nächsten Hafen erreichen zu können."

"Öl also", murmelte Müller nach kurzer Überlegung. "Sie haben also bereits Öl abgelassen?"

"Ihnen und mir hat man beigebracht, diese Prozedur in hoffnungslosen Fällen anzuwenden. Ich tue das zum erstenmal. Unsere alten Lehrer hatten recht: es ist ein wirksames Mittel. Aber ich habe so viele Ölfässer, als möglich war, bereits geleert. Das verschafft mir relativ Ruhe ... aber nur zeitweilig, ich wiederhole es. Verstehen Sie mich bitte, ich würde eine sehr große Menge Öl benötigen, habe aber keines mehr zur Verfügung."

"Aber ich kann keines für Sie ablassen, ich habe selbst kaum Heizöl. Meine Kessel sind seit langer Zeit außer Betrieb, ich habe nur noch einige Fässer."

"Sie haben doch Erdöl geladen."

"Was!"

Müller begann zu begreifen, worum es sich handelte, und vermochte trotz der Dringlichkeit des Falls einen Augenblick lang kein Wort hervorzubringen. Er sah David an, der alles mitgehört hatte und jetzt lächelte.

"Ich weiß, daß Sie raffiniertes Erdöl geladen haben. Auf die Wellen hat das die gleiche Wirkung wie mein Heizöl. Sie haben Öl im Überfluß."

"Ganz recht, im Überfluß", brüllte Müller. "Ich habe sechshunderttausend Tonnen geladen. Aber Sie stellen sich offenbar vor, daß ich frei darüber verfügen kann. Das bedarf einer Entscheidung..."

„Einer sehr raschen Entscheidung", erwiderte die Stimme, die inzwischen sehr ernst geworden war, „einer Entscheidung, die Madame Bach jetzt und hier treffen kann. Ich weiß nämlich, daß die Präsidentin Ihrer Gesellschaft an Bord Ihres Schiffes ist. Sie allein kann..."

„Auch das wissen Sie also. Sie verbringen Ihre Zeit damit, uns zu bespitzeln, Sie..."

„Ich bleibe dabei und wiederhole Ihnen, daß es für uns eine Frage von Leben oder Tod ist, Kapitän. Das ist alles!"

Für einen Kapitän und Schiffskommandanten war das eine recht ungewöhnliche Art, sich an einen Kollegen zu wenden – was zur Verwirrung Müllers nicht wenig beitrug.

Die „Albatros" hatte die Verbindung unterbrochen. Müller verharrte einige Sekunden lang, ehe er wieder zu Atem kam.

„Sie haben es gehört, David, er verlangt, daß wir unser Öl ins Meer ablassen."

Müller hatte das in einem beinahe klagenden Tonfall gesprochen, als wolle er den Physiker zum Zeugen aufrufen für den Wahnwitz des Ansuchens.

„Das kommt unverhofft", kommentierte David.

Diese einfache Bemerkung, die David in aller Schlichtheit von sich gab, überzeugte Müller vollends davon, daß der Sturm jedes menschliche Hirn in der Umgebung des Kaps verwirrt habe. Er, Kapitän Müller, die letzte Bastion des gesunden Menschenverstandes, unterlag für den Bruchteil einer Sekunde der Versuchung, die „Gargantua", sich selbst und die gesamte Besatzung von den Fluten begraben zu lassen, um dem ansteckenden Wahnsinn, der nun auch ihn selber bedrohte, zu entgehen. Erst als er die Kommandobrücke wieder betrat, wo er seinem Maat die Verantwortung für das Schiff überlassen hatte, fand er die Kaltblütigkeit wieder.

Die Lage hatte sich nicht verschlechtert. Der Tanker wurde noch immer heftig von den Wellen gerammt, aber er hielt gut stand.

„Man muß Madame Bach benachrichtigen", sagte David, der Müller gefolgt war.

„Na dann gehen Sie doch zu ihr!" brüllte Müller. „Ich lege keinen Wert darauf, daß sie mich für verrückt hält und sich über mich lustig macht. Ich denke, Sie begreifen die Lage?"

„Ja, ich habe begriffen. Noch ein letztes Wort, Kapitän: Hat es irgendeinen Nachteil für uns, wenn wir tun, was die ‚Albatros' verlangt?"

„Nein, keinen. Im Gegenteil. Ich meinerseits möchte nur zu gern dieses verdammte Schiff ein wenig entlastet sehen."

Madame Bach war kraftlos in einen Liegestuhl gesunken, da sich die Seekrankheit ihrer zu bemächtigen begann. Maurelle, der ihr in der gleichen Stellung gegenüberlag, schien sich auch nicht viel besser zu fühlen. Der Salon, wo sie beide versucht hatten, an einem Bericht zu arbeiten, um darüber das Unwetter zu vergessen, glich einem Schlachtfeld. Nur die Möbel, die fest verankert waren, standen noch an ihrem Platz. Der Teppichboden war mit Papieren, Büchern, Zeitschriften und verschiedenen anderen Gegenständen übersät, die einen zügellosen Tanz von einer Wand zur anderen vollführten, preisgegeben den wilden Stößen der „Gargantua". Weder Madame noch Maurelle fanden den Mut, sich zu erheben, um Ordnung zu machen.

David trat ein, nachdem er die Gänge entlanggestolpert war und warf sich gleichfalls in einen Fauteuil, um das Gleichgewicht zu behalten.

„Eine Botschaft von der ‚Albatros', Madame", sagte er. „Man ruft uns zu Hilfe."

Madame Bach hob den Kopf und bedeutete, daß sie höre. In wenigen Sätzen unterrichtete sie der Physiker von dem seltsamen Ersuchen, das der Kommandant des in Seenot geratenen Schiffes gestellt hatte.

Sowie Madame Bach begriffen hatte, vollzog sich an ihr eine seltsame Verwandlung. Ihre Züge strafften sich, in ihr Gesicht kehrte die Farbe zurück, in ihrem soeben noch glanzlosen Blick wetterleuchtete es, was David, ohne daß er vermocht hätte, sich diesen absurden Eindruck zu erklären, wie die Manifestation eines höllischen Wesens vorkam. Wie durch Zauberkraft hatte sich Madames Unwohlsein verflüchtigt. Sie erhob sich und es gelang ihr, wankend ihren umgestoßenen Arbeitstisch zu erreichen, wo die Gegensprechanlage intakt geblieben war. Sie drückte auf einen Knopf und verlangte mit einer Stimme, die ihre volle Autorität wiedergefunden hatte, man möge sie mit der „Albatros" verbinden.

Den Kapitän der „Albatros", der sich gleich darauf meldete, fragte sie kühl, ob Professor Havard anwesend sei.

„Er steht neben mir, Frau Präsidentin."

„Ich möchte ihn sprechen".

Der Professor hatte seine Haltung total geändert. Er schwankte bereits zwischen der Furcht vor einem Schiffbruch und den Schrecken der Seekrankheit. Seine flehende und tiefbewegte Stimme ließ ein grausames Lächeln über Madame Bachs Gesicht huschen, während sie sich fest an ihren Tisch klammerte, um gegen die wilden Bewegungen des Schiffes anzukämpfen. Sie suchte den Blick ihrer beiden Mitarbeiter, um diese an der Wollust, die sie empfand, teilhaben zu lassen.

„Sie fühlen sich nicht wohl, Professor?"

„Ich flehe Sie an, Frau Präsidentin", stammelte die Stimme Havards. „Es ist ein Geschenk des Himmels, daß Sie an Bord sind. Nur Sie können uns retten."

„Indem ich mein gutes raffiniertes Öl ins Meer ablasse, wenn ich recht verstanden habe?" fragte Madame Bach mit einer Stimme, deren Gleichmut zu dem verwüsteten Raum und dem Heulen des Sturms in starkem Kontrast stand.

„Ja, so sagen die Seeleute", stammelte abermals Havard. „Und die sind ja in diesen Dingen erfahren. Aber Eile tut not, es ist furchtbar..."

„Und Sie würden also eine große Menge von unserem Öl brauchen?", fuhr Madame Bach im gleichen Ton fort.

Ein Stöhnen und ein heftiges Schlucken antworteten ihr, was zur Folge hatte, daß ihr Lächeln nur noch grausamer wurde. Auch Maurelle hob nun den Kopf, und nachdem sich sein Blick mit dem Blick seiner Chefin gekreuzt hatte, begann auch er sich wie neu belebt zu fühlen. Was David betraf, so bot er seit Beginn des

Schreckens nichts weiter als ein Bild des Wohlbehagens.

Es war der Kommandant der „Albatros", der die Verbindung wieder aufnahm.

„Wir brauchen viel, Madame", sagte er. „Ich kann es nicht genau angeben, aber wir brauchen viel. Es müßte ein mehrere Zentimeter dicker Ölteppich entstehen, der sich bis zum Festland erstrecken sollte. Ich bin sicher, daß das bei der augenblicklichen Richtung von Wind und Wellen zu machen ist. Aber ich wiederhole, Sie müßten eine sehr große Menge ablassen."

Madame schwieg einen Augenblick lang. Der Kapitän begann von neuem:

„Es wäre auch für die Fischerboote, die Sie umringen, eine große Hilfe ... und ebenso für einen Passagierdampfer, der mehr als tausend Passagiere an Bord hat. Soeben habe ich eine Botschaft von ihm aufgefangen, er kämpft mit den gleichen Schwierigkeiten wie wir. Sie helfen auch all jenen, von denen wir im Augenblick nichts wissen, denn es muß hier noch weitere Schiffe in Seenot geben, da der Sturm ja so plötzlich aufgekommen ist."

„Wirklich? Wenn ich recht verstanden habe, könnten Sie doch noch eine Stunde mit Hilfe Ihres eigenen Heizöls durchhalten?"

„Eine halbe Stunde, vielleicht auch nur noch eine Viertelstunde. Danach stehe ich für nichts mehr ein."

„Gut", sagte Madame Bach immer noch ruhig. „Ich danke Ihnen für diese genauen Angaben. Ich liebe es, exakt informiert zu werden, ehe ich einen Entschluß fasse. Aus eben diesem Grund würde ich gern noch mit Professor Havard sprechen, wenn er dazu imstande ist."

Ihr Lächeln wurde noch um einiges grausamer, als sie den Professor schwer atmen hörte.

„Frau Präsidentin?"

„Nicht wahr, Herr Professor, Sie sind sich doch dessen voll bewußt, was Sie von mir verlangen? Kurz gesagt, einen richtigen Ölteppich, der zwar nicht so gewaltig wäre wie der von der ‚Torrey Canyon' verursachte, aber doch so beträchtlich, daß alle Welt davon spräche. Nach dem, was mir Ihr Kommandant gesagt hat, wäre Ihnen mit halben Maßnahmen nicht geholfen. Ist das auch Ihre Ansicht?"

„Es ist auch meine Ansicht, Frau Präsidentin", stammelte der Professor.

Eine Welle, die höher war als die anderen, überspülte die Tanks und versetzte den Aufbauten einen tüchtigen Rammstoß, der das ganze Schiff erschütterte. Auch Kapitän Müller auf der Kommandobrücke erschauerte. Dann sah er den Bug der „Gargantua" vor sich niedertauchen, als bereite er einen Abstieg in die Hölle vor. Madame Bach, die der Stoß auf den Spannteppich geschleudert hatte, spürte plötzlich, daß der Unterteil des Schreibtischs ihr auf Nacken und Kreuz lastete, seit der Boden aufs neue unter ihr nachgegeben hatte. Maurelle und David erging es nicht besser. Eine Zeitlang herrschte auf dem ganzen Schiff angstvolles Schweigen. Endlich richtete der Bug sich wieder auf. Kapitän Müller fühlte sich erleichtert. Madame Bach empfand jetzt den Druck ihres eigenen verzehnfachten Gewichtes. Dessenungeachtet setzte sie sich rittlings auf ein Schreibtischbein, warf ihren Komplizen einen verschwörerischen Blick zu und fuhr fort:

„Für eine so schwerwiegende Entscheidung, Herr Professor, brauche ich noch ein wenig Zeit zum Überlegen; das ist nur natürlich, ich bin sicher, daß Sie mich verstehen. Und auch, um mich beraten zu lassen ... Ja, David, ich fühle, daß Sie mir etwas zu sagen haben?"

Trotz des Tumults war dem Physiker kein Wort des Gesprächs entgangen. Er begriff sofort, was die Präsidentin im Sinn hatte und nahm das Spiel auf.

„Die Fische", flüsterte er, „das Öl verstopft ihre Kiemen."

„Gerade daran habe ich gedacht", sagte Madame Bach. „Das Öl verstopft die Kiemen der Fische. Ich glaube, daß Sie das sehr wohl wissen, Professor."

„Die Katastrophe von Falmouth im Jahr 1969", flüsterte Maurelle ihr jetzt zu, dessen Seekrankheit zusehends schwand, so freudig erregt war sein Geist durch das Rauschhafte der Situation. „Achtzig Prozent der danach geborgenen Fische waren verendet. Es handelte sich um kaum sechshundert Tonnen Öl, um eine Bagatelle, wenn man es mit der Stundenleistung unserer Pumpen vergleicht."

· Nachdem sie ihrem Sekretär mit einem Blick gedankt hatte, wiederholte Madame Bach:

„Herr Professor, ich brauche Sie doch wohl nicht an die Katastrophe von Falmouth im Jahre 1969 zu erinnern ..."

„Die Schnecken und die Schalentiere", tuschelte David, „die der Algenvermehrung entgegenwirken. Das Öl verursacht ihren Tod durch Ersticken, was zur Folge hat, daß ekelerregende Pflanzen die Strände überwuchern."

„Wie Sie ja wissen, Professor, ist Erdöl auch tödlich für die Schnecken und die Schalentiere. Daher überwuchern abscheuliche Algen die Strände. Das ist ein bestürzendes Beispiel dafür, wie das biologische Gleichgewicht durch Menschenhand gestört wird."

„Die Seevögel", säuselte Maurelle, „die Möwen und die Albatrosse... Hier Madame, lesen Sie."

Er hatte seine Seekrankheit völlig vergessen. Ein neuerlicher Stoß der „Gargantua" hatte auch ihn zu Boden geschleudert, er lag jetzt neben seiner Chefin. Unter den Gegenständen, die auf dem Spannteppich verstreut umherlagen, hatte ihn der Zufall mit der Nase auf eine der zahlreichen Umweltschutzzeitschriften gestoßen, die Madame Bach auf die Fahrt mitgenommen hatte und die sie von Zeit zu Zeit brauenrunzelnd las. Maurelle kannte alle diese Berichte auswendig und hatte den einschlägigen an der richtigen Stelle aufgeschlagen. Während er sich mit einer Hand an der Schulter seiner Chefin festklammerte, hielt Maurelle ihr mit der anderen die Zeitschrift mit der interessanten Stelle vor die Nase. Madame Bach las sie so ruhig, wie die Luftsprünge des Schiffes es ihr gestatteten.

„1970 gab es beim Untergang des Tankers ‚Arrow' in den Gewässern um Neuschottland – wie könnten Sie es vergessen haben, Professor? – die meisten Opfer unter den Seevögeln. Mehr als siebentausend dieser armen Tiere gingen zugrunde, vor allem auf der Sandinsel, die zweihundertfünfundzwanzig Kilometer von der Stelle des Schiffbruchs entfernt ist. Verstehen Sie mich richtig? Zweihundertfünfundzwanzig Kilometer!"

„Die Pinguine", soufflierte David.

Auch er war von seinem Sitz geschleudert worden. Das Trio lag jetzt auf dem Boden ausgestreckt zwischen den vier Füßen des Schreibtischs, an deren einen sich die Präsidentin klammerte, während sich die beiden Männer an den Schultern Madames festhielten. Die Köpfe der drei stießen bei jedem Niedertauchen der „Gargantua" gegen die Unterseite des Tisches, während die Körper bei jedem Wiederauftauchen auf den Teppichboden geschleudert wurden. Zwischendurch ermutigte Madame Bach die beiden Männer mit Blicken, ihr noch weitere Argumente zu liefern.

„Stimmt, die Pinguine!" schrie Maurelle.

Auch er setzte sich jetzt rittlings auf ein Schreibtischbein, und während die verschiedenartigsten Gegenstände ringum wild durcheinandergewirbelt wurden, blätterte er fieberhaft die Zeitschrift durch. Schon bald konnte er die entsprechende Seite seiner Chefin vorlegen. Sie las und gab kurze Kommentare.

„Wissen Sie wohl noch, was es mit den Pinguinen auf sich hatte, Professor? Ebenfalls 1970 hat eine Untersuchung, an der Sie, wie ich glaube, teilgenommen haben, ergeben, daß die gemeinen Pinguine vom Aussterben bedroht sind, übrigens auch die Lummen und die Papageientaucher. Solche Verheerungen werden unbestreitbar durch Ölteppiche angerichtet."

„Und die Alke vom Kap", half David weiter.

„Und die Robben", übertrumpfte ihn Maurelle.

„Die Flügel der Alke vom Kap waren von einer dunklen, todbringenden Masse verklebt, ehe die Vögel langsam zugrunde gingen. Und die Robben werden durch jeden neuen Ölteppich dezimiert."

„Und das Plankton", diktierte eiligst Maurelle, indem er für Madame Bach eine andere Seite der Zeitschrift aufschlug.

„Beinahe hätten wir das Plankton vergessen!" rief Madame und lächelte geradezu sadistisch. „Das besonders leicht verletzliche Plankton, das auch auf die dünnste Ölschicht empfindlich reagiert... Das Plankton wird eingeteilt – bitte, verbessern Sie mich, falls ich mich irre – in das Phytoplankton, das dank der Photosynthese unserer Erde ein Drittel ihres Sauerstoffes liefert – und in das Zooplankton..."

Sie las eine ganze Seit wissenschaftlicher Betrachtungen herunter, wobei sie nur manchmal durch ein allzu heftiges Strampfen des Tankers unterbrochen wurde. Nachdem sie sich durch einen Blick mit ihren beiden Komplizen verständigt und danach beschlossen hatte, diesem grausamen Spiel ein Ende zu setzen, fragte sie plötzlich in eisigem Ton:

„Und trotz alledem bleiben Sie bei Ihrer Bitte, Professor? Ich nehme an, daß Sie sich dessen bewußt sind, daß unser Gespräch auf Band aufgenommen wird."

Alle drei lauschten gespannt, vernahmen aber nur eine Art von Schluchzen. Ziemlich barsch antwortete schließlich die Stimme des Kapitäns der „Albatros":

„Madame, wir sind uns all dessen wohl bewußt, und wir halten unser Ersuchen aufrecht. Als der für das Schicksal dieses Schiffes Alleinverantwortliche erinnere ich Sie daran, daß es jetzt nur noch um Minuten geht."

„Gut so", anerkannte Madame Bach. „Ich ziehe diese Sprache vor. Ihrer Bitte wird entsprochen werden."

Aber noch ehe sie Kapitän Müller anrief, hatte sie

eine Eingebung, die kaum ihren Gewohnheiten entsprach und die nicht zu ihrer hohen Funktion als Präsidentin paßte. Es war eine Geste jugendlicher Begeisterung, die Maurelle vermuten ließ, sie sei vielleicht doch kein reiner Verstandesmensch, wie er bisher geglaubt hatte, und auch kein Dämon, als der sie ihm noch kurz zuvor erschienen war. Wie im Fieber umschlang sie den Nacken ihres Sekretärs und den Nacken Davids, und ohne auf den tollen Tanz zu achten, zu dem die „Gargantua" sie allesamt zwang, noch auf ihre in Unordnung geratene Kleidung, drückte sie die beiden treuen Mitarbeiter in einer nahezu krampfhaften Umarmung an sich, wobei das Trio ein Schauspiel bot, das dem Gehaben von Fußballspielern vergleichbar war, die bei einem internationalen Match soeben das entscheidende Tor geschossen haben.

Erst nachdem sie ihren Gefühlen in dieser Weise freien Lauf gelassen hatte, wurde Madame ruhiger. Es gelang ihr, aufzustehen und Müller anzurufen. Sowie sie sich über die Lage informiert hatte, die übrigens unverändert war, sprach sie Müller mit den Worten an:

„Auch Sie umarme ich, Kapitän!"

„Heh", sagte Müller nur, der neuerlich davon überzeugt war, daß rund um das Kap der Wahnsinn ausgebrochen sei.

„Kümmern Sie sich nicht weiter darum, ich erkläre es Ihnen später. Aber lassen Sie Öl ab, Kapitän, noch und noch, was das Zeug hält. Vor allem knausern Sie nicht damit. Ich nehme alles auf mich. Die Umweltschützer haben teuer dafür bezahlt."

4

Trotz seiner griesgrämigen Überlegungen hatte Müller diese Entscheidung aus tiefstem Herzen herbeigesehnt. Er hatte sich darauf vorbereitet. Gleich nachdem das Unwetter losgebrochen war, hatte er Ölheizung angeordnet, um das Pumpen zu erleichtern. Guillaume und seine Mechaniker erwarteten von ihm nur noch einen weiteren Befehl, den er alsbald auch gab.

Erbittert ging nun die „Gargantua" zum Gegenangriff gegen die lästigen Wogen über. Sie stieß ganze Sturzbäche der schwarzen Flut ins Meer aus. Es bedurfte nur weniger Minuten, und die Situation rings um den Giganten hatte sich zusehends verbessert. Die Wellen rollten nur zögernd heran, sie waren zwar noch immer von gleicher Höhe, überschlugen sich aber nicht mehr. Die in den Kursen der Handelsmarine gelehrte Methode, das Öl auf der Wasseroberfläche langsam auseinanderfließen zu lassen, erwies sich als wirkungsvoll, und die „Gargantua" war die erste, die davon profitierte. Die heftigen Stöße, die gedroht hatten, alle Aufbauten zu zerstören, ebbten allmählich ab. Die afrikanischen Fischer rings um die „Gargantua", von denen sich einige in einer äußerst kritischen Situation befunden hatten, begannen wieder Herr ihrer Boote zu werden. In dem Maße, in dem sich die Ölschicht verdickte und weiter hinaustrieb, wurde es verhältnismäßig ruhig. Bald erreichte der Teppich auch die „Albatros", die der Tanker nun beinahe eingeholt hatte, und Müller konnte beobachten, wie das havarierte Schiff, der schwarzen Flut folgend, die sich mit außergewöhnlicher Schnelligkeit ausbreitete, wieder langsam Kurs auf das Festland nahm.

Die Fischer hatten das Manöver bald begriffen. Auch sie profitierten von dem segensreichen Teppich und entfernten sich von der „Gargantua", die ihr Tempo auf ein Minimum verringert hatte, um so lange wie möglich zu Diensten zu sein. Bald verschwanden die Boote in dem schwarzen Strom, der mit der Nacht verschmolz.

Als etwa eine halbe Stunde vergangen war, brachte ein Matrose Müller ein Kabel von der „Albatros":

„Ihre Flut bestens erhalten. Vielen Dank. Situation gebessert, da Wellen nicht mehr brechen. Haben Chance, die Küste heil zu erreichen, falls Sie fortsetzen können."

„Für wie lange Zeit, Ihrer Meinung nach, Kapitän?" fragte Madame Bach, die über die Gegensprechanlage zu Rate gezogen worden war.

„Zweifellos noch eine halbe, bis zu einer Stunde vielleicht. Gewiß, der Teppich breitet sich an der Oberfläche aus, aber um seine Wirksamkeit zu behalten, muß er eine gewisse Dicke haben."

„Ist das zu machen?"

„Gewiß. Wir stehen beinahe still. Die Entlastung ist auch für uns von Vorteil."

„Machen Sie also weiter", entschied Madame Bach.

Nach dreiviertel Stunden, während sich die „Gargantua" kaum von der Stelle gerührt hatte, erreichte ein weiteres Kabel der „Albatros" Kapitän Müller auf der Kommandobrücke:

„Sind nahe dem Hafen, erreichen ihn dank Ihrer Hilfe gleichzeitig mit Ihrer schwarzen Flut. Die Fischer scheinen alle schon vor uns eingetroffen zu sein. Nochmals Dank."

Müller ordnete bereits ein, die Ventile zu schließen und die Entladung zu stoppen, als mehrere Hilferufe gleichzeitig aufgefangen wurden. Sie stammten von Schiffen, die sich weiter draußen auf See befanden und vom Sturm überrascht worden waren. Ihre Situation war ebenso kritisch, wie es jene der „Albatros" gewesen war. Die ungeheuren Wogen, die gegen sie immer noch anbrandeten, drohten sie zu zerbrechen. Unter ihnen befand sich auch das bereits angekündigte Passagierschiff, das seiner angegebenen Position nach etwa zehn Meilen von der „Gargantua" entfernt war. Sein Kapitän hatte den Dialog zwischen der „Gargantua" und der „Albatros" abgehört. Er wandte sich nun an Müller, den er kannte, und schloß seinen Notruf mit den Worten: „Das von Ihnen abgelassene Öl hat uns nicht erreicht. Können Sie nicht näher an uns herankommen? Ich habe zweitausend Passagiere an Bord!"

„Können wir dorthin gelangen?" erkundigte sich Madame Bach, die wiederum befragt worden war.

„Es bedingt einen Kurs, der nicht gerade der günstigste bei diesem Wetter ist. Aber die ‚Gargantua', die schon Last abgegeben hat, ist jetzt besser zu manövrieren. Wir haben beinahe sechstausend Tonnen Öl abgelassen, das ist nicht allzuviel, aber es ist doch spürbar."

„Sechstausend Tonnen!"

Madame rechnete blitzschnell nach. Maurelle, der sich noch immer mit David im Salon aufhielt, bemerkte, wie sie seufzte.

„Noch ein wenig, und er wird ganz leicht manövrierbar sein", fügte Müller ermutigend hinzu, „... Und die Route, die wir nehmen müssen, um uns dem Passagierschiff zu nähern, führt nahe an den anderen Schiffen vorbei, die gleichfalls in Seenot sind."

Madame Bach hob den Kopf, ihre Augen blitzten.

„Fahren wir", sagte sie. „Und setzen Sie die Entlastung während der ganzen Fahrt fort. Auch dafür übernehme ich die volle Verantwortung. Einige tausend Tonnen Verlust..."

„Einige Millionen Dollar", bemerkte Maurelle.

„Aber welch ein Triumph!" rief die Präsidentin.

David und Maurelle machten die Geste des Applaudierens. Müller gab seinem Steuermann Anweisungen. Die „Gargantua" durchlief ein Zittern, als sie den neuen, recht gefährlichen Kurs einschlug und ihr Tempo steigerte. Aber es kam, wie Müller gesagt hatte: je mehr der Tanker an Gewicht verlor, um so wendiger wurde er und war desto leichter zu manövrieren. Begleitet von Strömen dunklen Nasses, die er dank der Hochleistung aller seiner Pumpen backbords und steuerbords ausspie, glitt er majestätisch und würdevoll dahin. Sein Bug hatte sich wieder aufgerichtet, die Aufbauten und der Reaktor begannen, über dem Toben der gebändigten See wieder emporzuragen. Alle seine Lichter brannten, als der brave „Leviathan" unter dem triumphalen Geheul seiner Sirene, die Müller ununterbrochen Signal geben ließ, um den Unglücklichen, denen er zu

Hilfe eilte, sein Nahen anzukündigen, in die afrikanische Nacht hinausfuhr, die Wohltaten seiner erlösenden schwarzen Flut über einem Meer von Träumen auszuschütten.